归来忽救之光

李宗浩 著

C1S K 湖南科学技术出版社 · 长沙

作者简介

　　李宗浩，1939 年 12 月生，浙江湖州南浔人，主任医师、教授、博士生导师，是国内外著名的急救、复苏、灾害医学科学家。李宗浩师从当代急救医学大师彼得·沙法教授（Peter Safar，1924—2003年）。现任中国医学救援协会会长、《中国急救复苏与灾害医学杂志》总编辑。

　　李宗浩作为一名医生，既献身于医学事业，又以巨大的热忱投身于科普工作，业余创作了《高士奇及其作品选介》《第一目击者》《首席专家李宗浩谈急救（修订版）》（荣获全国优秀科普作品奖）等。作者在 2021 年以散文体形式出版了《复苏》后，又以一个"甲子"的急救生涯创作了这本《归来——急救之光》，不仅以饱含感情的文字，而且采用大量珍贵的国内外急救活动的照片，科学真实地从一个侧面反映了六十年来中国国际急救事业和学术研究的进展。

归　来
——急救之光

李宗浩是国内外著名的急救、复苏、灾害医学科学家，师从当代急救医学大师彼得·沙法（Peter Safar）教授（1924—2003年），写作学习于我国科普泰斗高老（士其）、作家徐迟先生。

作者在2021年以散文体形式出版了《复苏》之后，又以亲身经历创作了这本《归来——急救之光》，两者可以说是"姊妹篇"。前者重点讲述心肺复苏的故事，普及了大量的科学技术知识，而后者则是从作者从医一个甲子（60年）的急救生涯中择取了若干重大事件进行讲述，如与意大利、德国急救项目的创建合作及"天灾人祸"国际救援评估和学术活动，该书更多是从故事中反映了一种新的医疗模式，以及国际友好合作的人文友爱。文明阳光里，当然也有阴霾浓雾，那就是人性中的不良和官僚作风等，遗憾只是点到为止。

如果说，法国著名作家儒勒·凡尔纳的《八十天环游地球》，是通过文学形式普及了"时差"，那么本书试图以作者真实的更为广阔场景的医学生涯普及"急救"。对于当今全球应对突发灾难、疫情等公共卫生风险和面对常态下城市社区的意外伤害，组织实施新的医疗体制、急救医疗服务体系（EMSS），在今后必将与医院同样重要地立于"医院外的各种现场"。也许，若干年后，人们会像了解《八十天环游地球》那样地认识本书。而本书则是真实的历史写照。

目　录

江南水乡，是一幅美丽动态的中国油画

一

"高铁"在变幻着回乡的风景

　　十月初的天气，室外已不是太热了。高铁的一等车厢里，人不拥挤，又有空调，望着窗外的景色，山是青翠，水是碧波，看着闪过的一幢幢建筑夹杂在这青山绿水间飞快地旋转，那是极惬意的。

　　竹君还沉浸在一小时前，高铁飞驶在南京长江大桥那一刻的兴奋。他告诉身旁的孙女、孙子，六十年前，他坐的火车是用煤燃烧作动力的蒸汽机火车，时速是七八十公里，上海到南京的铁路段称为"沪宁线"，火车从上海开出不久便是苏州，他在苏州踏上北去的火车，来到北京，开启他的专业学涯和走向人生之路。

江南水乡　古镇南浔

思绪瞬间定格在 1955 年。

这是他第一次远离家乡。伴随着铿锵有力、节奏明快的车轮滚滚向前呼号，时而车声倍增，那是驶过桥梁的震响。车窗上不断映现变幻着的风景，蓝天白云、远树近草、耕种劳作、农夫田野，还有急速退去的一簇簇的白墙灰瓦和小桥流水织成的江南水乡。一块块平卧在地面上亮晶晶的湖泊，一片片白花花的水聚成的洋、荡，蜿蜒曲折的小河，伸展自如的溪流，总是多情地绕来绕去，缠绵在苏州、无锡、常州这块沃土原野上……

竹君自幼在吴兴县南浔小镇上长大。小时候，除了学校组织远足春游，中学时最远处虽说是出省，但也只是到 6 公里之外的江苏省震泽镇，那黑色坚硬的似棋盘上小方格的豆腐干，至今仍有齿颊留香。向南到过湖州，当时吴兴县的县府所在地。曾有一次学校组织的春游，到过省城杭州，那是坐着轮船"杭震班"（杭州至震泽）经过近一天的水路，见到了向往已久的西湖。

南浔，是他的故乡，他的根，张石铭故居是他居住时间最长的住家。张宅后门不过 200 米的僻静小路，直通到放学后尤其是假日必至的小莲庄、藏书楼。张家大宅，适园，刘家花园，藏书楼，洁净街道，丝业小学，南浔中学，方圆不过几平方公里，是陪伴他少年时代、生活、读书、活动最重要的场所，是他思想、理念成长最难忘的岁月。

正像童年、少年时期不识世道复杂的人间艰辛，其实他那时也感觉不到故乡的美、乡音的甜。但一别离，多情乡音、一草一木、潺潺溪水、袅袅炊烟，马上就恋着你的心，牵着你的情。现在要离别，要远行……当过镇江后到浦口，火车停下来了，被告知要渡

江南水乡，是一幅美丽动态的中国油画

江，20世纪50年代中叶，新中国成立初期的那几年，又经历了抗美援朝，全国全面开展建设的序幕才徐徐拉开，一种预感着"建设热身"的气氛开始浓烈。浦口，这个星星小镇，却是长江天堑南北渡口的重地，显得是如此的繁忙。在这里要改乘津浦线，浦口到天津，浦口是起点。

临行前，父亲叮嘱着，"镕镕，不要站在火车车厢的连接处，容易有危险"，想来怕是车厢之间连接处脱钩。"到浦口后可以下车，买点干净的东西吃吃，活动一下，在那里轮渡要一个多小时……"父亲对他说，他对苏州、杭州这些地方熟悉，但往北最远也只到过镇江，没有过过长江，为了儿子的远行，他了解了沿途的情况和注意事项，平素本不多言的他，说话简洁明了，这是竹君与生俱来听他父亲最为絮叨不停地叮嘱，这大概是父爱的一种真切表达吧！

六十年了，如流岁月。在离浔赴京求学一年后的1956年，回到故乡。家已搬至德懋弄3号，后来知道是徐迟先生的"隔壁邻舍"，在门前的院落中，父母姊弟五人照了一张全家合影，竟成了永恒。四年后，1960年，早逝的父亲将他那短促的生涯隐没在浩瀚的太空中，但这些最为普通的嘱咐，却时而似洪钟时而似溪流的声音，永远留在竹君的心中、耳旁，而竹君，现已是做超爷爷的人了。

这些年，尽管他在南京长江大桥往返了无数回，但此次从北京回故乡向当地同道们做有关"复苏"的报告和讨论，不是走的老路，而是另辟蹊径。过南京后朝杭州方向的铁路沿线，因为有了高铁，出现了一个新的站名"湖州"，那里通了高铁。在湖州下车，

竹君全家合影（1956 年）

江南水乡，是一幅美丽动态的中国油画

只有 36 公里的距离就可回到家乡，更使他兴奋的是，孙子孙女与他同行。整个高铁行程不到 5 小时。中国的发展真是日新月异呀！他自豪地对孩子们说着。

现在中国的高铁，如蛛网般的越织越细，越织越密。犹如人体的血管，主动脉至动脉、各级分支、毛细血管，一直深入到组织细胞间。那时从北方南下，经过常州、无锡、苏州，一片绮丽多情的水乡风光。如今从南京向西一拐，经过安徽地界，转至盛产紫砂的苏南宜兴，经浙江曾是江南产煤的长兴到湖州的路线，则是低山近水相连，另有一番风景了。

时近黄昏，晚霞渐渐退出了天空，但离黑夜还远呢。天际被黛青色泽所笼罩。黛青，它没有红色那般热烈，也不具黑色那样消沉，是热烈后消沉前的冷静，是色彩斑斓下的沉淀，它是庄重，它是丰富，它是人生经历幸福与苦难，奋斗与忍耐，彷徨与坚定后仍不愿迅速在长空中褪去的顽强的美丽。竹君喜欢欣赏这种黛青，它是黑夜来临前的沉稳！

无数次，他在飞机上、火车里、轮船中，或在徒步时，身处晚霞将逝，夜幕来临前那种黛青的天空。感到虽已奔波大半生，但仍不觉濒临黄昏的时光有限，心生孤独，而更能在沉淀下眷顾着今天和思考着明天，在今天的时光孕育了黛青色的庄重，才能引出明天朝霞般的艳丽。

人生本该如此的。没有昨天，何来今朝？没有白昼奔波的辛劳和酸甜苦辣，哪有晚上的歇息放松和对未来的种种设计？

时下，在经济大潮涌动下，我们要大胆地承认现实，应该担忧确实看书少了，思维少了，沉淀下的观察少了……。亲友同志们的交往少了，取而代之的是手机交流多了，碎片化的信息多了，烦躁的冲动多了，表象的认知多了……。想到此时，竹君情不自禁地从座位上站了起来，贴近车窗，正巧火车驶进宜兴地界，不高的山，葱郁的树，并不多的河流闪过，这里他并不熟悉。以前他是经无锡、苏州到老家的，哦，回家路有千条，殊途同归，终点却只有一处。归途是终点，也是起点。

竹君，从湖州的高铁站下车，汽车将他们送到他永驻在心的故乡，那座被联合国教科文组织收录列入中国的唯一古镇，在众多的江南名镇的目录中，她被冠以"中西合璧"。

"中西合璧"，是19世纪末在西风东渐影响下，他的故乡先辈们在开拓蚕丝商业的同时，崇文重教，教育影响了一代又一代人。竹君是深受影响中的一员。

二
水乡里舌尖下的享受

在故乡，他们没有去住五星级、四星级的宾馆，而是下榻千翁宾馆。这座为老年事业服务，为游子回乡落脚的普通的清洁干净，紧挨小莲庄、藏书楼、文园旁边食宿齐全的宾馆。

夜幕垂下，三层小楼的霓虹灯亮了，"欢迎李竹君教授回故乡讲学"，而那熟悉的乡音，正宗的家乡土牌，"竹君教授，李医生，你回来了……"，已在耳旁响起。浑厚的乡音依旧，但熟悉的面孔不

江南水乡，是一幅美丽动态的中国油画

游子归来

多，真是"小时离家走，归来已双鬓，乡音不曾改，熟面何其少"。

　　但那熟悉的乡音、正常的家乡土牌，依然如脚下大运河的水，桑田里的溪，那样温暖地不断地流淌在竹君的身心，滋润着他的每个细胞、梳理着每条神经。

欢迎李教授回乡

招待晚餐的主人是熟人老友朱书记——他早在 20 世纪 90 年代初离开了当地政府的领导岗位，一心从事老年事业——现在是这座宾馆的掌门人。这座宾馆可以说也是为散在国内外南浔籍乡亲回乡落脚的宾馆。要知道，游子在故乡没有多少直系亲属，更不用说属于自己的老房子了。回乡虽好，但可供似当年住宿饮食的地方却难寻了。有了这位古道热肠的老书记，无形中，揽来了多少海内外游子思乡的脚步。

要知道，古镇在清末民初年间，在辛亥革命前夜，在西风东渐的那个时期里，这里曾经是蚕丝行业的鼎盛，是上海开埠的后院、崇文重教的先驱，东西文化交汇的要地。就连绍兴籍的鉴湖女侠秋瑾，从日本回国就兴冲冲应邀首到这里的浔溪女校执教。

生下竹君的年代，正是抗日战争开始的头两年，1945 年日本投降的秋季，他已经 6 岁，正在西栅汽车站玩耍的他，被邻居伯伯带上了"苏嘉湖长途汽车公司"的车，从南浔到苏州父亲工作处，他看到了在阊门投降后日本兵的窝囊颓废的样子，留给他终生难忘的印象。每每忆及，一种民族自豪感油然而生。

同样，1949 年的三四月间，他和小伙伴在镇郊汽车站的公路旁玩耍，看到全副美式装备，坐着十轮卡车，车上载着、地上走着的兵，兵败如山倒的国民党军队是那样地仓皇出逃。不久，南浔在 5 月 2 日解放了。第三野战军的首长，曾在这里指挥着"战上海"。

从刚懂事的童年进入到少年时期，是人生最少烦恼、最多幻想、最为幸福的时期。在那些不知天高地厚的年月，是南浔的历史人脉，前辈先贤，国家进步，小镇宁静铸造了他，奠定了他人生浓浓的乡恋！

现在晚餐开始了。四碟凉菜之一的五香花生米（请注意不是油炸的）是竹君自小的最爱，当地称之为"盐水果肉"，这个名词就是不凡。当地人聪明，把花生称为"长生果"，那么其果仁称之为果肉极自然恰当。用盐水等浸泡加工烘干别具一味，既为小吃，餐桌上尤其家中早晨喝粥，当成凉菜也是可以的。

一碟爆鱼。此"爆鱼"非海鲜高档的"鲍鱼"，而是当地水网

江南水乡，是一幅美丽动态的中国油画

竹君与儿孙们

密布，盛产鱼虾。极新鲜的草鱼，掐头去尾，取中段，按一定刀法切成长方形的块状，用盐腌渍，经酱油浸泡等并不复杂的工序，热锅素油，炸之，一夜功夫，自然冷却，一咬，鱼香满嘴，这是沪苏杭一带是极为普通但十分喜爱之凉菜，官称为"熏鱼"，也时作阳春面上的浇头，这面就称为"爆鱼面"了。

　　江南水乡，水质好，鱼新鲜，做工细，很入味，熏鱼比大城市做的丝毫不逊色。竹君见到爆鱼，顿时舌下生津，更忆起当年慈母的拿手好菜了。老人家有其绝招，在完成全程后，再用酱油、白糖、味精等在鱼块儿上一浇，再入锅烹上一两分钟，使其更加入味儿后，立即出锅，待冷却后，其味尤佳。竹君记住儿时母亲之秘诀，想不到近些年在京工作的武警总医院，一出门儿就见到了"稻香村"，虽不是儿时经常张望到几乎流口水的稻香村，毕竟店名驱动了身子，情不自禁地走到这个小店，居然发现了熏鱼。外形颇似，色泽也可，大喜之余买了两袋，回家后向家人说起后，卷袖掌勺叫他们尝尝"我少年时学得母亲之亲授"。可惜舌尖不饶人，数十年前留存下来的那些真味，毫不留情地告诉他，你虽然历经岁月风霜，时光流逝，阅人无数，但你深藏于舌尖的味蕾细胞依然坚守你儿时、你慈母给你的真味！北京这里的"稻香村"的熏鱼，对不起，稍逊一筹。

　　第三道是盐水河虾。吃河虾最好的季节是抱满子孙后代虾籽的时候，一个个长满参差不齐的须子，被厨师修理得整整齐齐，弯曲的虾背，背膝屈得几乎头尾相接，被烧得鲜红透亮，表示着虾之极度新鲜。忆起小时候到东迁外婆家吃虾时，她让竹君猜个谜语："弯背老公公，鬍子浓蓬蓬，杀它没有血，烧它满身红。"竹君见到桌子上放着一大碗盐水虾，毫不迟疑地指着桌子抢答了，"弯转虾"！外婆高兴地拍了拍他的手，"镕镕就是乖，知道你是不喜欢吃肉的，肉圆子中有一点点肥肉，你都要挑出来，所以外婆今天请你吃弯转虾，还有虾仁鱼肉圆子"。青虾的清香、鲜嫩已使他陶醉。

第四道菜，同样也是他很喜欢的"白斩鸡"，也就是现在通讲的"白切鸡"，这是一道大江南北通吃的凉菜。但南浔的白斩鸡外形大，不仅质地好，切鸡的刀工和摆放在盘的形状也很讲究。那鲜橙黄薄色的皮，裹着似还带着丝的鸡肉，正巧刚熟。咬它一口，鸡肉就滚滑进你的嘴里，清香顿时充满你的口腔直窜胃肠。儿时，正如前述，他不喜食肉，就连肉汤也不敢恭维。记得小学六年级，学校组织远足，到十几里外的太湖边上的乡村吴楼（念成红楼），因为曾与他家同住在懿德堂的邻居秀婆婆一家已迁回老家吴楼，父母亲也希望他顺便去看看他们，这是很好的一家人。谁知到了那里，当地出于盛情，弃了特色太湖的多种鱼虾，饭食竟以猪肉为主，这可苦了他，又不好意思说，只得用肉汤泡饭。回来时，船上摇橹的吱吱咯咯声，竟使他吐得难以止住。

但白斩鸡却是竹君喜欢的。母亲将鸡皮去掉，鸡腿的骨头拆掉，另外，有一个小碟子里放着一点儿鲜绿的葱花，浇上一点白酱油作料（当地酱油分为白、赤两种。前者色泽较浅，用于拌凉菜、炒菜；后者色深，多做红烧肉、鱼），就很美味。水乡鱼虾、蔬菜，极平常的家养禽蛋，鸡、鸭、鹅和当地农家自养的羊也很普遍。早晨，四乡八村农民们就带着刚摘下还沾着露水的蔬菜和自家的禽蛋，而渔夫们则带着刚刚网上的活蹦乱跳的鱼虾叫卖。叫卖声中的一片乡音，那样的萦绕于耳，欢畅于心。

　　当看到那盘嫩黄的白斩鸡时，竹君忽然想起，近些年流传甚广的一个段子，后来在网上也见过多次的这个故事，讲的是柬埔寨国王西哈努克在国内发生政变后在华逗留的情况。众所周知，我国老一代的领导人毛泽东主席、周恩来总理对他是十分友好的，多个方面给予了他很大的支持和照顾。至于他的饮食有过一个故事。这位亲王曾到上海城隍庙参观，当地饮食公司绿波廊餐厅不但为他制作了 14 道精美的点心，还特地做了一碗鸡鸭血汤。

　　绿波廊餐厅厨师们别出心裁，煞费苦心。这碗汤主要用的食材是鸡卵，这里所讲的鸡卵不是我们通常吃的鸡蛋，而真的是鸡的卵，据说是用鸡肠子里的卵，要知道不是所有的鸡都有卵。因此就用我们成语里说的"杀鸡取卵"，居然杀了好多只鸡才获取的卵够做一碗汤，而这些鸡要用最好的草鸡。为此，餐厅专门派人到南浔来买草鸡，因为这里的草鸡是江南一带最好的。买鸡的工作人员往返南浔的差旅费用等当然是餐厅报销。实足浪费。

　　朱书记连忙说道，我们的白斩鸡可是文园自己养的，今天晚餐只用了一只，没有一点儿浪费，汤也是用这只鸡熬出来的，鸡的五脏六腑做成了"炒什件"，一会儿热菜上来大家品尝！鸡头鸡脚等都派上了用场。

　　在大家的欢笑中，竹君说，1982 年，因为意大利政府与中方合作共建我国第一个现代化的北京急救中心，他当时负责中方的谈判，谈判成功。意方给予 800 万美元政府捐赠款。不久，意大利政府外交部派了该部医疗处主任贝尔多拉索大夫来华继续商谈有关事项，随后领导派竹君随其到上海，也是住在董卓君女士创办的上海锦江饭店。他们也去了城隍庙，去绿波廊进餐，品尝了其特色。他说："我们按照接待标准住宿、进餐，大家都很满意。"有些独出心裁、稀奇古怪的菜肴点心还真不应该去责备外人，往往都是我们自己的事。中国的菜肴闻名世界，中国人的好客也是世人皆知，但我们自己总有得有个度。

这顿晚餐真是愉快。家乡的传统美食，乡亲友人的真情相聚，席间又有两位小辈来自远方，更增添了浓郁的乡情。晚餐过后，当朱书记一行将竹君送到不远处石库门里的一幢房子，"你就在这儿住上个把星期吧，安安静静，无人打扰，你会喜欢这里的"。

三

大作家徐迟最后写作的地方

这是座既普通又别致的招待所里的小院子，稀疏的几棵竹子轻轻地摇曳它的身影，是专门为南浔籍的乡亲回来探亲休养准备的。

这个小镇在近代百年间，为求学，为事业，为革命，为生计外出的人太多了。而在那多事之秋的年代，这些在国内外的游子，真正的直系亲属留在镇上的也不多了。

这位曾主政当地的书记，在退休后与他的同事们经过研讨策划，又得到了上级的支持，充分考虑到中国不久将进入老龄化社会，为远走他乡在当地又无后裔的人们建起了老年公寓，像建设江南水乡一条街等，这种人文关爱，无形中使得漂泊在外的人的"落

徐迟照片

江南水乡，是一幅美丽动态的中国油画

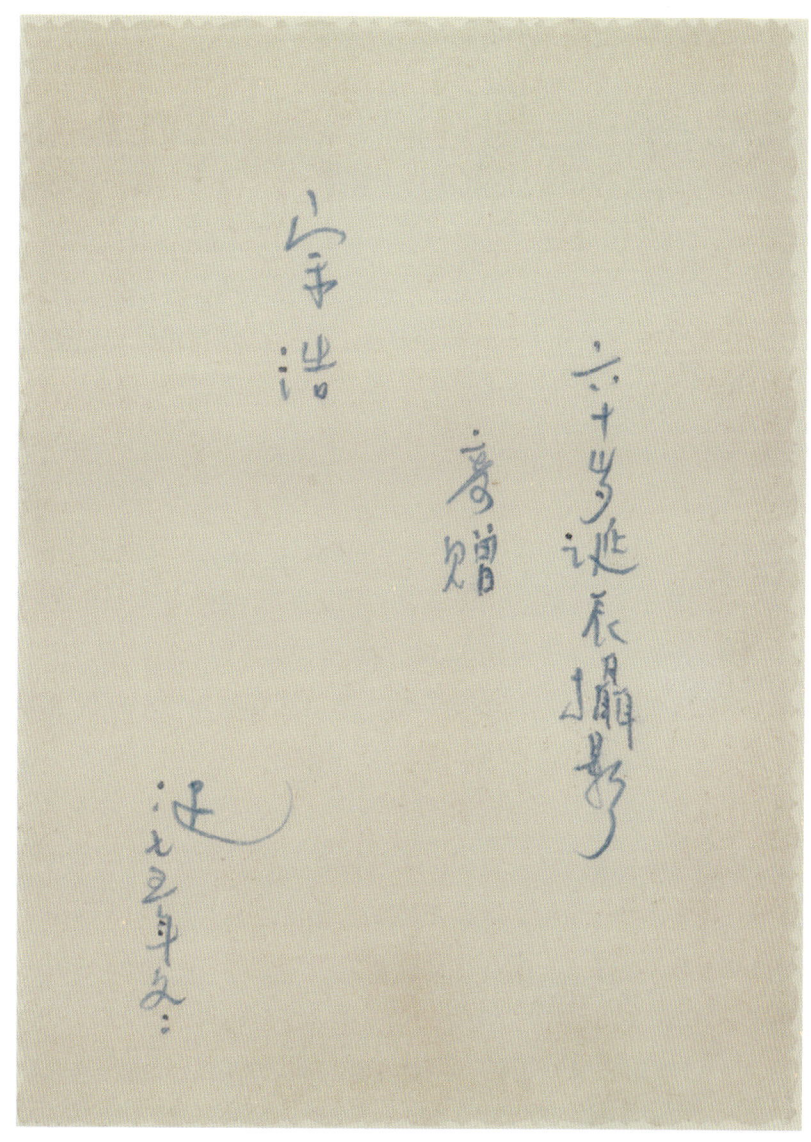

徐迟题赠照片手迹（1975年冬）

叶归根"有了依靠，浓浓乡情的人有了寄托。不少人尤在新年除夕、清明时节，或同学老友相聚，上坟祭祖，或清明扫墓，更有为家乡之发展出谋划策，把思乡变成了为家乡可持续发展的动力。竹君虽不是新中国成立前夕动荡年代中离走之人，更无什么惊天动地的功绩，只是一个普通的但却一生执着于急救医学事业的老医生，总想能将乡恋化成动力。

朱书记说："你肯定会喜欢这里的。这里的一切你可以随便安排布置，适合你的写作，而且你肯定会写出好的文章。"说到这里，他略显神秘地一笑。确实，竹君喜欢这不像客房的建筑和布局，更不是旅馆的套间客房。一楼一底，楼上楼下，还有一个小厨房，自成独门独户，自己也可以简单地做些吃食。

有藤椅，可以半卧着，书房里除了电脑外，更有笔墨纸砚文房四宝，而且还有多款善琏湖笔（这种湖笔稳居全国毛笔之冠，读者也许不甚清楚，善琏湖笔的生产地，是浙江省湖州市南浔区善琏镇。善琏，那个美丽水乡的小镇，它离南浔不过二十几里路，少年时代他曾去过那里。）书桌上不仅准备了A4打字的白纸，还有400字方格的稿纸，更有几种宣纸、大小砚台、多种研墨……这对一个医生，经常奔波于房屋倒塌灾害事故的现场，或者拿着心脏除颤器紧张地抢救猝死病人，经常在肃穆的气氛中讨论着垂危病人的救治方案……

竹君打开窗子，一轮明月刚好映在窗前，皎洁的月光瞬间照了进来，楼下摇曳竹影正投射在白色的墙壁上，和谐温馨。竹君坐在窗前月光下，不经意地打开了写字台下的抽屉，忽然看见抽屉里有几页复印的稿子，因为主人事先已经声明，"你现在是这里的主人，一切皆属于你"。再加上医生文人的习惯，见了有字的纸不免要扫上两眼甚至看个仔细。竹君的习惯还常常要拿起铅笔勾勾画画。或是文字表达不确，或是标点符号有错，他下意识地拿起了两页纸。多么熟悉的字迹，字写得滚圆而有风骨。字虽潦草，但很清晰……啊，这不是徐迟先生的笔记吗……

他又环顾了房间前前后后，他下意识地感觉到，在此之前，徐迟先生是在这里住过的。因为这两页纸是先生远离我们这个星球前，以日记形式写下的，记录了他的一些梦境里的失望，思绪中的无奈。写了一些文章，留下了离世前的杂忆手稿，他在梦境中感到孤单。像他这样满腔热情地在 20 世纪 50 年代末，全家迁到举目无亲的武汉投入火热的生活，讴歌武汉长江大桥，深入工农兵，一般人是做不到的。竹君曾到过徐迟在北京西四中国作家协会的住房，条件较好，一家人生活安逸，夫人陈松贤惠，北京的户口是多么"值钱呀"！

后来证实，徐迟确实在这里住过一段时期，他虽十分热爱故乡，可无直系亲人后代在南浔，徐迟的夫人陈松也是正宗的南浔人，也极爱故乡。20 世纪 50 年代初，他与徐迟一家搬到北京后，直至后来到武汉，到陈松去世，南浔没有他们的家。

竹君真不知道怎么感谢这位比他小五六岁的朱书记的良苦用心了。次日，他问起此事，朱说徐迟在南浔时即住于此，自他 1996 年去世后，这个房子我一直让它空着，无人再住过，你是他的学生，又是我的好友，你此次来又要写作，所以空了许久的房子，让你来住很合适的。

在月光下想了很久，竹君坐在藤椅上，在写字台上铺开了稿纸疾笔写下了"归来"这本书的书名，他又一次陷入了沉思。

夜已入深，这时月光渐渐移出了房间。月光悄悄地在前行，它是在迎接明天的阳光呀！于是竹君在"归来"后面又加了"急救之光"这四个字，这样似乎更为"归来"诠释得确切些。因为归来后，人还是要出发的，那是要去迎接更加文明的未来的明天。夜色已深，他昏昏地入睡了。

那夜他睡得很香很沉，中间没有醒过。这是多年来所没有的，也许是旅途的劳累，也许是高度兴奋过后的生理保护？醒来时，一轮红日冉冉升起，他神清气爽。家乡十月的风，湿润还略显得一些湿热，但早没有夏天的燥热，更无黄梅雨季的湿闷，因为秋天到了无论是南方还是北方，秋高气爽！秋天是回忆的季节呀，在回忆中总在前行，在归来时准备下一次的出发。人生是没有终点的，是前进中周而复始的循环，就像春夏秋冬总在变换交替中，谁也说不准，哪里是开头，何处是结尾……

四

在嘉业藏书楼重读《八十天环游地球》

竹君回乡多日，就拿着《八十天环游地球》，一个人来到了静悄悄的嘉业藏书楼。这座藏书楼闻名中外，被定位为中华人民共和国国家级的文化保护单位。他从儿时似懂非懂时起，就经常拿着上

江南水乡，是一幅美丽动态的中国油画

国家级文物保护单位：嘉业藏书楼外

海儿童文学家、出版家陈伯吹先生编辑的各种少儿书刊、丛书来读，后来识字多了，就开始看小说，其中就有这本法国作家儒勒·凡尔纳的《八十天环游地球》。今天，他坐在这座园林式的建筑中，荷花池旁"浣碧"亭子里，聚精会神地重读着他少年时曾读过的这本书。

书中的内容虽是那样的熟悉，事隔半个世纪再读，从坐上火车就开始阅读，他仍然如当年首次在这亭子里阅读时那样的激动，世界如此之大，人生如此之艰，他也懂得了"国际日期变更线"，但现今更懂得世事，人生也如"变更线"在变动。但他坚信，冥冥之中，一切的变故是有规律的，总是向前、向着光明的。正如地球的圆周完成360°，如从出发地往东，每跨过经线一度，一天的时间就缩短了4分钟，用360°×4，恰好是24小时，可以赚回来一天。

该书讲述了英国人菲利斯·福格先生于1872年10月2日在伦敦俱乐部里与几位朋友打赌，用80天时间环游地球一周，打赌的金额是2万英镑（当年是个不小的数字）。当环球旅行结束，回到出发地，因为没有计算赚回来的一天，原本以为输了，但由于时差24小时的缘故，他赢得了一天。也就是说他在出发后的第79天，12月20日，星期五回到了伦敦，他赢了！

他所赢得的不仅仅是2万英镑（一路上花掉了1.9万英镑，所剩无几），是他和人们看重的赢得了的意志！不畏艰险、克服困难和正直、善良、勇敢精神的体现。做人诚实有信的品质的闪亮。书中也描述了主人公福格先生与此同时收获了真正的爱情。

这本名著，给少年的竹君留下了为人做事的启迪和奠定了他从事科技工作诚信的基础。后来，在他与中国著名科普作家高老（士

江南水乡，是一幅美丽动态的中国油画

其）的交往和谈话中，两人也时常提及此书和其作者。

他翻开了这本刚从网上购来的新书，玫瑰红色的精装书，封面设计和装帧版式的考究，比儿时的读本不知上了几个档次。一打开扉页，映入眼帘熟悉的开头跃然于纸上，"萨维尔罗七号那栋柏林顿花园洋房……住的是菲利斯·福格先生……"。

久违了，熟悉的内容，曲折的故事。过了一会儿，他感到有些累了，闭眼，小憩片刻，掩卷沉思起来。译者前言的几句话又使其从进入睡意中精神起来，"几句闲话引出一桩大事：八十天环游地球。1872 年 10 月 2 日下午，菲利斯·福格先生和几位绅士正在……"。

竹君一看手机的时间 10 月 2 日，啊，这本书的故事不正是始于今天 10 月 2 日吗？又一想今年是 2022 年，故事发生于 1872 年，离今天正巧是 150 年，世上哪有那么巧的事。

150 年前的 10 月 2 日，儒勒·凡尔纳《八十天环游地球》的故事主人公坐火车出发，而本书主人公竹君首捧此书在藏书楼前以逾一个甲子的日子里，重读名著。

多少年过去了，眼前景色依旧，书中内容仍在，但物是人非，许多亲人故人已经离去，他翻着书，浮想联翩，许多往事浮上心头，竹君激动起来。

以逾一个甲子的岁月，在历史的长河中只是泛起一滴水花，在浩瀚的星空里也只是转瞬即逝一个光点。但对于生物个体的人而言，如以长寿九十百岁计，却是一个绵延悠长的时光。

这些年，人们常爱说的一句话是，只看结果，不问过程。这是褒义还是贬义？须知说话时的前因后果和背景，也许更多还是避免讲话人的喋喋不休，冗长空洞。但对于人生，竹君认为过程却是极为重要的。人生如无过程，只看结果，那还不简单，出生的结果是死亡，毫无意义可言。人生的过程，伟大人物，英雄豪杰，他们的经历，何其显赫，跌宕起伏，石破天惊，曲折离奇，纵使过程宣告结束（生物个体的死亡），但其精神文化仍然存在，百年、几百年乃至千年，其影响是地域、国家乃至民族的、全球的、世界的。所以，无论是伟人还是我等之辈的凡人，过程都是极为重要的。

这里是太湖之滨，茗溪之旁，杭嘉湖平原上的一座江南的小镇，蛛网般的河流溪水遍及街巷，一条市河从北向南穿越全境，如同北京的长安街，东西贯穿全市。

当地老年保健事业的创始人朱先生是竹君的老朋友了，他们在镇郊见面后，徒步沿着市河一路南行，当然这是为竹君重温乡梦又踏上故土所安排的。洁净的街道，清澈的河水，并不多的游人（古镇已辟为旅游城镇了，幸而其名望远远低于附近的乌镇、周庄等地，所以很多人不知这个古镇，而竹君也窃喜人们的不知，让它幸免坠入过于商业化的泥潭，保留一份高雅清新的身影）踏着青石板路走来，嘉业藏书楼就在眼前。

简朴的正门，没有围墙，四周是清流环绕，不宽的水面，似隔非隔的与外面划定的界限保持着自身的独立。环河还可作为万一书楼失火时充盈易取的水源。

从小学到中学时期，包括抗美援朝后，南浔大宅曾开辟为中国人民解放军第三野战军第二野战医院（当时简称"三野二院"）。这所医院很大，借当地名宅分别设了几个分院，而风景秀美的藏书楼、小莲庄是医院的肺科病房，志愿军伤病员的疗养地。十三四岁的少年竹君，并不在乎肺科病房住有结核病病人（所以他的同学中很少有人来此），他与志愿军伤病员成了好朋友。只要他有空就常来这里，听他们讲抗美援朝的战斗故事，他也将学校里的情况讲给他们听，彼此都很高兴。营教导员、连长指导员和战士们都喜欢这个中学生。他与志愿军的文书最要好，因为文书最年轻，比他大不了几岁，就像是兄弟俩。

到北京后，竹君每一次回到故里，总是要先去走访这座园林般的书楼，领略那里的莲池湖畔、九曲小桥。然后在池旁亭子里静坐片刻，掸去旅途的风尘，呼吸乡间的清新。远眺这座建筑与浙北广袤平原坦诚相连，如同书楼永远与外界开放（国内外），这是大国

中学时代的竹君在嘉业藏书楼与中国人民志愿军伤病员合影（1954年）

的开放，中华的气度。它是人工园林与自然之桑田浑然一体，真是"藏书出雅处，却在村野里"。而他心中还有少年时期那段与十几位志愿军伤病员经常相处的往事情谊。这也构成了他此生虽未参军当一名军医，但却潜移默化地孕育了医学与战伤救护、军地医院学术共融发展等理念，也使他长期在武警总医院工作，致力于国家灾害医学救援工作。

竹君少年时，因为住在不远处的张石铭故居。在那座建筑内，后门开出，只需百多米的路，就到了两旁香樟大树浓荫掩映下，走在青石板路上几乎碰不到行人的"小莲庄""藏书楼"。这两座园林建筑相通，藏书楼里藏着珍贵的宋版书籍，他并不读，再说也读不懂。他读的书刊是自身携带来的，那是上海亲戚为他订购的书刊和从学校图书馆里借来的图书，直到天黑，看不清书中的文字，他才动身回家，也只不过十分钟的时间，就在晚餐的桌上动筷子了。

多么美好的少年时代呀！那时只觉得这里环境恬静，溪水清澈，稻桑遍野，蚕茧发达，而真不知这里是中国近代中西文化合璧的重镇。直到后来渐渐懂事，阅历日丰，方知故乡人文的身后，竟是中国近代梦想破茧成蝶的地方，是植根中华文化又大胆吸取西方先进文明中西合璧的样本，而竹君不知不觉潜移默化地受到了影响。

阅读是十分重要的，而生活在这里的先辈们崇文重教、学习进取、勤奋做事，诚实处事的风气更是弥散在这块土地上，像基因似的绵绵不断地延续下去。

嘉业藏书楼可以说是 20 世纪初，这里的儒商与知识分子在传统文化根基很深的土壤上，在西风东渐的熏陶下，鱼米之乡的小镇上建起的一座穿越时空的名宅古园。厚重的文化书碑，开启了园林与书林，体现了时代与历史的融合，实现了开启与应用的模式，塑造了中西合璧的原创。这座建于 20 世纪 20 年代初的书楼，由当时富裕小镇称谓的"四象八牛七十二条黄狗"（当时以财富之多少，形象地划分巨富为象，富者为牛，再次者为狗）。全镇首富的刘家刘墉创建了藏书楼，鲁迅、胡适等一批文学大家对藏书楼刮目以待。蜚声海内外，更因书楼主人持藏书之目的，既用于保存文明，同时也为应用，所以声名远播。大凡有需书籍者，尽量按要求提供，往往连费用乃至寄书邮资都无须支付。据说，日本学者获益尤多。正因藏书楼收集保存了不少宋元以来的善本珍本，故在 1949 年当地解放前夕，为防战火伤及，时任中央军委副主席的周恩来，为此专门给驻军明令，要特别予以保护，避免其在战争中受损。

这份复印的文件现在还挂在书楼入口处。新中国成立后，周总理在一次会议中遇到一位女同志，问她是哪里人，对方答是浙江湖州人。总理接着又问，湖州什么地方。答道是南浔镇的。总理立即高兴地说道，南浔那是个好地方，鱼米之乡，而且还有个藏书楼，中国与印度边界的"麦克马洪线"的有关资料还是从那里找到的。

竹君在童年时，随着大人们在当地的蚕花节在清明时节"踏青"，来这里的镇郊农人为求好年景风调雨顺，家中养的蚕宝宝苗壮成长，要到镇上的藏书楼、小莲庄讨些"气宜"（运气），沾些书香气儿回家。这个习俗是很好的，当时的农民虽不识字，缺少文化，但崇文重教的好风气已在这一带树立，并得以发扬，蔚然成风。

南浔地跨江浙两省，所以乡里有浙江的东迁串腰，有江苏的吴江严墓，踏青后，乡下亲戚们常常在镇上的馆子里高高兴兴地烫上一壶黄酒，叫上几个炒菜，开怀畅饮，兴高采烈地谈着今年养蚕的情况，家中那几只湖羊能换得多少铜钿。

此时的竹君，在池旁的亭子里，闻着江南浙北田野上的稻桑飘香，也感受着立于莲池北侧那座白墙灰瓦的中式两层建筑，端庄地在阳光照耀下散发出浓浓的书香。

嘉业藏书楼

竹君的弟弟与一直在那里工作的浙江图书馆派出的汤管理员是好友。老汤经常陪着竹君兄弟参观书楼。大门轻轻启开，一个，四四方方的大天井映入眼帘，地面实铺平整，干净得不见一缕杂草、半丝纸屑。抬头望去，是两头回廊式的书库。老汤边说边先引着他们参观楼下的各个书库，房间珍藏的都是古籍名版。随后，从一尘不染的天井旁漫步，走上楼梯，只听老汤说着，"这么大的一个天井，不单单是让人有一种开阔意境，读书累时，便可以散步。在江南，多雨又遇黄梅天气，这个大天井更是在这里晒书通气、防潮防霉的好场所"。

沿着楼梯踏级而上，两层回廊式的上上下下共有 52 个房间摆满了各种古籍。书楼的一切整理有序，井井有条，干燥洁净，旁无杂物。这是竹君第一次看到了藏书楼的真面目，体会了书的海洋这句常用的话，更读懂了这位中年普通的图书管理员的敬业和责任。

从汤先生的身上，竹君读懂了这位不是土生土长本地人的外来客，不是文物图书专家的管理员对于职业的担当，对于文化的尊重，对于保护的理解。竹君，这位职业急救医生，被他感动了，他也更深知自己职业的重担。

在他们面前洁净、宽大、平整的天井，展现的是开阔沉稳、平静淡定的人文书籍的世界，是内心淡定、深沉求知与广博的胸怀。他们边走边谈，与其说是徒步在这书楼上下回廊、过道间书库，不如说是在书的海洋，在穿越着时空千百年中华文化绵延不尽的长廊里交流。

走出长廊旁的书楼，近在咫尺的"文园"引起竹君的兴趣。人们常说，近朱者赤，近墨者黑。听这个园林的名字，既浓郁又平淡的文化气氛，事实上也是当地人们对这里深厚文化解读的"现代版"，或者说嘉业藏书楼的延续。如果我们只是沉醉在先人的成就光环中，而没有发展，那是没有出息的。保存与发展，传统与进步，是一个永远不可分割的过程。前进是没有终极的终极目标，这

个目标永远不可能，而且也不能达到。正因如此，我们的生活永远
充满着新鲜与诱惑，持续与发展。

　　文园，又一个浓缩了的"文化盆景"。它还将当年大运河上，
镇郊东栅外开往上海苏州河的十六铺码头的"分水墩"被毁坏的
"文星阁"，按原样重建，立在文园的湖面上。这不仅是园林主人对
当地历史的怀旧，更反映了对文化科学人物的敬重。环游文园，在
环湖回廊中，壁上镌刻着当地可据的历史人物到新中国成立后默默
做出贡献的英才们。啊，崇文重教的风气，在南浔总是散发着它的
浓浓书香。

文园内的南浔文星阁

第一章

唐山的
那场大地震

一

天安门旁有一个小小的北京市急救站

天安门东侧的第一个出入口，是南池子，它与西侧的第一个出入口南长街，相对位于东西两边。无论叫作池子也好，称为长街也罢，对北京而言，就是两条大胡同，在上海就叫马路了。

南池子就其地理位置而言，不论在封建朝代，还是共和国诞生后，应该说是极其重要的。国庆大典，游行集会，南池子大街（恕本书作者冠以这个称谓）是人群由东进入天安门广场最近端的一支队伍。竹君暗喻它为心脏主动脉的左旋支。因为人们常说北京是祖国的心脏，而天安门则是更确切的心脏，长安街是主动脉，位于东侧，游行集会的队伍都是由东向西行进，将南池子大街的重要地理位置和作用比喻为主动脉的左旋支，誉不为过吧。

竹君对天安门、天安门广场、南池子的感情可谓深之又深。他的急救事业在此起步，共和国的重大历史事件在这里上演，国庆、"五一"的游行等盛大群众集会都在这里举行……

竹君作为这个城市也是我们国家的一个新型的医疗机构，不是医院也不是诊所，而是"急救站"的一名医生，不仅因为这个单位位于此，他也在这里工作住宿。而大型政治游园活动，也多在近在咫尺的北京劳动人民文化宫和一箭之远的中山公园里展开。

二十世纪六七十年代人数多达十几万人乃至百万人的群众性聚集和游行，这在世界各国并不多见，而在中国，在北京，在天安门广场，在大公园等处并不罕见。那时，对华友好国家元首的到访，

竹君 1960 年在北京市急救站

　　机场上的迎来送往的礼节，进入市区后数十万人的夹道欢迎，场面十分热烈。这就要求设立救护站。三五个临时站点是难以应对的，需要一个总的救护组织根据实际情况，下设十几个或二三十个或更多的救护站点。

　　竹君刚开始是作为临时设立的急救站的医生参与工作，很快担任救护组织的主要成员，处置群众队伍中发生的各种急症和意外伤害。比如大游行时在天安门广场上固定的群众队伍，烈日照射下，长时间站立，很容易发生晕倒、不省人事。脸色苍白，脉搏微弱，呼吸浅慢……需要立即救护。

竹君和他的同事们，已经找出了一系列救护的规律，后来成文为处置常规。由于工作的熟练、经验的积累，渐渐他成了整个活动救护组织的实际负责人，北京市卫生局领导挂帅下的一个得力干将。也因此，他曾近距离地见过伟大领袖毛泽东，更是多次与共和国的总理擦肩而过。能见到伟人，自是光荣，但他更是研讨总结乃至提升群众集合地急症和意外伤害发生规律、处置原则。

在烈日下长久站立的学生队伍集会时，他会给救护站发下（后来要求他们自己准备）多瓶葡萄糖酒的"急救药"，它比针刺"人中"等方法简便有效。平卧休息，喝一小盅"葡萄糖酒"是"妙手回春"，几分钟后恢复常态。晚上参加焰火晚会的人员，救护站要求他们携带充足的生理盐水和洗眼器。因为在晴朗洁净的夜幕里，当凌空闪亮地升起一支支光柱，在天幕上开放出五彩缤纷的礼花，每个礼花像是一朵鲜花，迅速翻滚出多姿多彩的花瓣花蕊……就在人们忘情地张大双眼观赏这夜空的美景，多种礼花的五颜六色，有的人"眯眼了"，揉两下不管用，真是"眼里容不下沙子"这句话太确切了，纷纷来到救护站，一刻也不容消停，这时洗眼壶大派用场，流下的生理盐水，给排队"求医"者们冲走眼里的异物，至于个别严重者发生眼外伤的，还要立即发动救护车送到附近医院……

凡此种种，竹君除了日常的在北京市急救站值班，外出抢救危重病人，他还担负了这些重大集会游行的急救活动的组织者与践行

北京市急救站的救护车（20世纪50—80年代）

者。后来，也许是他的笔头猛而快，还被卫生部借调到负责保健工作的部门，也就是通常说的人大、政协"两会"。这一切，丰富了他的急救生活和阅历，也使他结识了不少专家学者和社会名流。

南池子，虽说在盛大游行集会时是如此之重要不凡，但在平常时日里，就像它的名字那样，平平常常，普普通通，不显山，不露水，行人、车辆不多，也不宽敞，安静清洁的马路，两旁树荫浓密，没有商店，没有政府机关，所以也无威武的军警岗哨林立。一些老的住户，十分喜欢这里，是闹中取静，别有洞天，真所谓深藏不露。外来者，即使是北京人，平常也很少光顾这里，尽管一步之遥就是天安门，是繁华的王府井商业区的近邻。

竹君爱南池子。在老北京人的称谓中"南池子"本意应该是条大胡同，但他不喜欢叫胡同。"胡同"这个名词好像不是汉人的语言词汇，所以他称它为大街。如要严格取证，池子，是水的场所，水的容纳，水在哪里？他不得而知，也从未去查考过。若从南池子中段，他们的急救站的三百多米，向北到了这条大街的末端，与北池子交界的两侧，那是个了不起的地方——东华门，这是故宫东侧的大门。封建王朝，文官进出于东华门，旁边的护城河，是有水的，南池子，指的是这里？

竹君，常在这里散步。庄重的东华门，护城河，这条不过二里路的南池子大街，他走过千百次。他想起远在浙江小镇的父亲。刚到北京那几年，慈父总认为北京山多水长路遥远，每次给儿子写信时，总觉得小镇的邮局不知信往北京走哪条路，太远了，也许邮局走远路绕弯道，给邮局提个醒吧，让儿子早一点收到信，怎么能捷足先登地将信寄到？于是在信封上，独出心裁地写上，"苏州转北京，南池子大街63号，北京市急救站……"。

坦率地讲，无论是人还是寄信件发邮包，他们居住在江浙交界的小镇，坐汽车到苏州，踏上从上海开出的火车，沿着沪宁铁路，一路向北，苏（州）、（无）锡、常（州）到南京，走津浦铁路，浦口轮渡、蚌埠、济南、天津，然后到达北京，这是二十世纪七八十年代前惯有的从上海、苏州到北京的"标准线路"。其实，竹君的父亲大可不必在信封上端正地写上"苏州转"。这大概就是父亲对儿子深爱的一种表述吧。

竹君每次见到这几个字，心中总涌上一股暖流，泪水情不自禁地在眼眶里打转，也时时回忆朱自清先生的名篇《背影》中的文字。竹君想起父亲在儿子离别时的交代，"在火车上，不要在车厢与车厢的连接处停留，那里容易出事情的，火车的突然刹车，或者车厢连接处脱钩，站在这个地方人容易摔倒，更不用说，连接处万一……"父亲没有再说下去，那是不吉利的。平时少言寡语一脸严肃的父亲，在爱子离家前那个晚上的谈话，又再次地在竹君脑海中闪烁。

父亲瘦弱的手，握着他一个少年的手，是其内心深处关爱的传达，父亲的操心劳神与事业的不称心，20世纪50年代初得了肺结核，那时几乎无药可医，尽管后来异烟肼（雷米封）、链霉素相继问世，但对他似乎已经起不了多大作用。儿子在北京学医，毕业后分配做急救医生，父亲是兴奋的。他的理念，无论是儿子还是女儿，他们长大了，就要到祖国的四面八方，不能留在父母膝下，要经风雨，要见世面，为人诚实，守信遵时，要创事业，要多读书，看一辈子的书，这是"家训"。竹君总是这样记着父亲不多的话，但却嵌入心头的话。所以，他无论是漫步到近处劳动人民文化宫

（东门）里的图书馆，还是行走于东华门之旁的皇城护城河旁，总是要带一本书。

宁静的南池子，平日里的它，没有喧嚣，也少有汽车喇叭的声响，唯有穿梭似的救护车是唯一的紧张的场面。救护车的紧急任务外出，常常要拉响警笛，但是，似乎心照不宣地，除非特别危急的状况，司机在这里是不拉警笛的，是怕扰乱街坊四邻，还是不忍心打破这里的寂静？难怪那么多年过去了，南池子这条街，住在这里的居民，没有一人、没有一信，来向这座城市唯一的一个执行院外急救重任的单位投诉它的"扰民"。

多年后，当竹君他们要迁到宽阔的前门西大街，和平门旁的大马路时，一座新型的急救大楼，中国第一个现代化的北京急救中心已经建成，将要告别这个只有十几辆老旧的救护车，四十来个员工的单位时，他突然升起一种依依不舍的感情。宁静的南池子，宛如一个饱经风霜的中年男子，阅尽了人间春色和炎夏寒冬，上演了这座城市，不，中国首都风起云涌的游行，和动荡不安政治风云下的集会。在一次次动荡，一阵阵波谲云诡里，终于有惊无险地走上了中国改革开放大潮里，步子越稳，越大。

在北京市急救站的工作是十分艰辛的，同事们形象地比喻自己是"马路大夫"。因为接受呼救电话后，如果病情危重者，就要出车。带着急救包、氧气袋，火急火燎地登上救护车，风驰电掣般地在马路上疾驰着。当危重病人经救治后，还要帮助病家（尤其是老年的家庭）一起将病人从担架上抬上救护车。那时救护车是不设担架工的。

那时的急救电话也是有意为之的，因为站址地处东城区，电话局是 5 局，为了方便市民记住号码，呼救号为 5.5678。后来升级，电话局由 5 变成了 55，呼救电话也就变更为 55.5678。当时整个北京市包括郊区，医疗呼救的电话号码只有一个，一部电话——"55.5678"。在急救值班室里还有一部电话是 55.5809，那是为医务、司机、行政等人员工作使用的，北京电话本上是有标出的，但一般市民不知道。还有一部单位为全站职工大家公用的电话 55.0598。当然，站长办公室是有一部电话的。

二

"7·28" 唐山大地震

55.5678 是竹君一生中最为熟悉的号码，是魂牵梦萦的号码，不仅在白天黑夜工作中，就连梦里还不时出现，在北京南池子大街上，这条街唯一的一个"大单位"的墙壁上，铸印着上述六个阿拉伯数字。

时间来到了 1976 年 7 月 27 日早晨 8 点整。值班室里，有十来个医生护士在交接班。竹君是接班的医生小组长。他们组共有 5 个人，交接班只用了二十多分钟，因为将要上 24 小时的班，大家各自准备自己的急救包里的药品（都是注射用药）和大、小注射器，以及敷料等。当日，无重大情况和特殊病人，所以没有什么遗留需要处理的事项。

下班的医生护士们脱下了白大褂，一脸疲惫，骑着自行车回去休息了。要知道，他们上的班叫作"24 小时对打铁"。就是说，上一天一夜的班，然后休息一天一夜，简单地说，上一天班，休息一天，乍一听，多舒服呀，多好呀！实际上是累得要命。亲爱的读者，细听分解。

早晨 8 点钟上班，急救电话铃声不断，出车奔波不停，近在十里二十里的市内出车，现场急救处置后送往就近医院，一趟急救出车两三个小时。若是赶上郊区，病情又复杂的，多需要四五个小时。如果是早上 6 点多钟碰上去郊区，回来时肯定过了早晨 8 点钟下班的时间，常常是九十点钟了。即使正常下班，一周三次的政治学习，每次两个小时，所以早晨下班后，回到家已近中午。吃完中饭，赶紧睡觉，一觉醒来，已是夜幕垂下，第二天，又是一个 24 小时。何况这个"对打铁"，没有星期天，也难寻节假日。但是，在那个年代，绝大多数人没有抱怨叫苦的，即使二毛钱的夜餐补助，有时还常常无怨无悔为革命做出贡献。

7 月 27 日北京的天气格外闷热。他们五个人一组的医生，大家是轮流负责接听处理 55.5678 全市的急救呼叫的。这就是说，本次值班负责接听、处理电话的称为"司令"，他必须 24 小时不离不弃地守着这部急救电话，他根据求救者的情况发出指令，派车出去，也就是另外四位医护人员轮流外出。他们都不愿当"司令"，并不愿稳坐值班室不需要辛苦奔波外出抢救病人。事实上，"司令"在值班期间，电话铃声不断，他很难有一个完整的一二个小时没有铃声稍稍得以休息的。而外出的医生，则总有空隙可以睡上两三个小时，或者在出车途中打个盹，眯个小觉。

竹君却很愿当"司令"。这一天，他可以不用出车，他可以利用间隙的时间读书做笔记，可以完成文献卡片。这也为他积累了大量的文献资料，再说，通常后半夜到凌晨，电话少了很多，似睡非睡，可以断断续续地合上眼，"昏迷"它几次，这就是我们职业急救医生已经养成的习惯。闭眼即能进入睡眠状态，电话铃声一响，即能清醒如常，处置呼救电话，把病情问清，地址弄明，一张急救派车单迅速地填写得清清楚楚。

7月27日早8点到28日早8点的这一次值班，竹君轮值当北京市急救站"司令"，官方用语是"总值班"。他像往常一样，翻开了带来的杂志，开启了还是早年留下但十分耐用的日本旧电风扇，给他带来了几丝凉风。尽管55.5678的电话铃声不时地响起，询问派车、出车……但总有空隙的时候，书本在翻动着。从现场抢救回来的医生，在整理着急救包，在换掉用过的注射器，补充着呼吸兴奋剂尼可刹米，心脏兴奋剂肾上腺素……然后赶紧躺下，争取有一点休息的时间，用他们的话"眯上一会，睡个小觉"，这就是当时中国的首都北京唯一的院外专业急救机构的缩影。

每次外出抢救，远比我们想象中的"出诊"要辛苦得多。车况差的救护车，有的还是"二战"时留下的美式"中卡"，车内通风不好，车的颠动又剧烈，再加上路面尤其是远郊区的山间公路，坐在车里活像是处在振荡器内。但这一切，竹君几年下来已经习惯了，何况，那时也只是二十几岁三十来岁的年轻人呢。

年轻，就是好，身体健康，精力充沛，动作迅速，思维敏捷。因为今天是当"司令"，炎热的天气，有这个老旧的电风扇不停地摇摆，忙中偷闲，他已经做完了文献卡片。第一张很重要的，中国天津的一位学者在 20 世纪 50 年代后期关于胸外心脏按压的。我国的胸外心脏按压并不比美国的报告晚呀！此外，他还给自己特制了一个"心得卡片"，因为文章没有投稿，但却极有意义的，留给自己吧！他终于追记完成了第二张卡片。是自己当年的抢救记录，留存给自己吧！

那是 1963 年，他在北海公园后门（北门）抢救一位骤然倒地的中学生。出车前，值班司令小樊护士接到电话后迅速决定派车，并且指名道姓的要李大夫去。她说："你不是对什么心脏复苏特别感兴趣吗？这个病人最适合你，别忘了，再带个切开缝合包。"

当时的急救站，除了每个医生有固定的急救包，主要是常用的抢救药品如呼吸心脏兴奋剂、高渗葡萄糖液、止血剂以及包括吗啡在内的止痛剂等，多是供肌内皮下注射的，也有某些药物加在高渗溶液内缓慢推入作静脉注射。比如那个年代心力衰竭尤其是左心衰竭病人较多，那时冠心病包括急性心肌梗死发病率不太高，倒是风湿性心脏病左心衰竭的病人表现出严重的呼吸困难、缺氧，嘴唇发绀，稍一活动，喘得几乎要停止呼吸，哪容你不作急救处置就将病人抬上搬下往医院送。因为这个缘故，使竹君在处置左心衰竭上也大有长进。

狭小的救护车有限车厢的高度等诸多因素是难以给病人输液的，所以放上 50 毫升、60 毫升的大注射器，是他们常用的重磅"武器"。此外，还专门配备了孕妇抢救包，外伤急救包，装有处置创伤的药品敷料，以及切开缝合引流包等。急救中毒包，装有一些特效解毒剂如二巯丙醇（BAL）、亚甲蓝（美蓝），以及洗胃用具等。竹君对这个急救站还是十分钟情的，尽管车辆破旧，设备落后，但同事们的敬业精神是可嘉的！

不容分说，他背上了急救包，拿起了两个氧气袋，司机替他拿了外伤切开缝合包……他们出发了。风驰电掣，七八分钟，救护车停在了北海公园后门，已经围了不少人。一个年轻的学子，呼吸心跳停止，而且瞳孔开始散大，但散大得还没到边，也许，真是初生牛犊不怕虎！将吸氧气的鼻管插入后，竹君几乎毫不犹豫地给病人胸部用碘酊、乙醇快速消毒后，在左胸前两肋骨间切开，用扩张器撑开了胸腔，戴上了消毒手套，将手直接伸进胸腔里，捏住了余温未散的热乎乎的心脏，用力地挤压着。同来的司机，彼此关系很好，替竹君打着下手，司机按照他的指示找到了强心剂肾上腺素，打安瓿、吸药，递给了他，他直接向心脏内注药。十多分钟过去了，心脏跳动了几下，又停了，于是他们一边抢救一边往就近的北大医院急诊室送去。到医院时，心脏仍无复跳。

这是他年轻时第一次也是此生唯一的一次在现场开胸作心脏按压。后来回想，觉得自己确实胆子真够大的。

那时几乎所有的专业杂志都停刊了，仅在此前后人民卫生出版社罕见地被批准出了一本《赤脚医生杂志》，竹君还是编委，曾经建议组织关于心搏骤停用药的笔谈会。当这张心得卡片修改后，已是半夜，电话铃声的频率显著降低了。竹君收起了纸和笔，困意也已袭来，他躺在值班床上，不觉迷迷糊糊地睡着了。突然，那木制的结实的单人床猛烈地摇晃起来，把他惊醒。

一种职业本能、长年累月值夜班说起就起、说走就走的习惯使其立即起床，而且十分清醒。凌晨，不到四点钟，他明显地感觉到地面也在颤抖。北京市急救站单位很小，先前这里是东华门诊所后边北京耳鼻喉医院，门诊大厅很小，屋顶全部是厚大的玻璃铺设，他们戏称是"玻璃大厅"，玻璃顶以及房间的玻璃窗都"格格"作响。与此同时，急救电话 55.5678 值班室的对面，那几间房子是医生、司机休息室，门洞大开，值班医生、司机也走出房间，到了只有宽三四米、长十几米的大厅里，都喊道："地震啦，地震啦！"

他们这些人毕竟都是见过"世面"的，而且大多数人还参加过不久前的邢台地震的抢救工作。作为总值班的竹君，又是高年资医生、负责医疗业务，与大家极简单地商量后，很快就各就各位。他守着当时的急救电话，其他医生检查急救包，并把夹板、绷带等外伤用的抢救器材用品准备好了，司机也做好了出车的准备，将车库的大门全部打开了。

当时北京市急救站尽管机构很小，但却精悍。临街的一排 6 个灰色的门全部打开，即是 6 辆整装待发的救护车，只要一发动，就像离弦之箭。当时北京市急救站位于南池子大街上，一箭之遥向南即是天安门，向北开动，就到了东华门大街、北池子，十分方便。

当车库大门洞开后，南池子的居民也开始陆陆续续地从家里出来涌上街头，渐渐地，形成一股股人流，向南，向着不过几百米的南池子南出口即天安门广场处流去。

急救电话开始不断地打进来。呼救的人多是东城区东面至东郊朝阳区一带，一些破旧房子因倒塌而伤人，但总的情况并不严重，更多的是一些老年人因惊吓、心情紧张而犯病。由于当时偌大的北京城只有一部急救电话，即 55.5678 为大家熟知；另一部为职工使

唐山地震时，北京市急救站大部分搬至天安门广场东观礼台前

用的 55.5809 好多人不知道，所以大多数呼救电话都打不进来。这恐怕也是为什么在以后，竹君一直奔波呼吁要建立现代化的北京急救中心，形成城市急救服务网络，设立我国统一的急救电话号码的

缘由了！再加上当时只有5～6辆值班车辆担任外出抢救任务，真可谓"杯水车薪"了。为安全计，很快北京市急救站在近处的天安门广场东侧支起了帐篷，开来的救护车停在那里，成了临时设在天安门广场北京市急救站。恐怕这也是天安门广场历史上唯一"合法"的固定的国家公立医疗机构吧！

三

平日里少见的破伤风、气性坏疽乘机兴风作浪

几天后，上级派竹君到北京远郊一个重要的铁路枢纽处去工作。当时，中共中央、国务院、中央军委、北京市革委会联合在此成立了名为唐山地震慰问组的机构（那时时兴把机构都称为"组"，好像很小，实际上这种"组"可是个相当大的机构），实质上是指挥、调派、转运、救护唐山地区受伤人员的"司令部"。在这个组里，负责卫生事务的就是一位卫生部张副部长及卫生部计划生育部门的栗主任。

和竹君一起来的同事除了北京市急救站的年轻医生外，还有几家市属医院的医生护士，组成了抢救组，具体负责对每列从唐山开来的火车里的伤员进行"检伤分类"及必要的抢救。"检伤分类"是在急救医学中，当发生重大灾情，出现群体伤害时的一项十分重要的工作，需要由经验丰富的医生做出轻重缓急的鉴别，然后由麻

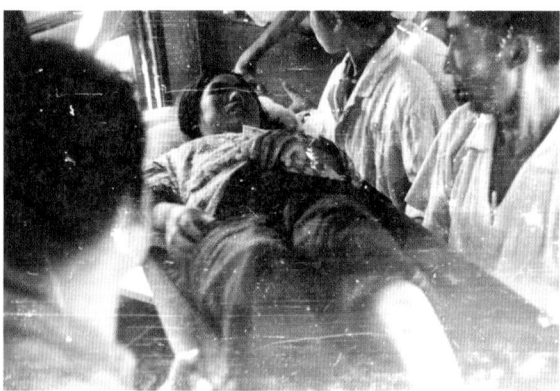

转运唐山来的伤病员

利果断的护士长立即遵照医嘱尽快落实，等于在此"把一下关"，然后把伤员分送至全国各地。而对于极少数危在旦夕的伤员，我们可以决定由车上转下，进行就地抢救，然后送到北京市各个医院。

因此，这个抢救小组责任重大。几乎从唐山开来的火车都要停下来在此接受检查，每天 24 小时中，能有较完整、连续的两三个小时合一会儿眼皮、打一个瞌睡就算是很不错了。后来竹君还到了唐山灾害现场，帮助当地医务人员如何科学有效快速地进行检伤分类，还直接参与了重伤病员的抢救。他常常往返于现场和开往全国各地的火车上。

地震受伤人员，很多是全身多处复合伤而且伤情严重。也就是说，既有头颅损伤，又有脊柱骨盘骨折，还常伴有内脏破裂。这个抢救组（又分成若干小组），有不少医生是从没有见过濒死的危重伤病员，这时候，竹君这个"老急救"往往是站到受伤最重的人身边，用最快的速度为其诊断救治，是否留京也往往由我决定。"权力"很大。其实，那时有不少危重病人他过去也未见到过，那就是气性坏疽、破伤风，以及留下终生最痛苦记忆的截瘫病人。

从唐山发出的列车上的伤员，多是受伤已三天之后了。时值炎热夏季，卫生条件又差，许多开放性伤员几乎都有严重的细菌感染。其中特殊的气性坏疽及破伤风，是厌氧类细菌所造成的严重感染。这类疾病在正常情况下极少发生，尤其在卫生状况和医疗条件明显改善的今天。所以，青年医生过去只是在书本中读到过，没有实际接触过破伤风、气性坏疽病人。多是在书刊中见到的，如旧式接生婆用生锈的剪刀去剪断呱呱坠地胎儿的脐带，会发生"四六风"（即婴儿由此得了破伤风，经潜伏期后第四至第六天发病）的事，竹君早年曾在抢救中偶见过一两例，也是匆匆而过印象不深。

这一次，却大大不同。地震造成的外伤，引起的严重的厌氧细菌感染，不仅发生率极高，而且经过几天的潜伏期，正好在眼皮子底下"发病"！

气性坏疽是梭状芽胞杆菌（如产气荚膜梭菌、水肿杆菌、腐败杆菌、溶组织杆菌）造成，平时这些杆菌潜伏在泥土和人、畜的粪中，都穿着一件厚实坚强的盔甲"孢子"，所以对外界的抵抗力极强。现在，地震造成人群的开放性损伤，而这些伤口又都很脏，受到土壤等污染，细菌乘机大举侵犯人体。

本来，气性坏疽致病菌进入体内后真正能使人发病的并不很多，但在人体由于饥饿、缺水、紧张、劳累等一系列诱因使抵抗力明显下降的情况下，又由于机体深层肌肉损毁、大块组织坏死、血液供应不良，地震伤时组织受损支离破碎、伤口死腔多、引流不畅，以及有需要氧气的化脓性细菌存在的伤口，凡此种种，给这些厌氧细菌的生存、繁殖创造了得天独厚的条件。它们在地震损伤的机体里兴风作浪，发病率就很高了。这类细菌多能产生各种酶和毒素，有极强的分解糖类和蛋白质的能力和致病作用。

当他们见到这类伤员时，正是其症状出现最明显之时。主要是肌肉组织丰满的地方（如大腿，其次是臀部）伤口肿胀疼痛，周围皮肤高度水肿，绷紧得发亮，随后变为紫铜色。病人体温急剧升高，常达40 ℃，烦躁不安，尤其伤口处发出一阵阵令人恶心、难以忍受以至眩晕的恶臭味。现在，竹君回忆起来都能准确地感到这种恶臭。

当他们在车厢里检查病人，闻到那恶臭味，见到那气性坏疽病人，马上就要把他转下留京，并尽快地送到就近医院进行手术治疗。对此类病人要及时地进行彻底广泛地切除坏死组织，冲洗伤口，切口敞开不缝合，浸透氧化剂纱布引流，并辅以抗生素，效果是较好的。

发生破伤风的病人更多了。它也是受一种厌氧细菌的感染，也是有一层盔甲"孢子"保护着它，使它像孙悟空对太上老君的炼丹炉那样，遇高温高热炙烤而不动声色。

大自然中破伤风梭菌实在太多了。在尘埃中，在 30 厘米深的土层里，在食草动物马、牛、羊甚至人的粪便内都有它的存在。但破伤风梭菌及其毒素都不能通过正常无破损的皮肤侵犯人体，它们只能徘徊，只能伺机而动。"机"就是在人体既有破伤风梭菌，又有污秽的伤口，有泥土、碎屑的伤口。凡伤口污秽深窄的曲折死腔，正是破伤风梭菌大有作为的场所。地震伤害时的伤口，正是为它提供了最佳机遇和基地。

破伤风对人类的危害不是细菌本身，而是细菌分泌的外毒素。毒素有两种，即痉挛毒素和溶血毒素。痉挛毒素对神经有特殊的亲和力，能引起肌肉痉挛，溶血毒素在发病上不起重要作用。

破伤风进入人体后有数天至 2 周的潜伏期。潜伏期愈短或受伤离脑部愈近，病情愈严重。抽风是病人的主要症状和表现。

那时，他们见到了很多的破伤风病人。因为唐山地震的环境和条件很差，尤其又处于炎热季节，所以破伤风的发病潜伏期多数较短。当列车即将开进站时，广播喇叭响起了预报的声音，他们抢救组的人，马上从小屋子里匆匆地走出来，劳累与困乏顿时消除，个个精神抖擞地背上急救包到各个车厢。因为首先注意的是危在旦夕和急需处理的病人，自然，破伤风是一"大户"。

　　破伤风在光亮、声响等刺激下很容易诱发抽风，严重的病人全身肌肉抽动，面部肌肉的抽搐形成特有的"苦笑面容"。带着这种"苦笑面容"的张张面孔，到现在还能清晰地在竹君的脑海中重现。当时最让他着急的是，由于唐山现场条件艰苦，药物缺乏，所以严重的抽搐病人表现出突然的呼吸困难、呼吸停止，要立即给予保持其呼吸道通畅，个别的还需要作气管切开，使用镇静镇痉药物。抢救工作，真像是一次匆匆上阵的激烈战斗。当把剧烈抽搐时呼吸几乎要停止的病人病情控制得平稳时，心中真有无限的欣慰。

　　少数病人由于抽搐太频繁，而且抽动幅度很大，随时有呼吸停止的可能。考虑到运输路途遥远，长途颠簸，声响光线等种种刺激诱发抽搐实在太容易了，临时留下了不少严重的破伤风病人，然后，用救护车转送到附近医院。

　　现场的检伤分类，现场的急救，以及对少数留下来的病人还要随车护送到就近的医院，其工作紧张劳累是不用说了，但谁也没有叫一声苦说一声累。面对一批批伤员经过抢救组的工作，面对无数危重病人在处置后症状得以缓解，心中感到无比的安慰。抢救组人员个个充满一种为受灾的同胞尽一份心的自豪。那时，大家的饭量猛增，一天要吃上七八顿。过了几天，体弱的女医生、护士开始有点吃不消了，刚从上海调来北京工作的陈护士长终于晕倒在抢救现场。但当她醒来稍稍休息一会后，又与大家一起在"列车即将进站，请同志们做好准备……"的广播声中走向了车厢。

　　通过对地震伤的常见多发病的抢救，许多医生也丰富了自己的实践，通过血的教训，为以后的急救，特别是对突发灾难性事故的抢救，积累了丰富的经验。

四

令人心痛心碎的截瘫者

然而，抢救组，我们的竹君，终生最为伤心的是面对大批的截瘫病人。

当竹君他们来到闷热的车厢，有时见到的不是垂危在顷刻的病人，不是血淋淋的面孔，不是正在抽风、牙关紧闭的呼吸困难者，不是发出恶臭、高热疼痛难忍的伤员，而是表情平静、说话自如的中青年人。他们身上既看不到累累伤痕，也听不到任何痛苦抱怨，有的妇女问我们会将她们送往何处，有的人则要求喝几口水，天太热，渴得实在受不了。

这是些什么病人呢？仅仅是因为家园被毁而把他们运送到他乡作安顿吗？不是的！他们是一批截瘫病人。别看他们有正常的活跃的与常人并无二致的思维，但他们都发生了不同部位的截瘫。很高位的截瘫，严重影响到呼吸的人，也许已经匆匆地离开了人间。这些截瘫的人，他们的身体已经不能接受大脑的指挥管理了，已经是貌合神离，思想与行动分家了。他们的下肢，已经失去了生命的活力，已经离开了他们那年轻的头脑、敏捷的思维，已经远离这丰富的人生思潮和奔腾不息的生命长河了！

有几位中年妇女，彼此在交谈，看不出她们有特殊的痛苦，听不到她们那无法生存悲哀的号哭。也许是她们不知身患终生截瘫？也许她们对以后的治疗存有希望？不，其实，她们是知道的。也许最痛苦的　刹那已经过去，也许那地动山摇的一幕已经消失，也许那夫亡子丧、房倒屋塌的场景已经淡漠，也许那天崩地裂、撕人心肝的哭泣泪儿已干。过去了，一切都过去了，留在这些妇女脸上的是平静、是刚毅，像华北大平原那样的坦荡宽厚，无遮无拦，容纳一切。

竹君听见一位妇女轻轻地问道："大夫，这里是什么地方？"竹君告诉她，是北京郊区的一个火车站，是中央慰问组的所在地。她高兴地笑了，转过脸去望着她的同伴，是邻居，是同事，是熟人，还有刚刚相识的……"啊，我们到北京了，真想到天安门去看看，也许还能见到毛主席……"猛然，竹君看到她的脸上掠过了一丝痛楚的淡淡的苦笑，突然像被一片乌云笼罩，但很快又恢复了刚才的平静。

这时，竹君他听到稍远处，一位妇女轻轻地对照顾她们的人说道："我的身体像分了家似的，底下什么都不知道。"她的话声音很低，但这低微的声波却猛烈地冲击着竹君的胸膛，心脏不由自主地颤抖了几次，像是突然来了几次"早跳"——室性期前收缩发生时特有的症状。面对她们的平静，他却有点要失去医生在病人面前的应有的沉着，感觉眼泪要夺眶而出，他赶紧离开了车厢。

长长的铁轨，延伸着，延伸着，火车将要驶向远方。到底驶向哪里，谁也说不清楚。在漫长的人生道路上，他们将如何艰难地前进呀。对于截瘫伤病人而言，明天的征途该是一条什么样的道路？

过去，竹君无论听老师讲课还是通过书本上的知识，都懂得脊柱损伤或怀疑脊柱损伤，在现场的搬运、途中的运输等挪动伤者的过程中，一定要注意动作一致、平稳轻巧地把伤病人放在脊柱板、木板或其他平整硬质的担架上。千万不能在现场，扶着病人走几步试试看伤肢脊柱有无受到损伤；千万不能你拉腿我抱身子地将病人抬到担架上；千万不能用帆布、绳索等软性担架作搬运工具；千万不能用拖拉机、三轮车等震动很大又让病人窝着身子转运，千万不能随意搬动，千万不能……

那时，对这一系列的注意事项，虽认为肯定是有道理的，但却也认识不到不能按要求去做的严重后果。这次，我可实实在在地看到了严重的后果。

发生地震后，房屋倒塌最容易造成人体多发性的损伤，尤其脊柱损伤更是常见。脊椎骨折，多因直接重力打击（如房倒屋塌，以及火器伤、交通事故时的汽车直接撞击）；或由高处跳下摔下，足、臀部先予着地；重物暴力冲击头部、肩部或背部，致使脊柱突然过度前屈，很容易发生骨折、脱位。

脊椎发生骨折、脱位，可压迫或破坏脊髓。严重的脊髓损伤可以当即致命。但在不少情况下，脊柱骨折、脱位如损伤脊髓并不严重，在现场搬动转运时又十分小心，经过治疗休养是有可能恢复的。如果搬运方法不当，又使用柔软颠簸的搬运工具，则势必使脊髓受伤，或受伤进一步加重，以致损伤不可挽回。

他们遇到唐山大地震时数以百千计的截瘫伤者，有相当一部分就因为缺乏急救知识，而在搬动、转运中造成了终生的悲剧。

面对这些中青年截瘫病人，看到他们那坚强忍耐的面容，神志非常清楚，但半个身子却不能动了。在车厢下，在去往抢救组的临时住地的路上，竹君不禁热泪滚下。

当时，他暗暗地下决心，今后只要处理此类病人，当竭尽全力绝不让这样的悲剧发生。同时，在力所能及的范围内，将在学术研究和科学普及上一定要花大力气对此做出成绩。

四年后的 1983 年，当他第一次出国的第一站在巴黎看到抽气负压气垫能很好地固定肢体，他马上想到地震时的截瘫伤病员，他下意识地想到这个简单器材广泛应用于外伤现场救护处置和转运的重要性，于是他在回国后，便大力推荐；当 20 世纪 80 年代中后期在德国作空中急救时，他进一步体会到这种负压气垫在直升机上对此类病人转运的优良效果，就在国内又大力作了学术报告和宣传。

后来，在 1989 年 3 月，他参加抢救并越洋转运日本圣心女子大学教授及女大学生时，因为上述的经验和不断发展的科技，"皇天不负苦心人"，他领导的抢救组，使山口修团长和女大学生们由四川发生车祸的现场到东京，安然无恙、无一例发生截瘫。每每想到这些，工作上的艰辛烦恼，会像一阵风似地吹去，只是感到做一个急救医生的幸福与欣慰。

1995 年 12 月，武警部队准备接受国家主席视察前，武警卫生部部长约了中国红十字会副会长和竹君，主要是对武警救护队员在抢险救援现场紧急医疗处置上提出建议。当时，他不由自主地想起了唐山地震时的那些截瘫病人，情有所动地发了议论，深得在场同行们的共鸣。武警卫生部李部长说："那时我们部队里有一位护士，她曾护理过截瘫病人，可是很不幸，在唐山地震前，她从福建某基地到唐山去结婚，结果碰上了地震，而且不幸造成了截瘫。"

竹君连忙问，这位女同志现在情况怎样？部长也情有所动了。他说："这位护士，我的这位下级，不，我的这位战友，非常坚强，她就在北京。"

1996 年 7 月 24 日，竹君等在武警总医院举办了纪念唐山抗震救灾 20 周年，在报告会上，当年地震中的受害者、护士张胜兰同志安静地坐着轮椅也在会上讲了话。

竹君的目光，瞬间被她深深地吸引。也许，那时他在列车上见过她，也许没有见过，但她确实是像那时在列车上那些留给他很深印象的青年女性。她是一位衣着淡雅、修饰得体的美丽的中年妇女，白皙的皮肤，沉稳的性格，语言清楚而得体，没有丝毫的哀怨伤感的情调。如从远处望去，如未见到她身坐在轮椅上，你一定不会认为这是一位截瘫已达 20 年的女人。这就是我们中华民族不屈不挠的精神，这就是城市被毁后唐山人民重建家园的精神！

会后，他们专门相见，一下子彼此都感到似是多年未见的老友重逢。竹君直言，要了她的发言稿，并征得张胜兰女士的同意，把她自己亲笔写的自己念的稿子一字不改地收录如下。这篇文章，这篇用青春，用生命，用鲜血，用汗水，用对生活充满信心、不屈不挠搏斗的精神，用她的丈夫、她的家庭、她的战友、她周围的好人们的爱情、亲情、友情、同志情铸就的文章，竹君推荐给了《健康报》，在 1996 年 8 月 15 日的《健康报》上原文发表了。在寄出她的文章的同时，竹君也以 20 年来一直没有熄灭冷落的对急救事业的激情和对地震伤害中最令人心痛心碎的截瘫感受，写了一篇短评，报社刊登在她的文章之旁，竹君说，这是"凤凰涅槃"。此后，竹君一家和张胜兰一家一直保持着联系，建立了友谊。

"也许我今天能站着讲话"
——一位唐山大地震后高位截瘫者的心声

张胜兰

我是一名唐山大地震中的幸存者。天灾人祸有时是不可避免的，但在突发的灾害面前，人们如果能正确地自救与互救，是可以把伤亡减少到最低限度的。

唐山大地震造成 3817 名截瘫伤员。如果当时人们能掌握一点救护搬运脊柱损伤伤员的知识和技巧，截瘫的人数肯定会减少很多，也许我今天能站着讲话，也许会有更多的脊柱损伤的伤员不用坐在轮椅上苦熬岁月。

地震前我是一名护士，我曾亲手护理过一位截瘫小战士。这位小战士是在挖防空洞时，被塌方的泥土碎石砸伤了腰部，被连长和指导员一人抬肩一人抬腿亲自送到我们医院的。一共只用了 10 分钟。可因为搬运方法不正确，使小战士的不稳定型脊髓损伤更加严重，造成下肢瘫痪。小战士的母亲发疯似的为他按摩双腿，甚至拼命捶打，可已经于事无补了。那年小战士 19 岁。连长、指导员抚摸着小战士的双腿欲哭无泪，可这能全怪连长和指导员吗？带兵打仗他们是一把好手，可救护伤员，他们懂得不多啊！

我还认识一名飞行员，飞机出事故时他脖子受了伤，昏迷不醒，其他飞行员冒着生命危险连拉带抱地把他从驾驶舱里救出来。当时没有发现他哪里出血受伤，急忙送往医院抢救。很不幸的是，同样是因为搬运救护方法不正确，造成受伤的颈椎严重错位，继发高位截瘫。飞行员年轻的妻子抱着刚满周岁的女儿从家乡赶来了，牙牙学语的女儿伸出胖乎乎的小手要爸爸抱，可爸爸不能抱她，因为双手软弱无力，已经萎缩变形。一家三口哭作一团。其他飞行员怎么也没想到冒着生命危险救出的战友竟成了这样！有谁能责怪这些年轻的飞行员呢？因为以前从没有人给这些翱翔蓝天的雄鹰们讲过正确搬运救护伤员的基本常识。

我非常同情这些战士、妻子、母亲，但我没有想到，我和他们的命运竟如此相似。

在唐山大地震中，我的颈椎受伤，昏迷不醒。我家房屋部分倒塌，大门被碎石挡住无法打开，家人冒着余震的危险，把我从窗口救出来。往医院转送乘坐的卡车在严重损坏的道路上剧烈颠簸了80多千米，对我没有采取任何保护措施。当我从昏迷中醒来后，告诉前来抢救的外科主任，我脖子疼。他认为是颈椎错位，决定立即手法复位。他蹲在我头前，让家人压住我的双腿，他用双手托住我的下颌，用劲往上拉，并左右晃

张胜兰与唐山地震"第一报告人"李玉林［左一竹君，左二李玉林，左三张胜兰，左四阎志国（张胜兰丈夫）］

动。我实在忍不住，开始呻吟，但他还是坚持这种治疗方法好几分钟。脖子疼痛加剧，我又昏迷过去。事后经专家分析，在当时没有经过 X 线检查，不明伤势的情况下，采用那种治疗方法是很危险的，也许是导致我高位截瘫的重要原因之一。

这么多年过去了，我经常想，如果当时搬运方法正确，如果在颠簸的卡车上采取了适当的保护措施，如果那位外科主任不盲目地治疗，也许我现在会好得多。不懂得正确救护，好心就不一定能办好事！

正确的救护和搬运对于截瘫伤员的治疗与康复具有特殊的重要意义，它是迈向康复的第一步，是非常关键的一步。在纪念唐山地震 20 周年的日子里，我代表和我一样的不幸者呼吁，广泛普及救援医学知识，让更多的人学习和掌握救援知识，让明天的生活少一些遗憾，多一些快乐。

愿我们记住唐山地震这场灾难留下的教训。为了明天的纪念，学习急救知识和技能，把地震等自然灾害对人类的危害减小到最低限度。

2000 年元旦下午，作曲家雷蕾女士、词作家易茗夫妇到和平门处的北京急救中心看望友人竹君。竹君提议，我们一起去看望张胜兰夫妇吧。他们住在东边不远处的崇文门。于是大家一起出发，片刻功夫就到了张胜兰家。当时才下午四点多钟，大家互相祝贺，喜迎新年，原本只想待个把钟头，结果一起包了饺子，又吃又聊，又一起唱起了"愿好人一生平安"，直到晚上九点钟才离开。好人的心，是相通的！

竹君（右一）和作曲家雷蕾，词作家易茗夫妇（左一、二）到张胜兰家中看望

最后，也就是本书即将付印之际，竹君想特别补充一段话，他没有忘记自己的誓言：今后凡参加地震等现场抢救，将尽力避免截瘫的发生，平时要大力普及灾害及多种创伤事故救援中正确的急救方法和技能，因为现场我们只要做好这些，就能大大减少这种不幸的发生。无论是 21 世纪汶川大地震，还是四川芦山地震、云南鲁甸地震等，截瘫的发生已经大幅度地减少！这就是文明阳光的力量！

第二章

愿你们
是 20 世纪的
马可·波罗

一

与意大利政府商谈，创建中国急救"120"

国人大多知道，由于历史的背景和不同原因，中国在清末时美国人建立了北京协和医院，20 世纪 50 年代新中国成立之初，苏联人建立了北京友谊医院，80 年代，日本人在中国建立了中日医院，20 世纪 80 年代初，中国迈出改革开放的步伐是令人激动的，但很多人不知道位于北京离天安门一箭之遥的和平门旁的北京急救中心是个什么样的医疗机构，它的功能以及建立的背景。它是 20 世纪 80 年代后期建立的，它不同于医院的结构，服务功能模式也异于医院，但目标都是为了病人的生命健康而且直接为生命危在旦夕片刻的紧急伤病员服务，它是 20 世纪后半叶，不仅是中国也是全球新出现的一种医疗模式。

谈到这里，我们就要联系到本书主人公竹君的故事。唐山地震后不久，中国发生了翻天覆地的变化，"四人帮"被打倒，改革开放的春风吹遍神州大地。

其时竹君在北京市急救站工作。急救站如同当时的"防疫站"，都是以站为称呼单位，"站"的名字似乎决定它的身份地位是很基层的，登不上大雅之堂，叫什么什么站，真有点灰头土脸。

我们的国人也确实可爱，自从到了 20 世纪末 21 世纪初，全国所有城市的急救站改成"急救中心"，各地的防疫站改称为"疾病预防控制中心"，更用英文简称为"CDC"，身份倍增，不，身价猛增。其实不少主体工作内容并无二致。如同一个人，今日穿戴普通，明天梳洗打扮西装革履，皮鞋擦得锃亮，"衣帽瞧人"吧。

竹君想到，急救站很重要，但作为首都的急救站，结构和服务功能必须调整升格，要形成体系。唐山地震，使他认识到急救站不仅在平时要为公众服务，还要考虑到大灾大难，天灾人祸时的城镇安全和群体伤害的救护。

他一如既往地只要见到主管领导就不厌其烦，反反复复地谈论急救之重要，必须要改革要发展。当时的国家卫生部部长钱信忠，因"文化大革命"期间与竹君熟识，此后竹君与他常有来往，成了朋友。北京市主管市长白介夫，因为高老（士其）的缘故也得以相识，竹君更是三句话不离本行。用钱部长的话说，"他是说说谈谈，总要提到急救"。而竹君有时也自嘲，"我真像鲁迅先生笔下的祥林嫂，没完没了地重复说北京要建立急救体系"，但这些领导们确实被他感动了。有一天，白市长专门约他到北京市政府他的办公室，详细深入地谈了足足两个小时的急救。不久，一天早晨的交班会，值班医生报告了昨天晚上有一位自称是市政府工作人员，但看来像是个领导，骑着自行车到了急救站，问长问短，表现出对我们急救站很大的兴趣和关注……。旁人一听，听听而已，而竹君却马上想到了也许是白市长。果然，证实了是白市长。

原来市长他晚上骑着自行车，从他住处红霞公寓到南池子63号北京市急救站进行"微服私访"。不久，他见到竹君说："真没想到，负责全北京市急救工作的北京市急救站，就只有这么几辆破旧的急救车值班，就这么一部55.5678急救电话，你反映的情况是真实的，必须要改革，要发展。"接着又说："你的事业心很强，很好，大家一定会帮助你实现你的也是北京老百姓的愿望、要求。你要多团结人，不能要求别人都像你那样。另外，你还要继续帮助高士其同志工作，我知道你对高士其同志多年来一直很好。"

正是这位令人敬重的长者领导，使他事业目标更加明确，并得以进步，也使在漩涡的激流中、在跌宕起伏的峰峦中品尝人间的辛酸苦辣，但无怨无悔。

机会，是给有理想有准备的人提供的。1982 年春，当时北京市卫生局的局长是张青季，主持工作的是常务副局长王康久。张局长与竹君两次谈话，他直率的风格和敢于负责的态度，一扫竹君在他面前的拘谨（竹君只是一个普通的毫无官衔的医生），竹君毫无掩饰地把建立现代急救中心的必要性和现在为实现它所遇到的种种困难全盘托出。竹君不知，在那个年代，又在条件极差尤其是领导观念又较为落后的情况下，要冲破旧有的体制，建设一个现代化的急救中心，谈何容易！它必然要打破现有的体制、结构，必然要影响到人们尤其是这个单位实际掌权者的种种利益和各种关系。但是，这位卫生局张局长兼书记，话不多却掷地有声："竹君同志，北京的急救确实太落后了，我们支持你的想法，你不必顾虑，具体工作请康久同志帮助你。"

而那位 1949 年北京解放即脱下军装，一直在北京卫生局工作的王副局长，因为是老领导老熟人了，也是比较了解情况，很快把竹君借调到卫生局去帮忙，重点是全面调研北京市的急救状况。而当时，中央对北京急救工作的明显落后也有了觉察，领导同志对不少病人去医院急诊竟然用"人背、车驮、平板三轮拉"的状况，对北京市急救车的短缺十分关心。时任国务院的主要领导为此相继作了批示。

"急救工作是一个实实在在关乎百姓健康的大问题呀！北京太落后了！"竹君几乎像是武训办学似的到处奔走呼吁。此前，他曾向卫生部提出，国内急救工作的落后是全国性的，必须要重视，并建议召开一个急救工作会议进行讨论。部领导很支持，医政司对他也提了要求："你还要安排及负责会议的一些事务性工作，因为部里工作极忙，你在北京做这些事方便。"他对此当然乐于接受甚至有点受宠若惊。就这样，新中国成立以来以卫生部的名义第一次召开了急救工作会议。那是在 1980 年 3 月，还是春寒料峭的北京，是在工人体育场的宾馆内举行（那些看台坐位内是宾馆房间）。

上海、天津、南京、西安、沈阳、杭州、重庆等城市的急救站站长参加了会议。广州的急救一向是"化整为零"未设站，故由医政处陈处长为代表参会。北京是特例，是由这位普通的竹君医生为代表参加会议。会后，还由他执笔起草并在同年即 1980 年 10 月，以国家卫生部名义发布了《关于加强城市急救工作的意见》，明确指出急救工作在现代化建设中的重要作用，城市要建立急救中心、急救站，要形成急救网络；医院要建立急诊科等。时至今日已过了半个世纪，这个文件的基本观点仍然实用并不落后。

1982 年早春三月的一天，北京市卫生局领导找他谈话：

"竹君，你不是一直想建立一个星罗棋布的急救网络，一个现代化的北京急救中心吗？现在有一个机会，意大利政府与我国有一笔 10 亿美元的贷款，国家准备从工业、农业等各个方面来立项使用这笔钱，市政府考虑急救可以立一个项，向中央提出并已获得同意，经过我们研究，决定由你代表急救项目与意大利政府代表团谈判。"竹君听后兴奋不已，但很快又沉下心来。因为，在此前一年，中国恢复了在世界银行的地位后，卫生部曾要北京市卫生局报一份建设急救中心方案，当时由他草拟了一份包括 2 架救援直升机在内的 707 万美元的方案，结果石沉大海。现在意大利政府的这个项目能否得到落实呢？

竹君考虑，北京首先需要的是一个现代化急救指挥中心，以此为基础为今后中国的急救形成结构性的体制和系统化的服务做准备。中心一定要先建几个分中心，下设网点初步形成急救网络的结构。通畅的通信指挥系统，充裕的高质量急救车。而急救车则要分为两个档次。大部分车为基本型、普通型，但车内必须有规范的担架、颈托、夹板、铲形担架、氧气瓶、吸引器、心电监护、除颤仪等抢救器材，以及急救包等；小部分为抢救型急救车，可以进行高级心肺复苏、创伤救治的救护车，装备类似"流动急诊室"或"流动危重病监护病房"，约占 1/3 或 1/4。因为从全世界急救服务体系来看，真正属于急危重症，需要抢救的概率一般不到 10％。

同时，要充分考虑到现代急救人才的培养。提出了要把贷款中的 1/3 用于教育、培训和国际学术交流。北京急救中心将人才培训好，对于其他城市急救事业的建设发展起示范促进作用。

竹君兴奋过后，立即着手准备相关资料。科学普及的领域帮了他很大的忙，因为他的急救专业毕竟太局限了。此时，包括医学领域在内的很多专家都给予他很大帮助，这真应该归功于中国科学技术协会的各行各业的专家。因为"科普泰斗"高士其的缘故，他结

识了一批年富力强有才华的各个科技领域的中青年专家。他们帮他
（包括大科学家钱学森的学术秘书）替他出了很多主意，竹君很快
草拟了一份 180 万美元的政府贷款的谈判方案。

二

莺飞草长的五月，中国与意大利签订了合作意向书

1982 年 5 月 10 日，在北京西城区二里沟的一座进出口大楼
里，竹君作为北京市人民政府的首席代表与意大利政府代表团开始
了谈判。

5 月 10 日第一天的谈判并不顺利。意大利政府代表团主要由
外交部的官员组成，当然不乏经济界人士。当时他们更多考虑的是
"菲亚特救护车"在中国、在北京急救事业中发挥作用。而他们面
对的谈判对手，却是个一心一意要建成中国现代化急救结构性体制
与服务的专家型学术人才，没有经济商业头脑，更无谈判方面经验
的医生。

菲亚特救护车确实很好，但它只是竹君"蓝图"中的一部分。
到下午谈判结束前，都没有谈出什么结果来，总之，双方都感到对
这个项目的理解大相径庭，差距甚大。晚上，他沉思又沉思，难以

入眠，但他决定不改初衷。这个方案是大家讨论、领导审定的。他也不去想最后谈判能否成功，别人怎么议论，因为那时"他在捞稻草"的风言风语已在悄然流动，好心的同事劝他不要太认真，太锋芒了，"要是谈不成，你怎么办"？

次日早晨，他提前半个多小时就到了二里沟谈判大楼。他忽然看见一位美丽、端庄的意大利女士在谈判间门前，走近一看，几乎都惊叫起来，她看到竹君，也很感意外地说："李大夫，你怎么到这儿来了？这里中意两国正在商谈合作项目。"随后，她又说道："我们政府要我来帮忙谈一个合作项目，谈判就在这个房间，可我今天有事，早一点来告诉他们，请他们安排别人。"竹君心中顿时一亮。

意政府外交部翻译尼克莱特女士

如今年过五十岁的读者也许还会记得，在 20 世纪 80 年代初，我国曾有一部影片叫《不是为了爱情》。影片中有一位意大利女主角的扮演者，就是这位讲一口流利中文的意大利人尼克莱特。而竹君真是抱歉，很少看电影，所以既未看过这部影片更无缘认识这位女星，但一次偶然机会，在北京市中医医院著名中医关幼波大夫处认识了她，而且他们谈得甚是投机。

尼克莱特在意大利威尼斯大学学中文，到了中国继续学中文，毕业后又在华工作，所以她很喜欢中国，对中国文化有一定的造诣，她的中文发音比竹君这个江浙人的南腔北调还要好。他们成了朋友。因为多时未见，寒暄过后，她问竹君来此何干。他告诉她，他就是在这个房间里的中方主谈人，谈的项目是中意合作建立北京急救中心，并告诉她，这个项目是其一生的追求，这个项目在中国是一个首创的项目，这个项目的意义远比单纯合作建一所医院影响要大得多……

竹君又滔滔不绝地大谈起急救。尼克莱特认真地听着，不时地"对，对"应答着。因为无论是以前关幼波大夫的介绍，还是他们相识的谈话，她是了解竹君对急救医学事业的热爱与执着的。她看了看表说："好，你稍等一下，我去办点事，马上回来，李大夫放心，我来担任你们的翻译。"很快，尼克莱特回来了。竹君简明扼要地又将这个项目的情况，中方的意图作了介绍，更是情有所动地对她说道："尼克，北京急救中心项目如能谈成，这是中国第一个现代化开创性的急救项目，到那时菲亚特救护车在全北京跑，你和你们政府代表团的功劳可不亚于当年的马可波罗呀！"

竹君就是这样一个对急救事业总有着情怀的人。

意大利外交部当日也增加了一位谈判人，而且是主谈人，比起昨天那位年轻人老练多了

一开始，谈判气氛就与昨日不一样，意方首先既是礼貌但也明确表述了对北京急救中心项目的重视关切。"北京是中国的首都，急救与大众的关系密切，这是个即使在欧洲、意大利也是很先进很现代化的项目，所以意大利政府十分重视。昨天大家初步交换了意见，今天，为进一步谈判，我们又增加了成员，为尽量彼此沟通好，彼此都用母语谈话，所以意大利外交部特地请了我们意大利在华工作而且中文很好的尼克莱特小姐做翻译，她很高兴来做这个工作，她向我们介绍了李大夫是位很有名望的医生。我们知道，中国方面、北京市政府对这次商谈很重视，派出的李竹君大夫，是急救领域中很有名的专家，而且很希望意大利政府与中国、北京来共同建立这个项目。"

他讲的是意大利语，竹君听不懂。但翻译的中文发音标准、语言流畅，是这位美丽端庄的尼克莱特女士，她译得十分得体。这段话，也许时下国人会称之为"忽悠"，甚至个别人（恕我小人之见）或许会说是你李某人今天在给自己"忽悠"，几十年来我早已不顾及这些左评右论了。总之，意方这位主谈人的一篇颇长的开场白，一改昨日双方不太熟悉颇为拘谨的气氛。谈判房间里阳光洒得满满的，北京五月，春意浓浓，温暖舒畅。

竹君想，尼克莱特肯定是给意方做了工作，才有明显成效。对方接着依照竹君的方案去进行讨论甚至讨论如何落实，在谈判中双方不知不觉已进入到实施项目的环节了。对方已经真正认识到这个项目在中国不仅是第一个，而且还会有第二个、第三个。尽管以

前，有一些国家在华建立了医院，但至今未有以完整急救结构体系的项目为基础来商谈，一旦建成其影响是很大的，不言而喻，是开创了远不止是医学领域的项目。当然，他们也认识到"菲亚特"救护车在中国首都急救中心项目这个载体上，会无数倍地放大并具辐射效应，远比售出成百上千辆车的影响大得多。

与外国人正式谈判更别说是这么大的项目的谈判，对竹君而言，是生平第一次。随着谈判气氛的友好，意见的原则一致，再加上他对急救事业又很熟悉，以及意方的翻译又是熟人，了解其思想，他先前的紧张心态（当时更多的是考虑政治上不要出差错，20世纪80年代初远不如今天这样开放，清规戒律较多）逐渐放松了，他真是迫不及待地想马上能够谈判成功，能够将携带的180万美元的政府贷款项目确立！

双方商谈（确切地讲不是谈判了）的情绪都很高涨，他似乎看到了一辆辆崭新的、先进的救护车在北京的马路、胡同中穿梭，危重病人在菲亚特救护车上接受紧急救治……这时，他激动地讲了一段话，至今他可以一字不差地复述这段话，而且能清晰地回忆起尼克莱特那响亮的充满感情地翻译这段话，因为从意方每位代表频频点头并露出赞赏神色中可以感受到心领神会。

竹君的话是这样说的："我不是历史学家，更不是政治家，我是一名医生，一名十分热爱急救医学事业的中国医生，我认为政府间的合作共同建立医院的项目，是很有意义的。美国人建了协和医院，苏联人建了友谊医院，日本人正在建中日友好医院，贵国政府如果帮助我们在北京建立北京急救中心，其意义远比建立一所、两所医院为大。因为中国在进行现代化建设，需要创建的现代化的急救机构和急救网络体系，这是急救的结构性体制和系统化服务，才能很好地形成其服务功能。所以首先要建立现代化的急救中心。我们谈的这个项目是中国第一个现代化的急救中心，是开创，很快其他城市也会照此模式建立。到那时，贵国的菲亚特急救车奔驰在北京的大马路上、小胡同里，为中国的急救做贡献，成为两国人民的友谊地久天长的见证！我想，诸位的功绩丝毫不会低于贵国当年的马可波罗！"

当竹君说完，尼克莱特也动情地用意大利语译完这段话后，谈判间顿时寂静下来。寂静得无声无息，房间的空气像是凝固了似的，谁也不想打破、搅碎这个安宁的环境。突然间，意方代表首先鼓起掌来，同时意方主谈人向竹君直截了当地不是用他的母语而是用英语问道："Dr. Li，那你为什么不提 800 万美元的方案，而只是提 180 万美元的方案呢？180 万美元是不够的！"

竹君被他这个反问弄得目瞪口呆，以致一时无法回答这个问题，又是一阵寂静。但这绝对是个十分友好的提问。对方唯恐他不能正确理解他的用意，于是用意大利语通过翻译作了解释："我很欣赏你讲的这段话。你不仅是医生，你也是历史学家，也是政治家，我十分赞成你说的建立北京急救中心的重要性和它的影响。但我不解的是，你提的 180 万美元方案要建设中国首都这么大的一个现代化急救中心，是远远不够的。我认为你们需要 800 万美元，意大利政府也希望能够帮助中国的首都建成一个很好的现代化有影响的急救中心，而且如你所说，要经常地培养人才，互派学者，你只有提出 800 万美元的方案，才能够符合你们的要求，而且也符合我们的想象。"

意大利外交部官员讲得清楚而有条理。读者也许还记得竹君在前面提过，他曾作过向世界银行贷款 707 万美元包括两架救援直升机的方案，最后石沉大海的事吧。所以，这次方案，领导讲争取人家支援我们一些，我们自己再配套一部分资金，至少是 1∶1 或 1∶3（意方 1，中方 3），而且要知道北京市急救站当时条件极差，起点很低，180 万美元这已是很不错了，已经是当时他们想都不敢想的事了。

接着意大利外交部代表又补充道："当然这是我的建议，我们代表团还需要商量讨论，还要向国内报告。我说 800 万美元的方案是根据今天双方讨论得出的，确实是需要的，所以，我这样说也是认真、负责的。李医生，你们可以好好地商量。"

当意大利外交部代表真诚而务实地提出，800 万美元是适合中国第一个急救项目北京急救中心时，条理清晰、论据可信地逐项作了估算分析，强调并同意中方对中国急救医学人才的专业教育培训，提出的问题，基本上也为中国第一个急救医学研究所的创立提供物质、人才的保障的基础。即有 30％的经费是为此使用的，而且做出了同意教育培训、科学研究不仅限于在意大利，可以在欧洲乃至全球。

当时竹君是十分兴奋但也是很紧张的，说喜忧参半，或者说心情复杂。因为领导让他拿的是 180 万美元的方案，怎么谈了个 800 万美元的项目？尤其当时是政府贷款，力争赠款，赠款尚不明朗，若是贷款（尽管贷款利息极低，十分有利），但比原计划多出几倍钱，谁来出、谁来还？当然，在那次谈判中他也明确表示了急救项目是公共服务设施，是为公众服务的，是不可能有什么收获的，因此在意政府 10 亿美元的贷款中，作为赠款项目最好。

对方也原则上表示同意竹君的这一观点，尤其在 180 万变 800 万美元过程中，对方也谈到了会考虑赠款项目。即使有困难，为了实现意大利援助中国建立第一个现代化的北京急救中心这一目的，中方提出的额度以外的增加而且是必需的部分，意方是会充分考虑赠款的。意方首席代表强调，这是意大利外交部、贸易部充分理解了中方首席代表在阐述该项目时的重要性、必要性、可行性的基础上，才做出这样的表态。竹君从尼克莱特那明白无误的神态中，心安了不少。

这毕竟是大事呀！如能成功，北京的百姓将受惠多大呀！对中国急救事业发展多有益呀！又一想，万一 800 万美元方案成立不了，180 万美元的原方案也告吹，那将是什么样的严重后果？北京市政府、北京市卫生局以及负责整个政府谈判的对外经济贸易部各级领导对他如此信任，他有何颜面见人！本来对此议论纷纷，不派卫生局的领导，不派急救站的领导去谈判，而派你这个没有任何行政职务的普通医生去谈如此重大的项目，支持他的领导又要承担多大的压力呀！

竹君就在这样复杂的心情下，在下午 5 点离开了二里沟谈判大楼。他骑上自行车，从二里沟，经木樨地，复兴门外大街，西长安街，经过了天安门，向北一拐到南池子 63 号北京市急救站。已是快到下午 6 点钟了，只有几位值班医生、司机在那里。

他一人静静地坐在医生办公室里，也不想吃晚饭，这样的事他也无法与别人交谈，而且也无从谈起，甚至还会惹出点风波。

他环视了一下这个方寸狭小的天地，他走到了车库，八九辆破旧的急救车，他又走到了值班室，出神地望着那部黑色的与普通使用的电话并无二致的急救电话 55.5678，但他想着这部电话应该截然不同于常用的电话，不同于公用电话，不同于机关单位的电话，它可是连着数百万北京老百姓家家户户的急救电话呀！突然，一阵热血涌上心头，他很快站起身，骑上他的自行车，飞也似的奔向离南池子近在咫尺的红霞公寓。

白介夫副市长全家正在吃晚饭。他们夫妇连忙招呼着："竹君，来，一起吃饭吧！"他说吃过了。白市长见其心急火燎的样子，知道有事要谈，匆匆地吃上几口就和他到了书房。

竹君向他汇报了今天谈判的情况，重点是 180 万美元变成 800 万美元，双方认为意方资助 800 万美元，按照 1∶1 方案，中方也作相应投资，建立北京急救中心是适当的，而且不仅为北京也为全国培养急救人才的教育培训以及为随着急救中心的建立，为急救医学研究所的建立奠定了全方位的基础。竹君强调了担心的问题，"万一 800 万美元最后未能获准，如果连 180 万美元方案也搁置了，后果就严重了，怎么办呢？"

白市长认真地听完了汇报，问了几个问题后，明确地说："意大利政府如能给予 800 万美元赠款，当然比我们的 180 万美元的方案好，而且好得多，把这些钱主要用在建设通信指挥系统，用在急救网络、急救车，用在抢救病人需要的医疗设备上，而且我十分赞成你们谈的培养人才，在此基础上建立急救医学研究所，培养急救人才，在我国都是初创，北京作为首都应该为其他城市做点贡献。这么算来，800 万美元也真差不多。"

说到这里，他停顿了一下后接着说："当然，有这么一个涉及两国政府间的大项目，影响很大，意义也很大，老百姓能得到实惠，再不会有急危重病人因为没有急救车而人背、车驮、平板三轮拉，把钱都用在建设全市的急救网络上。如项目能立项而且是赠款，北京市政府当然也要投入地皮、建筑等，总不能还要人家的帮助吧，北京配套1∶1也差不多。"

市长用不紧不慢的惯用速度谈话，尤其他对急救医学研究所的肯定（事先竹君没有将此列入，唯恐别人说他好高骛远，但心中确有两步走的打算，先建急救中心，随后建研究所），不知不觉中，竹君从刚来时紧张的心情渐渐放松了许多。毫不讳言，竹君这个人是热情有余，城府不深，喜怒哀乐都挂在脸上。白市长见到他已经放松的神态就笑了笑说："你这个人总是太着急，沉不住气，刚才一进来，看见你那个样子，我还以为出什么事谈不成了，不是谈得很好吗？"

竹君知道市长肯定没有吃完饭，就劝他再去吃一点，市长说："不吃了，我知道你还不放心，你先别走，现在我赶紧打几个电话。"于是他给对外经济贸易部陈慕华部长打了电话，还与两三位领导通了电话。白介夫不愧是位很好务实的领导人。他打电话时扼要地说明了急救中心这个项目，对北京百姓、对首都的重要性，谢谢中央部委对此项目的支持，现在谈判初见成效，还希望继续支持，北京市政府也会很好地配合中央，做好这件事，因为在北京建急救中心，大家都受益。

他打完了一串电话后对竹君说："大家都很支持，你明天再跟外经贸部负责总谈判的领导汇报一下。"竹君说，他已经向外资局李岚清局长做了汇报，他也很高兴。白市长点了点头，"另外，你给青季、康久同志（市卫生局正、副局长）报告一下，他们很支持这个项目，而且也很信任你，竹君，我们大家都被你对急救事业的热情、执着感动了！"

这时老杨走了过来（市长的夫人，时任北京医学院党委副书记）说："竹君肯定还没有吃饭，早点回去，该吃饭还得吃饭。"

他骑着车，飞快地去向北京市卫生局的领导报告、请示。他们都给予了同样的支持、鼓励，使其无后顾之忧地进行谈判。

1982 年，中国改革开放不久，10 亿美元的意大利政府贷款备受各方关注。中国方面分成了六个大组。竹君负责的项目是介于贷款、赠款之间，几天谈判下来已明显倾向于赠款范畴。当时中国方面项目谈判的总负责人是中国对外经济贸易部外资局局长李岚清同志。在百余个谈判项目中，无论就金额，还是在贷、赠款之间，"北京急救中心"是个很小的项目，但不知不觉，其影响远超于数值，已变得引人关注、颇受青睐了。

李岚清同志在一次会上讲："北京的急救很落后，北京市政府很希望在这次中意谈判中能够立项，最好能获得赠款，当然政府贷款立项也很好。我们大家也愿意促成这个项目。前些日子，经贸部有一位同志得心肌梗死，结果打电话 55.5678 总打不通，好不容易通了，过了很久才来了一辆救护车。"李岚清同志讲到这里望了望我说："李大夫，你是负责这个项目的，我们支持你谈成这个贷款项目。"

李岚清同志非常重视这个项目，说不强求一定要谈成赠款项目，所以后来事态发展成一个较大的赠款，好多人都感到意外。多年后，特别是 2001 年美国"9·11"事件后，李岚清同志时任党和国家领导要职，对竹君的一封信中批示还清楚地记得，当时建立北京急救中心的指导思想是要创建我国的一个急救体系，竹君会上简要地介绍了这个项目，明确这个项目不是建一所新的大型急救医院，而是要解决老百姓在家中、在工作环境中、在公共场所发生危重急病和意外伤害等紧急情况下，能得到及时的现场急救。有基本急救装备的质量好的救护车，在急救人员的医疗监护下，将病人送到医院。因此，这个急救中心必须要在全市形成急救网络，众多的急救站点，星罗棋布地合理地遍布各处，使得急救半径大大地缩短，急救车迅速地将病人送到医院。

李岚清同志十分同意竹君的意见。他说，北京急救中心不仅仅是北京的，也是首都的，中央单位在北京，同样也存在着对急救的需要，所以，我们支持这个为大家服务的急救中心项目。他最后对此又作了强调："这个急救中心，不是一个医院项目，是一个面向全市、面向首都的急救项目，要有通畅的呼救通信，一打电话马上接通；就近派出救护车迅速到达病家，到了现场，立即进行救治，所以，这个项目对在北京生活、工作的人都有很大关系，都能受益。李大夫，你好好干，有什么事随时可以找我。"

竹君当时认为城市医疗卫生的三大需求或三大事业是看病住院的医院，公共卫生防病的防疫站，家庭及各种现场发生急病、意外，及城市发生重大灾害事件的紧急救护。而人们往往把重点都集中在医院，对公共卫生防病是理论上的重视、实际上的淡漠。至于急救则最不受关注，一旦重大事件发生也只是临时应急，没有战略眼光。

所以，他认为卫生局等行政机构不如称为医疗部、管理部更为

贴切。竹君很欣赏新中国成立初期北京市政府将卫生局正式定名为
"北京市公共卫生局"，那时的局长是公共卫生方面的专家严镜清。
竹君的上述想法曾与包括主管文教卫生的副市长（不久成为北京市
常务副市长）白介夫，以及卫生部的钱信忠部长，以及后来的陈敏
章部长等都先后谈过。他们对竹君的这种"离经叛道"的观点并不
反对。他也清楚地看到 1955 年北京市急救站的正式文件，以及文
件上的那个刻着 8 个大字"北京市公共卫生局"的鲜红的公章。那
是一个与公民、与社会、与城市多么贴心的称谓呀！

　　其时竹君已隐约地感到，项目变大了，引起重视了，关注的人
多了，本来应该是件好事，但在现实中，对急救的理解就存在着大
相径庭的认识，急救体制、机制存在着一些缺陷，他这个人微言轻
的医生，已难以驾驭项目的健康发展。

　　谈判到了第二天下午，双方几乎没有什么分歧，可以进入两国
政府对此项目的意向书的签订环节了。竹君向领导汇报。领导们对
此谈话讨论达成共识，由他代表中方签字，都认为竹君是值得信赖
可以担当此任的。

　　读者也许还会问，这个意向书的价值或者说它到底起了什么样
的作用？意向书所述的内容，当最后为双方确认设立该项目，付诸
实施，其意义就非同寻常了，实则就成为正式项目的主体成分了。
但如双方不认可，也就是说没有为此建立合作项目，则意向书不负
担任何法律责任，用通俗的话说："这事就算告吹了！"所以，谈判
并达成意向书，是合作双方最重要、最关键的一步。是作为下一步
工作正式谈判的重要基础性文件。当两国政府高层肯定这份意向
书，那具体条款就会成为正式文件的主体内容和科学依据。

　　而我们这份意向书正是得到了两国政府的认可、肯定。意大利政府捐赠 800 万美元，中国政府以同样金额的配套资金，双方共同建设中国第一个现代化的北京急救中心，其结构和体系，将成为中国今后城市的样板。

　　竹君激动地代表中方签了字。这是五月的北京，北京的五月，是莺飞草长，烟柳丝垂，热烈火红的月季花绽放得像要向人间喷出来那股热情。月季花，可是北京的市花呀！

　　意向书签毕，可以说墨迹未干，仅仅两个月后，意大利外交部派出了医疗部主任贝尔多拉索医生到北京，竹君负责与他就意向书内容进行了官方实质性的谈判以具体落实。当然，他首先要对北京市急救站进行考察了解。由此，两国政府的官方实质性的具体谈判和项目落实由此拉开序幕。

　　早先认为这个项目不可能谈成，现在居然谈成了 800 万美元的政府赠款，意大利政府由北京市急救站这样一个十来辆破旧的救护车，总共只有四十来个医护人员，只是市卫生局机关下设的仅是科级单位来对接，成何体统？为什么不让意大利政府投资扩建大医院或者建立一所大型的"中意医院"？议论纷纷。不久，应该由一个市属的大医院来承担这个项目的意见冠冕堂皇地浮出了水面。如果到急救站去，那种破旧落后的现状，不是丢中国人的脸吗？有的人居然说这个急救站简直像个大车店。绝不能在那里接待外宾，不可到那里去考察，丢人不能丢到国外去。很快，有这样的传言，意大利政府外交部考察团若要去落后的南池子急救站，这个项目也许就泡汤了……

　　在后来外出考察与会议中，竹君隐隐地感到了，他要迎接更多的困难与考验。竹君一直处在矛盾的漩涡里。

北京夏天傍晚的气候是多变的。晴空万里，瞬间乌云密布，雷声隆隆，山雨欲来风满楼。竹君从宣武医院旁的市政府大楼的卫生局出来，骑车迎着阵风，乌云密布，很快瓢泼大雨已经刷刷地抖落下来了。顶风骑车，阵雨简直像一脸盆一脸盆的水直接泼在他的身上，到了红霞公寓，他内心已经沉不住气了，他要向市长汇报，现在这位领导已经成为他的良师益友了，他直呼他为"老白"，而没有市长官衔的后缀，他叫他为"竹君"，没有姓和大夫前置后缀。

到了红霞公寓楼下，他像个落汤鸡似的，楼前檐下也阻挡不住狂风暴雨仍还斜劈进来。他知道市长还未下班，他就在这里等待着，任风雨自如，渐渐雨小了些。半个多小时过去了，快到7点钟了。这时随着汽车声响，市长下车到了楼门里的电梯前，看见了他。"竹君，你怎么在这里，快跟我上去！"他心疼地说道。他们上了五楼，市长夫人杨副书记也心痛地埋怨地说道："你怎么不上来呢？"市长没有吃饭，听竹君讲完后，安慰地说道："正因为急救站落后，北京救护车很少，中央领导对此也十分关心，在北京，人背、自行车驮、平板三轮车拉病人的情况不能再继续下去了，所以从上到下大家都支持这个项目。人家来的目的，是我们共同来改变，来发展，当然要来到你的单位！我也正是那个晚上到了急救站，看到那一部急救电话、几辆救护车，值班的大夫们加起来只有十来个人负责着北京市的院外急救工作，你所反映的情况是真实的，你想改变现状的想法是正确的。"

杨副书记递了一条干毛巾让竹君擦去雨水，泡了一杯茶，让他在小客厅里坐下，市长也没有吃饭，他俩就交谈起来。竹君说：

"急救站领导和卫生局一些同志也认为大医院条件好，不要去南池子这个地方参观考察了，急救站的条件太差，会让人家看不起，弄得不好，前功尽弃，而且也丢我们中国人的脸。"

市长问竹君的意见，他明确地讲，意大利外交部看重、支持的是建立一个现代化的急救中心、体系，而不是帮助北京再建一座大型现代化的医院，至于看看北京市急救站，确实是落后了些，正因为落后我们才要改变，才希望对方的帮助，共同创建！而且急救是一个全新的医疗结构和服务体系，是开创！他说，要是我是意大利方面，我愿意"雪中送炭"，这样的帮助才有意义，让他们去南池子！市长频频点头，认为竹君说得很对。他拿起了电话，马上与卫生局的党组书记、张青季局长通了电话。他们意见完全一致。市长笑了笑说，放心了吧！

由于主管市长和卫生局长两位领导明确的意见，或者说是决定，很快，迎接意大利政府与官方小组的工作紧锣密鼓地展开了，重点是对位于天安门东侧南池子的北京市急救站的考察。具体谈判中方仍由竹君负责。对外经济贸易部外资局（负责此次意政府给中方 10 亿美元贷款的主持单位）的领导对竹君说："你们上次谈得很好，如果这次考察后的商谈顺利的话，很快就能立项，两国政府正式签字，这个速度在我们经贸部是很少见的，年轻的竹君大夫，加油呀！"

其实也没有什么可以准备的了。该说的话都说了，该形成的文字，我是夜以继日地初步完成了，各级领导也审核通过了，现在关键是如何很好地在急救站这个地方接待这个意大利官方很具权威的考察小组并进行行之有效的谈判。

急救站的落后和条件差明显是事实，无须去拔高、粉饰，这既不符合参观之真实，也不是竹君这个人能干得出来的（从小父母教导他们的儿女做人要诚实，不能说假话，"一是一，二是二"是他们的口头禅。也就是说做事不张扬，说话不夸张，还有一点是遵守时间……这些也应该说是这座小镇居民的本分、基本的处事信条吧。竹君严守了一辈子）。竹君对外宾来参观考察没有什么担心，当卫生局领导听他汇报后问他有何困难时，他仍是信心满满，只是说了一句，外宾来前全站再搞一次大扫除，使急救站更干净些、清洁些。

说实话，这个单位虽小，但总保持着清洁干净。他想起前几年，陪他的中学老师、著名作家徐迟先生去看望抗战时在重庆的老朋友朱洁夫（抗战时朱任郭沫若的秘书）时，朱洁夫给我们泡茶时说了一句话，"洁酌候光"！当时，他一下子还没听明白这句话的意思，徐迟见状对他说："你看文人说话就是这样，有味道。这是对客人的尊重，把泡茶的杯子洗得干干净净，等待其光临，把房间清扫得一尘不染，迎接朋友。"他记下了这句话，此次他用上了。

意方的项目谈判专家组长是意大利外交部医疗部主任贝尔多拉索，他是医学博士。中方的首席代表是北京市急救站的李竹君医生。双方都同意见面商谈的第一天，一切顺利，因为意对谈判的情况及文件等，事先都已熟悉而且一致同意，几乎没有什么改动。现在重点是考察这个急救机构和工作服务，如何在此基础上建成两国合作的急救中心项目。意方看重的是这个合作单位的工作基础服务状况。意方的贝尔多拉索医生等，由中方的对外经济贸易部（具体是外资局）的官员接待，中方请的翻译是北京经贸大学意大

意大利外交部贝尔多拉索考察北京市急救站

利语老师周老师等。

意方到了狭小的毫不气派的北京市急救站的正门（也只是一扇比一般住户略大的门），仅只几分钟就把这个单位的前前后后走了个遍。中方经贸部的官员和周老师悄悄地对竹君说："想不到北京的急救工作就是在这么一个小单位里……"意方成员大概是出于礼貌还是什么别的原因，也没有说什么话。开场似乎并不热烈，或者说，有点冷场。

对此，竹君也都看在眼里，心中没有丝毫担心。然后，他请他们到了急救电话 55.5678 值班室。呼救铃声响起，值址医生的询问、病情的了解、地址的记录等都快速地被记在一张急救派车单上，递给出车的医生。随后，医生迅速地拿起急救包，走向不到十米的车库。此时，车库门已开启，救护车的马达声响起，医生跨上车，救护车似离弦之箭驶出去了……全程不到 2 分钟。这紧张的一幕刚过，从外执行急救任务的医生回来了，他简短地向 55.5678 值班员报告了刚才的抢救情况，一边说，一边将一个刚用过的 50 毫升的大注射器和两个小注射器拿出来，交给了走过来处理消毒等工作的护士，拿去清洗消毒，随后护士从供应室里拿来干净的新的已经消毒（包在敷料包内）的注射器给这位医生补充上，将其放进急救包内。同时，医生把用完了的氧气袋给护士，以灌足氧气备用。医生洗了手，开始坐在医生值班室里书写病历，开具处方、补充药物……

贝尔多拉索毕竟是内行，对这情景很感兴趣，从急救电话值班室跟到医生办公室看他写病历。当医生将处方送到药房（一间 20 多平方米的房间），大小安瓿的注射用药，补充的药立即送来了。不到 10 分钟，抢救病人返站后的工作有序地进行着。

北京急救中心原址（北京市西城区顺城街第二小学、北京 32 中校办工厂）

　　贝尔多拉索问竹君是个什么病例？问了一下出诊医生情况后竹君告诉他，刚才是抢救了一位心脏病病人，该病人是左心衰竭，呼吸困难，用的是强心药物毛花苷 C（西地兰）0.4 毫克，是放在50％高渗葡萄糖中静脉注射的，并且给病人吸了一袋氧气等，病情稳定后送到了医院才回来。

　　然后，竹君告诉他，这是我们处理的流程。在现场，对病人迅速进行检查诊断，急救，用担架将病人抬到救护车上，往往还要帮助抬病人，迅速送到就近医院。然后，回到急救站，补充药品、敷料，书写病历……

　　贝尔多拉索几乎惊呆了："就他一个人？"竹君说："是的，我平常就是做这样的事，就是这样的医生，我做了十几年了，在这里算是个老医生了！”听完介绍，贝尔多拉索医生要再去看一下供应室、消毒间，这两处均在 20 平方米的一间屋里，没有大的消毒设施，只是一个消毒高压锅，但很实用。供应室内有注射器、敷料等，有不同的专科急救包，根据来电所述病情，临时需要拿起就用。有外伤切开缝合包、外科急救包、产科急救包等，还有各种敷料、夹板。此外，旁边放着一个大氧气瓶，全急救站有十来个氧气袋，每次带上一个，用后，回来多是医生本人或护士帮助将氧气袋灌足备用。至于个人的急救包，是每个医生专有，这是基础，主要还是供注射用的各种呼吸、心脏兴奋剂，止血、解毒药物等，有二十种左右，以及听诊器和碘酊、乙醇消毒外用药，消毒棉球敷料等。至于注射器、乙醇等消毒用品为可靠起见，则是每次值班时，

北京市原常务副市长白介夫（右一）、北京市原副市长陈昊苏（右三）与竹君（左一）

临时放进去的，用后再更换。

竹君告诉他，一个小小急救站，病历是必写的，尽管抢救匆匆，但这是必需的文书，具有法律意义。急救站是个重要的抢救机构，所以我们坚持病例书写和保存制度。他听后连连点头，十分赞赏。竹君告诉他，有时病历还没写完，下一次抢救任务接踵而来，那就等空闲再写，但下班前必须完成。所以，忙的时候，下班时往往积压了五六个病例，得花上一个多小时才能完成。竹君说这是知识经验的叠加。学问得从实践中积累和提高，而且还要看书，有时下班了还要去医院或打电话了解自己处置的病人的情况。竹君说："我十分喜欢我的工作。"

事有凑巧，紧接着又来一个呼救电话。郊区有一位难产的孕妇，要求急送医院。值班医生带了自己专用的急救包，又拿了一个"产包"，这是专门处理急产、难产用的。包里，当然还有一个专为剪断处理脐带的小包，以及一些妇产科急症如催产素、止血剂等药物。此时不仅是意大利的专家，就连对外经济贸易部等同来的人也都称赞不已，一扫刚来时见到这个过于简陋的医疗机构时有点"小看了"的窘状。

"李大夫，你们可真是多面手呀，你会接生、处理难产吗？"经贸大学周老师既感叹又有点疑惑似的望着他。竹君平静地说："我是个万金油大夫，是一个马路大夫，一般多能应付紧急情况。"可是女性的周老师对此回答并不满意，仍然不放过地追问："你会接生吗？"竹君坦然地说，读书时，妇产科当然是一门重要的功课，但不大喜欢，因此在生产实习时，在妇产医院不到一个月的临床实习勉强地完成了。谁想，到了急救站后什么病都会碰到，至少你又会应急处置，竹君的兴趣是心肺复苏、心脏急症、心力衰竭，尤其对急诊中毒使用解毒药等感兴趣，但有一次是在远郊房山十渡，一位难产要送医院，竟是转到他外出抢救。你想想，十渡，多远呀！没有办法，硬着头皮去了。

救护车是"二战"时期美军留下来的，他们叫它"中卡"。从城里花了三个多小时好不容易赶到病家，产妇还是没生下婴儿，一检查产妇是"臀位"。怎么办，尽快送到房山县医院吧，路上至少还得一个小时，路面不好，车况也差，颠得很厉害。唯有让产妇在担架上躺下。也真是，想到什么就来什么。由于从难产、呼救到到达已有近 10 个小时了，竹君坚持着照书上讲的、老师教的处理，要"堵臀耐心"，等子宫口开全等原则予以处置。

上车前竹君做好了途中孩子生下来的可能，如是横位难产，肯定是生不下来的，需要在医院专科处置。这位是臀位难产，子宫口渐渐开大，加上上车之后的颠簸，是有助于让其子宫口开大开全的，眼看婴儿的臀部已经露出，他戴上手套做了一应准备，哇的一声，一个大胖小子降临！当时竹君心上所系的一块石头，顿时落地，高兴得简直要叫起来。于是打开脐带结扎包，赶紧用碘酊、乙醇消毒，剪断脐带……家属也高兴得连连向他致谢。急救站里原来也有到妇产医院进修的计划，而男大夫们对此能拖则拖，能推则推，从此次抢救回来，竹君赶紧主动请求今年的进修安排先去北京妇产医院吧！那时妇产医院刚刚建立，挺火，是近在咫尺的北池子，他急需补充一下重要的临床实践。当时妇产科大出血、高血压、妊娠中毒症，子痫……。大家都饶有兴趣地听着。

当他们参观后来到了小会议室里，这是将一间 20 多平方米的办公室临时布置改成的。没有像样的摆设，只有整齐的会议桌和讲究的椅子。但房间是整洁的，桌面是干净的，十来个茶杯是洁净的，滚烫的开水冲出的茉莉花茶散发着芬芳和清香。贝尔多拉索医生刚坐下就激动地说道："我很难想象，你们在工作时那样的充实，那样负责任地为北京公民服务，是个很好的医疗急救机构，我十分敬佩！"

说到这里，他频频地向竹君作友好的示意。"将来，我们两国政府的合作项目要把中国的北京急救中心多方面的条件提升，把通讯、救护车、装备，以及医生护士的技术，把这里的条件做得更好！我代表意大利外交部完全支持这个项目！而且这个项目，将会带动中国其他城市的急救中心建设，我很赞赏你们的工作，相信今后新的急救中心建成，多方面情况有了很大改进，在这样好的基础上，这个项目会取得很大的成功。"

一切进行得十分顺利。竹君又受对外经济贸易部的委托，随后陪意大利外交部的贝尔多拉索到上海去进行考察。因为上海有关方面希望能够按照北京的模式也建立一个急救中心。

他们住在上海的锦江饭店。这是一家相当有名的饭店，其创始人是出生平凡、经历坎坷的董竹君女士。在民国时期，她的传奇奋斗经历在江南及四川一带很有影响。竹君本就喜爱有开创能进取的人，住在锦江他自是喜欢。

与此同时，重庆市政府也有此想法。对外经贸部的同志希望竹君也帮助他们争取。不久，上海、重庆卫生局派了主管医政工作的同志到北京来找竹君。后来，对外经济贸易部经过评估，认为重庆更有可能获得意方的支持立项。重庆派了做事有板有眼，甚至有点古董式，做事极认真之人，有时他在竹君办公室里可以从早到晚整整谈上一天。

　　附带说上一句，本来在 1982 年 5 月初，竹君已经被北京市卫生局任命为副站长了。而此际，北京市急救站、北京市卫生防疫站（即现在的疾病预防控制中心），也可与市属大医院如北京友谊医院（即当年很火红的北京苏联红十字医院）、同仁医院，积水潭医院、宣武医院、朝阳医院平起平坐处于同一个行政级别了。他由一个普通的医生破格提升成副职而且是主管急救业务的，工作顺利了些，有了一间小办公室可以方便做事谈事了。他对重庆急救中心项目尽了力，这也是他的风格，与意方的谈判经历，也让他有了点经验。所以，重庆急救中心自建立起，一直到 21 世纪进入了第三个十年之今，仍然保持着很好的工作关系。

　　竹君经常说的，并且诙谐地重复，"男子汉的友谊是建立在事业基础上，这句话没有版权，欢迎重复"。当然"男子汉"并非局限于性别之"男"，而是为事业不分男女。

　　竹君在心无旁骛、全身心地投入。当时的市长、局长们全力支持而且也在努力地做好这个开创性的项目，上海、重庆等地的卫生部门也在跃跃欲试了。北京市的领导说我们应该将此事做得更好，首都要做个榜样。

　　接下来要考虑出国考察，领导与竹君谈了此事。要知道，20世纪 80 年代初，中国刚刚开放，清规戒律也多，或者说，刚打开国门，这个项目敏感，所以人们不大会主动去向领导提出。竹君心中是曾想过"他山之石，可以攻玉"，应该了解、学习国际上急救体系发达的国家，于是他到国家卫生部外事司，想听听他们的意见。外事司领导热情地接待了他。北京急救中心是意大利项目，着重欧洲，而欧洲几个国家中他们建议可以先到法国、德国去考察，心中有些底后再去意大利是较为合适的。年轻的卫生部外事司处长宋允孚与竹君长长地交谈了两次，最后他又主动地为他们出访做了个计划，征求竹君的意见。

考察团组成人员草拟了考察计划后，他向领导提交。考察团确切地讲应是考察小组。这是个极敏感的题目。领导意见很明确，项目的负责人（此时他已被任命为项目主任）是必须去的。项目涉及北京市计划委员会（现在的"北京市发展和改革委员会"），以及

1984 年 4 月竹君（左一）陪同意大利外交部团长马尼教授（左二）在北京十三陵

卫生局的基建处，或市设计院都要派人的，因为是由市政府和卫生局领导决定的，所以也就没有了那种错综复杂的局面。

竹君当然是成员之一，但他认为考察小组必须有一位急救医学的权威专家以便日后指导工作。他向领导提出了这个请求。自己的学术水平、业务能力难以胜任，应该有个长者、指导人、老师，他毫不犹豫地向领导提出要请一位顾问同行，给予指导，而且他点了名——北京医学院麻醉系主任谢荣教授。据说，局长向市长报告：竹君提议由谢教授来担任顾问，领导们一致同意，还夸了竹君几句。意思是做事情，就是要考虑全局，可持续发展，请一位资历学识远超于本人之上者同行，这样的人是能做成事的。

上级很快批准了出国计划和人员。卫生部外事司主管欧洲事务的宋处长不仅帮助他们制订计划，又亲自联系法国、德国的考察部门。

三

四月的巴黎、图卢兹春意正浓

1983年4月4日，北京急救中心项目考察团登上了波音747巨型客机，飞往首站法国巴黎。当他们在巴黎戴高乐国际机场刚下飞机，迎面走来一位衣着简洁朴素、留着有点像男子短发的年轻美丽的女士，她笑容可掬地用一口流利的汉语问道："你们是中国的急救代表团吗?"这位彬彬有礼的女士是法国外交部的官员,她的中文名字叫葛晓琴,她说她是代表法国外交部来欢迎、接待中国急救代表团的。

竹君瞬时真有点茫然,怎么会受此殊荣?他虽是第一次出国,但毕竟这样的礼遇是超常的,是高规格的,出乎他的想象。葛小姐大概看出了竹君的心思,说道:"你们是中国第一个到法国来的急救代表团,你们将要在中国首都建立第一个现代化的急救中心,这是一件重要、有意义的事情,所以法国外交部很重视,不仅派我来迎接,我还将全程陪同你们在法国的工作、考察。"

考察团的人除了谢荣教授外,都是第一次出国,大有受宠若惊之感。在葛小姐的引导下,入境手续很快办妥。出了机场,法国外交部派来的一辆面包车已在等候,而中国驻法使馆的同志也前来迎接,告诉住处都已安排好。

四月的巴黎,天气阴晴不定,面包车离开机场在高速公路上疾驰。渐近市区时,车水马龙,熙熙攘攘。经过夏尔·戴高乐广场、凯旋门、香榭丽舍大街和塞纳河,他们来到位于巴黎市区南郊的住处。这里有很多 2 层小楼,环境幽静。

刚刚安顿好,中国驻法使馆科技处的李参赞已经赶来。李参赞身材高大,略胖,和蔼可亲,风趣健谈。他说,法国的急救工作水平很高,值得中国认真学习。法国的急救组织严密,地面的救护车、空中的直升机都能及时出动抢救病人。对比之下,咱们的首都北京急救工作落后,确实有必要尽快建立一个现代化的急救中心。北京是个繁华的大城市,老年人占全市人口的 10%,交通状况复杂。他还说,如果条件允许的话,今后应该考虑添置直升机参加急

中国驻法国使馆李参赞与竹君交谈

救。随后，他特别说到法国外交部很重视你们的来访，像派专人全程陪同是极为少见的，法国对人道的急救很重视。这一番话，使竹君更加感到自己肩负重担。

翌日，法国外交部葛小姐陪代表团参观巴黎市区的涅克医院。涅克医院以心肾、儿科诊治见长，而该医院的加涅教授则在法国急救界颇具声望。在一间陈设简洁的办公室里，加涅教授与他的两位助手接待了代表团。寒暄无多，谈话即入主题。一位助手以敬业自豪的神态，娓娓介绍涅克医院的急救医学发展历程。

涅克医院的急救工作始于 1956 年，起因是当时巴黎流行着小儿麻痹症，出现了很多小儿在家中呼吸困难危及生命的病例。医生们紧迫地感到必须争取时间尽快接诊病人，这一点对于挽救病儿的

巴黎涅克医院加涅教授（左一加涅教授，左二谢荣教授，左三竹君）

生命举足轻重。如何做到快捷抢救病人？首先要妥善解决通信联络问题。当时的巴黎，电话普及程度远不如美国纽约，于是有关部门在原有基础上采取改进措施。经过改进，巴黎市带"0"字头的电话号码均供紧急情况下拨听："01"指生命危险；"02"指财产危险；"03"指发生疾病。如拨叫"01""02""03"，有关部门即会应急出动。

几年来，这一通信系统协助挽救了千千万万病人的生命。行动迅速乃是抢救病人的关键。从外界打电话到急救中心，能够很快得到合适的处理。因为接电话的人员均是专业医务人员乃至高级医生。根据电话介绍的情况，中心将采取若干处理方案。对需要急救者，中心立即发出指令，通过无线及有线通信系统，命令距离病人最近地区的医疗分队，派出救护车和医生奔赴现场。由于救护车内有完善的医疗急救装备，有训练有素、医术高明的医生，所以都能在现场进行医疗处置。之后，根据距离和病情将病人送至附近相应的医院。

助手介绍基本情况后，加涅教授亲自与代表团交流座谈。他说，争取时间是极重要的。巴黎市有好几个急救中心，救护车10分钟内到达现场是原则，在此时限内，病人成活率最高。

"当然，也有远远超过10分钟的。"助手随即拿出一些照片。竹君和谢荣教授仔细观看，照片上拍摄的都是在野外抢救病人的实况，将病人抬向飞机、在机舱内的抢救……。加涅教授说，这是法国的急救中心派往非洲去抢救一批烧伤病人的真实记录。现场出事原因是石油站台爆炸。当时接到指令后，急救中心迅速派出6名医生、4名护士乘飞机南飞。因为医生护士及病人多，中心还租用飞机前往抢救。28名烧伤面积达80％以上的重伤员被及时运回医院，送进了监护病房。

加涅教授说，租用军队飞机或商业飞机主要用于远距离救护，20公里以内的救护则用直升机，尤其在交通阻塞的地区，直升机的救护效果显著。在法国，警方、空军所有航空系统都与急救中心保持着密切、有效的合作。

情况介绍完毕，加涅教授亲自陪代表团参观涅克医院，首先到了急救中心。在中心培训室里，七八位女士正在认真听课。教授说，这是在培训电话员。处理急救电话的电话员均要进行专业训练，包括对医疗知识的学习，以免发生问题耽误病情。接到电话后，一般采取3种处理方式：一是派急救车出发抢救；二是并不出车，只根据病情提出建议；三是通知病人家属。

接着，他们参观了中心控制室，它是急救中心的中枢神经系统。控制室类似一间宽敞的大教室，用玻璃隔成 3 小间，彼此可以看见，分别处理急救来电、发出急救指令以及输入计算机终端（病床控制等）、电传。这里与巴黎 40 家医院有直通电话，联系快捷方便；无线电话可以随时与救护车在途中进行联系。急救电话及应答电话，都有录音保存。这既体现了慎重的态度，保证责任到人，也便于查找、分析病例。规章制度与监测体系，保证了工作人员不能玩忽职守。世界地图、欧洲地图、法国地图、巴黎市郊区图等结构在像一本竖放的大书那样中间有轴，可以一页一页地检索，非常方便。

抢救病人的全过程记录都由加涅教授亲自妥善保存。他带他们来到另一间屋子。屋子里放着很多柜子，加涅教授拉开柜门，饶有风趣地指着厚厚的卷宗说："这么多年，我的新老病人全都站在这里！"卷宗同时也储存在计算机里。资料的保存和分类极其重要，它们为医学研究提供了宝贵的病例。通过长期的积累、分析、应用资料，才能更好地掌握急救工作的规律与特点，才能更快提高急救效率。

接着，代表团参观了重症监护病房（ICU）。重症监护病房里设备齐全，病人病情稍有变化，就可以从仪器上迅速反映出来，医生也就可以不失时机地采取救治措施。此时，竹君的头脑里迅速将监护病房转化为一辆医疗装备完善的救护车图像，好比急救现场的监护病房。

加涅教授见他陷入沉思，问竹君在想什么，有什么要讨论的？

竹君说，重症监护病房的外延是救护车，两者紧密相连是十分必要的。加涅教授连连点头。这一设想在中国的 21 世纪第二个十年一些大城市已基本实现。

虽然加涅教授对监护病房的工作非常重视，但由于涅克医院历史悠久，如按现代化的标准要求，病房中各个单间的安排不够合理，不利于中央观察。加涅教授对现状不满意，他说："涅克医院建造于法国大革命之前，太老了！"所以他这些年来热衷于急救中心的改造，雄心勃勃。

他又带领代表团参观了正在改建的重症监护病房。他对中国将建立第一个现代化的急救中心大为赞同，充满热情地介绍了法国急救组织的起始。法国从 1949 年起使用医疗化救护车，法国卫生部对此发表文告，明确医疗急救事业是法国公共卫生事业的重要课题之一，于是医疗急救组织也逐渐形成独立的机构并受到社会的高度重视，与千千万万个法国家庭和个人密切关联着。

法国的医疗急救车上涂绘着"SAMU"4 个醒目字母，意为"急救复苏中心组织"。急救复苏中心组织已成为法国急救事业的统一组织，一般都隶属于中心医院，但它的工作有其特殊性与独立性，有专门的编制，是医疗工作的前哨，是深入现场的医疗轻骑兵。这种组织遍布法国各地，担负着急救复苏任务。巴黎及其大区共有 8 个这样的组织。

加涅教授将一个准备新建的急救中心的模型拿给大家看。他说，由于涅克医院是老医院，急救工作的迅速发展促使他们考虑建立一个新的机构。模型分 3 大块，第 1 大块是中心指挥系统及各种类型的救护车；第 2 大块是研究中心，负责对有关急救组织体制、急救医学课题进行研究；第 3 大块是培训中心，负责急救人员的培训。他认为，从事急救工作的人，无论是医生、护士、卫生员，还是汽车司机、直升机驾驶员、电话接线员、消防抢险员、救火队员、潜水员等，都要接受急救训练。训练内容和时间则根据工作性质有所区别。医学院的学生、医院的医生与护士，在急救复苏中心组织工作对他们来讲是必修课，也是今后从事其他医疗临床工作的基础之一。

医务人员学习的主要内容之一是各种急救器材的熟练使用。在加涅教授的陪同下，大家怀着浓厚的兴趣参观了各种急救装备。竹君被一种特制的担架吸引了，它类似一个普通单人床的褥子，轻软舒适，里面盛满许多绿豆大的颗粒，是塑料制成的。使用时，将伤病员放在"褥子"上，再根据病人躺下后的形状用电动或气动装置抽气，担架就立刻变得硬邦邦的，犹如给病人打上石膏，固定得十分牢靠，这样即使救护车在途中颠簸，伤员局部固定也能保护得好，这就有利于保护骨折部位的肢体，有利于治疗后的迅速康复。回国后，竹君很快将它介绍给有关部门。到了 20 世纪末，我国使用这种负压气垫已很普遍了。

次日，葛小姐又陪同代表团来到了属于巴黎大区的 94 号地区，这里有一个享誉国际、由尤格那教授领导的急救中心。这个急救中心是现代化的新型医院，设备完善，这所医院规模宏伟，在一层大厅里，有各种服务设施，急救任务也很繁重。

院方热情接待了急救代表团，介绍了这里的急救复苏中心组织工作。第二次世界大战以来，法国的急救工作也出现过不协调的状况，由于工伤、交通事故及各种急症病人日益增多，人们缺乏组织

竹君与法国急救专家交流

急救的经验，一般都将病人送到附近医院。结果出现了两个问题：一是病人疾病或受伤性质与所送医院不对应，不能进行有效的治疗；二是从现场到医院的过程中，病人没有得到必要的医疗救护，耽误了病情。因此，这所医院意识到不仅应该大力加强急救工作，还应该设立专门接收、处理急重病人的急救区域；同时，医生应该走出医院，迅速赶到出事地点或病人的家里进行急救。于是，这个医院急救中心的工作逐步改善，以适应实际情况。

陪同参观的是尤格那教授的两位年富力强的中年医生，他们对本地区的行政长官（区长）对急救工作的重视颇为赞赏。区长认为，医院麻醉科的医生也应走出医院，建立医疗急救服务组织，协调本地区的全部院外急救工作。这样，医疗急救服务组织的医务人员虽然都属院长领导，但其急救工作也属区长领导。这种情况在法国已很普遍。明确地说，就是卫生部及地方行政长官指挥医疗急救组织，中心医院院长负行政责任，医院的有关专家（如麻醉科主任）等主持日常工作。他们全面负责医疗急救工作，管理庞大的机构和众多的各级医务人员及各类专职人员，与参加值班或出动救护车、汽艇、直升机的警察、空军部门等协调。

巴黎之行，开阔了眼界，收获满满。代表团成员抽空前去瞻仰了敬爱的周恩来总理当年留法期间，在巴黎住的地方。随后代表团从巴黎乘坐夜间火车，向南经过 7 个多小时到达图卢兹。在国内时，他们就点名要访问图卢兹。法国急救中心的最积极倡导者、急救事业的开拓者拉亨教授，就在图卢兹大学医院工作。

法国外交部充分满足中方的要求，为中国急救代表团访问图卢兹作了周到的安排、充分的准备。

1983 年 4 月在巴黎当年周恩来总理留法时住的宾馆前

由于时间太早，大家在附近咖啡馆吃早餐与稍作休息。葛小姐说，你们到法国巴黎的急救机构参观后，重点就要到远在南方的图卢兹参观，足见诸位对法国急救的了解。这里的急救在法国十分出名，机构的组织与实施、网络的布局与运行值得今后北京建立急救中心时参考。

好客的主人、急救中心领导人拉亨教授对于中国同行的来访十分高兴，他兴致勃勃，指示他的助手全面介绍了他在 1967 年始建立急救中心的基本思想和实践结果，给中国同行提供了宝贵经验。

1. 现场：医务人员必须跟随救护车到达现场亲自处理各种病人。为此，必须对医务人员进行急救专业方面的实际训练。

2. 治救：救护车、直升机、飞机必须配置完善的医疗设备。

3. 医院：必须有一定数量的病床供急救中心使用。

4. 管理：将病人送往哪家医院最合适，对此必须有科学的管理。

5. 区域：急救中心及其分属中心，要按区域划片负责。

拉亨教授的观点是，"急救中心本身设在医院当然理想，容易使上述 5 点基本思想得到贯彻，但它必须有独立的结构，它的服务体系与模式是不能用医院模式的，医院也不能最后形成急救医院。"这些分中心不可能都设在医院里。

竹君与拉亨教授英雄所见略同，早在国内实践中，竹君就采取与拉亨一致的思路。这些观点是竹君终生所持，可是践行十分困难。

急救不能被单纯理解为只是医生的职责，甚至可以说是医生在急救中的作用有限，这里并无贬低医生的意思。试问哪一次急症或意外，恰恰发生在医生的身旁？发生在医疗装备精良的环境中？

　　1966 年，法国卫生部提出筹建医疗复苏中心的建议。但是，当时不少人对此并不理解。而远在法国南方的拉亨教授先知先觉，十分赞同，政府的建议正是他深思熟虑的事业。他将法国卫生部的建议具体化，制定了一系列可行的措施。他的观点十分明确，那就是急救工作必须依靠社会各个部门的协作与支持，只有这样才能拯救生命，否则，靠医疗部门单枪匹马，急救就成了一句空话。然而，他的观点得不到支持。

　　拉亨教授毫不气馁，他身体力行，到处宣讲他的急救思想，争取有识之士的大力支持。很幸运，图卢兹传统文化源远流长，有法国现存最大的罗马式教堂，还有创建于 1229 年的图卢兹大学，加龙河由南向北穿越全城，运河连接地中海，它是法国南部的工业城市，现代化工业发展蓬勃，交通发达，风景优越，旅游者众多，这一切正好成为拉亨教授"布道"的社会基础。

　　由于图卢兹人民的文化科学知识普及程度较高，所以拉亨的急救事业在这里逐步得以开展。竹君一到那里，就感受到急救与文化的熏陶，尤其在工作间隙时去城市参观建筑和欣赏风景时。看到房间的布局和摆设，竹君总感觉有点家乡的味道，与他儿时住的张石铭旧居有点神似：花厅地砖，餐厅壁炉，百叶窗与彩色玻璃……。而后来才知道，张家祖上曾在清朝为官，出使过法国。中国改革开放后，有法国代表团到南浔参观时也发现了在法国已失传的彩色玻璃制作工艺，居然在中国南浔张家大宅见到。更使竹君兴奋的是，在参观过程中，经过一片河域开阔的山岗，教堂边，他眼前突然出现了一大片开满鲜黄的油菜花的园地，啊，这万里之外也是油菜花的故乡吗？

拉亨事先也作了功课。他知道竹君的情况，是一位与他相似的寄情于急救事业的中国医生。此次见面交谈印象更深，对他更是热情。参观完后，他特地邀请竹君到他的办公室，诙谐地说："这是你将来的办公室。"他深情地拍了拍竹君的肩膀，然后拉开椅子让竹君坐下。握着他的手，亲切地说道："你也是法国急救中心，也是我们图卢兹急救中心的医学主任（medical Director）。"

在他的办公室，竹君可以看到救护车、直升机都处在待命状态。直升机是由法国空军提供的。当他们步行到停机坪，值勤的空军小伙子立即跑过去打开机舱，请拉亨教授介绍。直升机内医疗设备齐全，令人羡慕不已。

午宴时，图卢兹大学医学院院长向客人们高度评价了拉亨教授在法国急救医学事业发展上的重要作用。他说，20 年来，拉亨教授奔走呼吁，为法国建立现代化的急救体系不懈努力，精神可嘉，成绩斐然。当初，不少人对拉亨教授的远见卓识不屑一顾，甚至认为是小题大做，社会上方方面面，包括拉亨教授的至爱亲朋、学生同事都曾以疑惑、冷漠的态度看待急救事业。在相当长的一段时间里，急救医学似乎成了违背希波克拉底誓言的异端，拉亨教授的生活空间一度阴云密布。

院长动情地说："然而，时间是最公正、最伟大的法官，随着岁月的流逝，随着人类社会的巨大变迁，随着各种天灾人祸的突发，拉亨教授的汗水浇灌出理解与支持的花朵。人们逐渐认识到，建立急救中心标志着社会的进步，而没有多方面的通力协作，急救事业就会陷入孤军奋战的境地，那也就意味着许多濒临死亡的病人丧失起死回生的机会。"

院长的话，如开闸的水，奔腾涌出，流泻于整个房间。"由于像拉亨教授这样的人们的顽强奋斗，20世纪60年代以后，全球各大城市相继出现了急救中心。现代化社会必须考虑建立SAMU组织，已成为人们的共识。"

就连给考察组开车的法国司机后来也对竹君说："别看图卢兹市的车辆很多，但车祸很少发生，这里面有拉亨教授的功劳。他始终坚持向市民宣传预防交通事故与急救方面的知识，车祸减少，急救病人得到了有效的救治。"

拉亨教授并不满足于目前已取得的成就，他感叹地说："我总认为，人与人之间必须互相关心、积极互助，这便是我提倡搞SAMU的基本出发点。"拉亨教授的感叹言简意赅，闪烁着朴素真实的人道主义思想的光辉。

拉亨教授动情地说："图卢兹在法国只属于中等城市，离巴黎又很远，可是你们在中国时就提出要到这里来参观。到了法国，你们可以去其他城市，巴黎附近也有不少著名的城市，但你们却坐了一夜火车来到这里。我非常感谢你们的来访。20年前我的想法难以被人接受，而今天人们充分理解我了，国内外不少医学界、急救中心的朋友都曾专程来访，尤其是你们——来自中国的第一个急救代表团，我衷心祝愿中国北京急救中心建设成功。"

竹君深受感动，说道："希望在日后北京急救中心的落成典礼上，您能作为我的老师、我们的贵宾光临。"

图卢兹大学医学院院长的宴会结束后，中国代表团又到城里参观了4个急救分中心。三个设在医院，一个设在火车站。拉亨教授的思想与实践，与竹君的何其相似，但凡真正做事的人，都这样吧！

四

在波恩，与联邦德国青年家庭卫生部官员的会面

当对法国的急救工作考察后，按计划访问德意志联邦共和国，首都波恩，位于莱茵河中游西岸，有伟大的音乐家贝多芬纪念馆。

波恩市美丽而安静，因离科隆很近，仅 20 多公里，人口也只有 30 来万，居民大多数是政府官员及他们的家属。

波恩是莱茵河的受益城市，风光绮丽。这条源出瑞士境内阿尔卑斯山的欧洲大河，流经西德。1983 年 4 月，当时莱茵河涨水，竹君一行到了城里，看见警察正在马路上忙着，水快要溢上路面了，但一切井然有序。

下午 3 点，代表团准时来到联邦德国青年家庭卫生部。负责接待的卫生部官员福克延·林拉先生 40 岁左右表情严肃，彬彬有礼。他对于中国第一个为专门考察急救工作而访问联邦德国的代表团，表示热烈欢迎。他首先回忆了中国卫生部钱信忠部长对联邦德国的访问，并对中国客人的再次来访感到欣慰，他期待中德双方能够进

一步合作。

福克延·林拉先生介绍说:"德国(指联邦德国)是联邦制国家。全国分为 11 个州,州里有管理卫生的部门,具体事务由各个州负责,也可以对外合作。这些州 95% 实行医疗保险制度,其余约 5% 通过私人组织参加保险,只有约 0.5% 的居民没有保险。急救药品供应充分,急救组织比较健全,并拥有直升机等现代化装备。"

他礼节性地会见,简短致辞后退出,随之卫生部负责急救事务的官员马上进来介绍联邦德国的急救业现状。

联邦德国的现行急救体制始建于 20 世纪 70 年代,发展很快。联邦政府对急救工作制定了统一的政策,中央政府有统一的《急救法》,各个州按照《急救法》,结合本州的实际情况再制定本州的急救法规。

以前,如交通事故发生后,要将病人送往医院,在现场、运送途中伤病员得不到及时救治,结果本可以挽救的生命逝去了。经过不断摸索与实践,现在发生事故后,完全可以在现场与运送途中进行及时救治,先进的急救设备、精湛的医术、现代化的通信保证了病人能够起死回生。

如今,开展现场急救的重要性与必要性、优越性,已为德国人民认同,联邦德国的急救工作已经走出了医院,走出了卫生部门,走向了社会,深入到了全国的每个州、县。在联邦德国,4 小时之内,邮件可以送达全国每一个地区;而急救(包括动用飞机),即使是最偏远地区,2 小时就可以到达现场。

他讲完后离开,另有两位官员先后介绍了情况。内容丰富,安

愿你们是 20 世纪的马可·波罗

排紧凑。最后一位官员，将考察组在联邦德国的日程表分发给了每个人。表上用英文详细地把代表团在联邦德国的每天行程、内容、所到城市、机构，接待人、联系方法乃至乘坐什么车、车次、时间、联系人写得清清楚楚，明明白白。

在给竹君这份表时，这位官员特别说明了德国青年家庭卫生部非常重视中国代表团的来访，考察访问的地方和具体内容是根据中国卫生部的要求和我们对贵国建立第一个急救中心需求做出的，而且还与每个机构进行了联系，他们会满足你们的要求。他强调说，联邦德国在空中急救上是有特点的，你们可以参考。今后有任何要求，可与他们联系，他们将尽力帮助。

一个紧凑的下午会面，三个多小时的官方介绍，考察组像被联邦德国的急救"狂轰猛炸"了半天，很累，但收获极大，深感德方办事效率高、时间抓得紧、言谈交流没废话。

当考察组回到住地，那是波恩常见的小型旅馆，床位不多，十分洁净。刚一进门，旅馆的老板娘热情地问道："哪位是 Dr. Li?"她说中国驻德使馆的官员来访。竹君一时也丈二和尚摸不着头脑，他在联邦德国没有朋友故人，怎会有访客呢？中国驻联邦德国使馆的政务参赞胡先生走过来了，他握了握竹君的手，又向大家致意。他说："北京卫生部健康报的连城先生是我的好友，他告诉我说，你要率一个急救代表团来德，所以无论是公、还是私我都要来探望的。"

大家很高兴，刚到联邦德国，就有我们使馆的领导来看望，而且对急救中心这个项目，无论是联邦德国卫生部还是使馆都表现出高度的重视、关心，大家都感到肩负责任之重大。胡参赞特别提醒考察组的同志要遵守会谈时间。他说"时间观念"在联邦德国十分重要，注意工作效率等。

临走时，他深情地说道，"到那时也许我已回国，有可能去参观你们的急救中心"。竹君在这里插句话，他后来与时任北京市常务副市长的白介夫为急救中心选址，认为和平门外一块地方最为合适，它居市中心，离天安门广场只有一箭之遥，离东西长安街很近，在南侧的平行线上的一条大马路交通方便。这个地段上只有市西城区第二小学、32 中学校办工厂，基本上没有拆迁户，均属西城区教育局。历史，往往是很巧合很有意思的。1954 年北京市急救站的选址是时任北京市主管副市长王昆仑先生选在离天安门广场一步之遥的南池子。新建的北京急救中心的题字，是竹君去向时任全国政协副主席、中国佛教协会会长，著名书法家赵朴初先生求书的。现在，北京急救中心坐落在北京和平门地铁站旁，前门西大街103 号处。

1988 年正式为北京市民服务，"120"急救电话正式开通。

"通信灵敏、指挥有效、抢救及时、技术先进"的北京急救中心蓝图初步绘就。

考察联邦德国急救的第一站，是设在联邦德国南部名城慕尼黑的德国汽车俱乐部（ADAC）。

考察组对这个城市很感兴趣，它是座名城，有很多名胜古迹值得参观，它又是当年希特勒起事的地方。1938 年英国、法国同德国法西斯头脑们在此曾签订的《慕尼黑协定》举世皆知。慕尼黑啤酒，为世人喜爱，可惜，竹君烟酒不沾。在之后，他曾数次到此还赶上过十月的啤酒节。他终于在啤酒节广场上喝了大约 150 毫升的

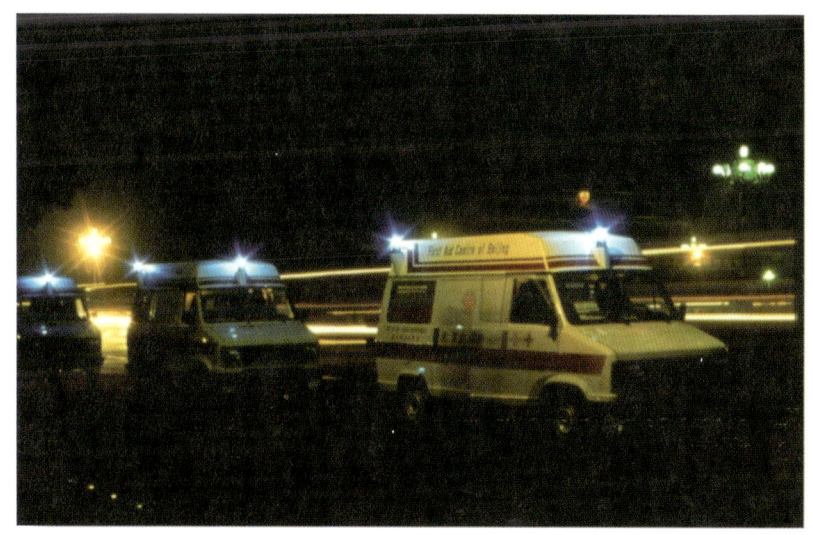

1988 年意大利赠送给北京急救中心的救护车行驶在天安门广场

酒，以示对这座城市文化的纪念。

　　慕尼黑吸引他，是因为这里是爱因斯坦这位科学伟人的故乡。在竹君的认知中，大科学家阿尔伯特·爱因斯坦，在 1883 年第一次看到这座城市的电灯被点亮时，也许瞬间也点亮了他智慧的大脑。当然最使竹君兴奋的还是设在慕尼黑市区的德国汽车俱乐部（ADAC）。

　　ADAC 领导人对第一次接待中国急救代表团也是很高兴的。欢迎代表团用的语气和语言与法国图卢兹那位同行说的几乎一样。"彼此相隔万里，你们能知道 ADAC，使我们感到自豪！"正如竹君所了解的 ADAC，当年起源于汽车俱乐部，汽车抛锚了，坏了，开不动了，而且发生在远离自己城市的地方，甚至国外，也许在联邦德国附近邻国法国、瑞士的城镇。组织汽车俱乐部，大家出一点钱，发生事故后就可以由 ADAC 来协调帮助，以解燃眉之急。开始时仅几十个成员，组织确定后效果不错，解决了不少实际问题，成员迅速扩大，ADAC 发展越壮大，资金越充足，随之帮助大家解决困难的能力也越强。

ADAC 领导人越说越带劲（是德国人那种爱演讲的劲道渐渐涌上来了），他突然停顿，话锋一转，说："如你们所知，汽车在路上，尤其不在自己所在的城市，如果是开车的人在行驶过程中发生了事故或自己发生急症，怎么办？这种情况比出了问题的汽车更需要帮助！"他继续说道："虽然各地有医院也有急救机构，但在二十世纪五六十年代，德国的现场急救发展得不是很好，尤其是车祸。你们到德国后，看到在高速公路上的车开得很快吧，德国的高速公路是没有限速的。所以，一旦发生车祸，受伤都会很重，救护车往往不能及时赶到，使得不少可以得到抢救的人，因时间耽误，不是死在现场，就是死在送往医院的途中，这是一个严重而且非常现实的问题。"他停顿了一下，脸上的表情十分凝重。

竹君趁此空隙插了话，也似乎是缓解过于凝重的气氛。因为他在中国找到了一些关于 ADAC 的文章。"你们确实很不寻常，由汽车的急救发展到对受伤者的急救，我们读了这些文章后很感动，所以这次到德国来要考察的第一个地方就是 ADAC！"

随着他情绪的稳定，他继续说了下去："于是我们决定将俱乐部的业务开拓发展，增加对车祸受伤者的急救，大家一致同意。这使得参与的人更多了，我们的会员一下子增加了好几倍。我们在各地自己开设或者与当地急救系统合作，加强了急救站的建设和服务，提供了急救车及一些抢救设备，社会公众对 ADAC 的表现也给予了很高的评价，业务做得越来越大，现在（1983 年）我们 ADAC 已买了 1 000 辆急救车，充实到全国各地的急救站，这样也帮助政府加强了急救工作……"

他越讲越兴奋，我们越听越来劲。社会组织、民间社团及热心于此的企业，在这方面发挥了很好的作用，老百姓把自己的钱自觉地主动地用于公众，用我们国人的话说就是"为人民服务"。较富裕的德国人用私款为公用，岂不比事事处处都要政府拿钱办事好？竹君脑海里在急速地翻转着："你们的政府现在建急救体系，这很好。中国现在开放发展，今后汽车一定不少，车祸发生也会增加。"

ADAC 领导人接着说道："我们这里 ADAC 办急救的情况也许能供你们参考，ADAC 从地面的急救，又想到了空中的急救。发生车祸时情况紧急，如果交通堵塞就更糟了，所以 ADAC 又发展了空中急救，可以这样说，ADAC 现在已成为德国空中、地面的一个民间急救总部。"

考察团对他的介绍很受震撼。接着这位领导人兴致勃勃地陪大家参观了 ADAC 总部陈列室。这里的民间办急救，不仅在联邦德国，在欧洲乃至全球也是闻名的。竹君也随主人的情绪在兴奋着，想着自己的国家在急救事业这项全方位为公众服务的事业，应该充分发挥民间力量。

慕尼黑的领导人对中国急救代表团的来访是十分重视关注的。为了代表团的访问，当地政府派出官员全程陪同，这在联邦德国也是极少见的。陪同官员是一位三十来岁的高高瘦个子的年轻人，很儒雅，不善言笑，做事儿极其认真。虽说已是四月中旬，慕尼黑的早晨飘起了雪花，他在西服外面穿上了长长的羽绒服，看来这小伙子有点儿怕冷。在他刻板的面孔上、规范的举止下，内心还是很炽热的。

他对考察团说，这里的早晨还是很冷的，大家多穿点儿衣服。那天中午，他高兴地对竹君说："慕尼黑的歌剧是很有名的，今晚请大家欣赏《塞尔维亚理发师》。"他特别强调了请准时到场，身穿正装。

这是联邦德国官方极罕见地招待一个外国代表团看歌剧。他说："你们的代表团是为了中国人民重要的急救事业而来，我们国家在急救上也经历了不少过程，有些方面可以为你们参考，你们的任务很重要。"慕尼黑歌剧院以及剧目都很有名，当主人交代要准时，男士着深色正装后，代表团的顾问谢荣教授特别提醒，不能照相，演出过程中要安静，不要说话等。足见文明举止是最基本的该有的风度。观看歌剧是一种艺术的享受，身临其境后大有体会。

陪同代表团的还有一位年轻的官员。他的长相更具典型德国人的相貌，是大家在德国电影里常见到的军官的模样。那天，天气晴朗，阳光明媚，一扫昨日春寒飘雪的天气，他没有穿大衣，穿着类似中国人的中山装。他蓝黑的眼睛，挺直的腰板，机械的动作，铿锵的声调，酷似影片中见到德国军官的样子，其外表比那位儒雅少语的官员似乎更透出德国男子那般的硬气。中午，他悄悄地对竹君说："今天晚上我能邀请你们到我家做客吗？"大家很快商量一下，一致同意。下午工作完毕，径直到这位年轻官员的家中。

气氛十分友好温馨。他的夫人以及一位七岁的女儿，还有他的父母，都很热情地欢迎中国客人的到来。他的英语很好，交谈顺畅。他告诉大家，这是他第一次接待中国医学专家，第一次与中国人打交道。他说，中国是一个伟大的国家，历史悠久，想去看看万里长城。他说："真是难以想象，在崇山峻岭之中，在古代能建起长城？"他连声说要去看看，要到中国去。这时，他们那位七岁的女儿看着我们一直在发笑，并且在向他母亲悄声地发问。

竹君好奇地问道："小朋友在笑什么？想问什么？"孩子的母亲也笑了，她问竹君："你们这几个人是不是一家人？"竹君告诉她当然不是一家人。孩子问道："那你们为什么都是穿一样的衣服，一样的颜色？"大家听后彼此面面相觑，她笑了，我们也笑了。

那时出国，国家发给置装费，而且出具单位系县团级以上的证明信后，就可到北京专为出国人员制作服装的红都服装店订制服装，他们几位男士穿的西装和颜色自然都是清一色了。在好客的年轻官员家中做客后，考察团又由他陪着在城里转了转。次日下午又参观了慕尼黑博物馆。这些都是竹君很喜欢的，后来竹君多次到德国慕尼黑故地重游，这座城市的博物馆是必去的。遥想当年，希特勒在这儿发迹，横行霸道，不可一世，但最后也只剩下灰飞烟灭。今朝，慕尼黑的文明依旧，啤酒的醇香依旧，人民的友谊长存！

第三章

蓝色多瑙河上的
白天鹅

一

爱因斯坦故乡上空的白天鹅

考察团依依不舍地离开了慕尼黑，来到了另一座名城——乌尔姆市。虽然它的名气没有慕尼黑那么大，但历史悠久，又是大科学家爱因斯坦的故乡。他于 1879 年诞生于此，家乡人用以他名字命名的很多喷泉和他的雕像等来纪念他。这座不过十几万人的小城，如今已成为欧洲经济最强、竞争力最厉害的地区之一。

竹君他们来此的目的，当然不是上述种种，而是看中了乌尔姆大学医学院的麻醉系，其在急救医学领域独领风骚。中国急救代表团不远万里专程来这里学习交流。（几年后，竹君又专门到此学习。）

众所周知，欧洲的教堂无论其建筑还是内涵都是极为丰富的，是人类文明的重要杰作。乌尔姆市虽不大，但它的教堂名气极大。竹君代表团下榻的旅馆，离教堂不远，而当他们进入房间，从窗户一眼望见了教堂塔尖高高地耸立在蓝天白云下。这一下触动了大家，不约而同地很快到大厅相聚，漫步到举世闻名的乌尔姆大教堂。

竹君是代表团中年纪最轻的，当他们来到教堂举头仰望，看到教堂高高的塔尖直入云间，"刺破云端"才是峰，他也不与同事们商量，自己就疾步地上了台阶。

乌尔姆大教堂的塔尖高 161 米，是世界上最高的教堂之一，共有 768 级台阶。竹君一鼓作气地走到最高处，心中暗想："我们中

蓝色多瑙河畔的乌尔姆

国今后急救事业必然要走向世界最高峰。这是爱因斯坦的故乡，做出了重大贡献的科学家的故乡。他是因为站在牛顿的肩膀上才看得更远看到更多，今天我这个小小的名不见经传的急救医生，得到各级领导的信任，让我来负责中国第一个现代化的急救中心项目的工作。我们到了法国、德国考察，这么一个普通的专家代表团，居然得到如此高规格的接待、真诚实在的科学交流，即证明了中国的日益强大，更说明了急救事业的人文、科技的至关重要……"当竹君在这位大科学家的家乡，登上这个塔尖时，默念着能够把救死扶伤人道精神的信条终其一生，少一点坎坷……

蓝色多瑙河上的白天鹅

竹君在多瑙河畔的乌尔姆

　　他在塔峰上，极目四望，思绪万千。头顶上是蓝天白云，脚下边是绿树青草，生机勃勃，那条银链似的大江蜿蜒在小城周边，这就是著名的多瑙河！它流经十个国家，流经半个欧洲，这条全长2 850 公里的河流在乌尔姆，此处是它的上游地带。

　　他们走出教堂，漫步到了多瑙河边。此时竹君心中轻轻地奏起了蓝色多瑙河美妙的曲调。"啊，多瑙河我终于来到了你的身边！"竹君望着她，河水清澈，水面开阔，柔波弯转，树草镶边。四月的风，不冷不热，拂面而过，他此时被陶醉了。突然间，他像被什么触动了一下，抬头仰望，只见三只白天鹅从远处飞了过来，大家不禁异口同声地喊了起来，"天鹅，天鹅，天鹅"。

天鹅展开白色的翅膀，自由地飞翔在蓝天下，在碧波上，在绿茵边，向他们这群来自东方的人们致意！也许有的读者看到此时，认为是在写作，是作者心灵的描述，但这场景是真实的。当时考察组的四个人为此着实兴奋了一阵，手舞足蹈。回国后还向同事们讲述了这一真实的情景。当时大家都说这是"天意"！我们是为了中国人民的健康、为了急救事业而来，是学习，是取经，是交流，是讨论。文明的阳光从不会暗淡，即使有时乌云密布，甚至雾霾浓浓，但阳光也会很快在雾霾的间隙，拨开乌云的。

在乌尔姆收获是丰硕的。医学院校的专家们不愧是爱因斯坦的同乡，他们在建立急救系统与医院急诊重症 ICU 上，给了代表团很多帮助并提出了很好的建议。在学术讨论后的午餐会上，代表团成员讲起了三只白天鹅的趣事，主人听了也很高兴。"这里的生态环境很好，天鹅是常常光临的，但如此凑巧，在你们刚到乌尔姆时就能相见，来欢迎你们，这倒是难得的。"

西方人与东方人在这个问题上的思维是相同的。"好事嘛，说明我们北京急救中心这个项目得道多助，连天鹅都被感动来参与欢迎我们了！"竹君说道，"我希望有机会日后再次访问乌尔姆，而且还能仰头望见天鹅展翅。"

四年后，也就是 1987 年的秋天，他又到了乌尔姆医学院见到了老朋友，他还特意到了那个河边的草坪。他请求同事们在这儿多待一会儿，他要享受一下多瑙河畔的风光，呼吸多瑙河清新的空气。他又坐在当年的长椅上，仰望着，天空还是那样湛蓝，河水仍是这般清澈，其实，他心中是在焦急地等着天鹅，等着那三只白天鹅的飞来，可惜等了十几分钟，也未见到天鹅的影子，但他并未失望。因为凡事都不可能处处顺心达意，而这几年来在建设急救中心的过程中，他已经经历了种种坎坷，而且今后会更加艰难，"好事多磨"这句谚语是真切的。但他脑海里却又泛起当年那三只美丽的白天鹅。

"鹅鹅鹅，曲项向天歌，白毛浮绿水，红掌拨清波。"大自然的阳光、海浪、江涛，河流、溪水；涟漪、心潮；思绪都是沟通的，共享的，最后都将流入大海！他虽未能与当年的天鹅再晤，但大家都在展翅翱翔，奔腾进取，没有退缩，也不停顿……

二

斯图加特附近的那座小楼

德国航空救援中心（DRF）总部，设在斯图加特附近不显山不露水的一个小镇上的白色小楼，执行总裁亚历山大·柯赖尔博士正在等待着中国急救代表团的到来。

柯赖尔博士是一位有着典型的日耳曼民族风度的德国男人，高高的个子，胖瘦适中，腰板挺直，表情庄重，语言简练。在简短的欢迎致辞后，他陪客人们参观 DRF 空中急救指挥调度系统。

他们面对一排排荧光屏，电话员在熟练地调度着直升机和救护飞机，看着那张占满了侧墙的世界地图和联邦德国地图，以及地图上时疏时密地插着的小标志（这是直升机站、喷气飞机站，以及与DRF有关的机构）。真没想到，在这座小楼里，却指挥着自身及与共同协作的联邦德国国内三十几个直升机站和四架远涉重洋的喷气式救护飞机。

竹君的脑海里泛起了这样的思维："我们生活在同一个地球上，世界是开放的，空中是没有遮拦的，救死扶伤是没有国界的！"他惊叹他们的工作：运筹帷幄，决胜千里。当然，"千里"应改为"万里"更确切。他马上想到应该与DRF建立联系，以便今后北京急救中心建成后要立即为建立空中急救做准备。

执行总裁柯赖尔博士看出了竹君对空中急救的兴趣，但因日程安排很紧，他们只能参观一个直升机站。他和竹君做了交谈，尽量多地介绍了DRF。

竹君与DRF总裁柯赖尔博士会面（中为柯赖尔）

柯赖尔博士说，空中急救站接到的呼救电话大多来自现场或医院，他们的通信联络是很讲究实效的。接到指令，飞行员和随机医生立即奔向停机坪（那是一块大约 80 平方米的草坪），一两分钟后就登机起飞。机舱内医疗抢救装备和药品配备规范标准，每一件东西都有其固定的位置，还有一副折叠式担架。一架小小的救援直升机，能够担负必要的抢救和转运急症病人的工作。

参观时，正好遇到一次空中急救任务，是转运一名医院里的脊柱骨折病人。随机医生告知，用直升机转运创伤病人是他们成功的经验之一。因为无论在起飞、降落或飞行中，病人一直被固定在特制的担架上，决不会像在救护车里那样可能受到剧烈的颠簸震荡，所以不会加重骨折或进一步引起损伤。医生都知道，各种严重的创伤，特别是高速公路上发生的车祸中，颅脑、脊柱的损伤不是置人于死地就是置人于截瘫。自从对脊柱骨折病人采用直升机转运后，截瘫病人的发生率明显下降了。竹君不由得想到，这十几分钟或数十分钟的转运途中，造福了多少脊柱骨折的病人。

当直升机徐徐降落在医院大楼旁的停机坪时，运送病人的救护车已经停在一边。更被他们感动的一幕是，当一些在医院草坪上散步的病人、家属对直升机、救护车、担架发生兴趣，提出各种各样的问题时，包括飞行员、驾驶员、医生都十分认真地进行讲解、示范。一个小学生对此十分好奇，以至直升机的医生，几乎把每一件抢救装备都从担架上拿下来作介绍，这种普及急救知识的精神，效果显然很好。

同是有心人，半天多的时间一晃而过，行程紧凑，只得告别。

但这份眷意，滋润了竹君和柯赖尔博士两人间关于空中急救的合作的种子。临别前，双方留下了联系方式，而紧紧地握手表达了两人内心的交流。此后，柯赖尔博士经常给竹君遥寄有关资料，使其对空中急救有了进一步的了解，同时也使他增加了对空中急救的信心。自此，竹君不仅对救援直升机，而且对远涉重洋的喷气式救护飞机的功能、作用产生了强烈兴趣。他想到中国幅员辽阔，从东北到西南，从高原到海边，真正有紧急的抢救转运，直升机是鞭长莫及、力不从心的。在联邦德国时，他就表达了希望日后能进一步详细参观、了解喷气式救护飞机，并询问这种飞机是否到过中国。回答是，到过亚洲的马来西亚、新加坡，因为与中国还没有建立业务关系，所以至今还不曾有过这样的抢救。

竹君建议柯赖尔博士，如果可以，不妨先到中国来看一看，这样对促进今后双方的合作会有益处。时间太仓促了，竹君从未有过这样惜别的感受。因为"空中急救"这一话题以前便在书报杂志中看到过，而在法国巴黎、图卢兹亲眼见到了救援直升机，尤其拉亨教授在其办公室前向他详细讲解了直升机内的装备和他们的运作情况，而此时，在与DRF总裁的交流中，他似乎已经要跃跃欲试了。

他知道，待北京地面急救系统初步完成，作为中国这样一个泱泱大国的首都上空，不可能没有救援直升机。关于空中急救的设想，其实早在竹君脑海中不知道翻滚了多少个回合，当看到DRF，看到柯赖尔，尤其是我们之间眼神的交流，彼此的肯定和明日的合作，竹君感受到北京建立空中急救的缕缕阳光！

三

两个男子汉的长城谈话

凡是真想做事的人，总会想方设法建立联系。心心相印的爱情不用说，男子汉的事业心同样如此。

1986 年春天，竹君接到了柯赖尔博士的信。今年夏天，他将与他的夫人以私人身份到中国来度假，说是度假，主要还是想好好地讨论一直希望在中国建立空中急救的这个项目。他信中充满感情地说道："Dr. Li，我们只是半日会晤，但我和我的同事们被你热爱急救事业的精神所感动了，虽然我是个人度假，但你相信我有能力帮助你们的。不知道夏天到北京，这个安排对你是否合适，你有没有充裕的时间与我讨论？"信中他又十分清楚地表示，这是他和他夫人的度假，一切费用完全自理。竹君接信后大为兴奋。

他马上向上级领导做了汇报，讲明了柯赖尔博士在当今欧洲乃至世界空中急救事业上的地位和作用，是这个领域中的名人。他又与那次同赴联邦德国考察的成员们讲了此事，大家都表示支持、欢迎，顺便请他参观正在和平门建设中的北京急救中心。因为我们为拟在急救中心楼顶的平台上建个直升机停机坪，意见不一，争论不休。

夏天，柯赖尔博士到北京了，他在联邦德国已经定下了长城饭店的住房。当时的长城饭店是北京首屈一指的大饭店，但竹君总觉得离城里太远，不大方便，因为他的日程是何其紧呀！他们首次到京，总要到一些名胜古迹去参观，更要"多谈、详尽讨论"，何况还要照顾到柯赖尔博士夫人的度假，总不能让人家也一天到晚与你在"急救、空中急救"中没完没了的大煞风景。

于是，竹君想让他们住到市中心的民族饭店，彼此见面交流就方便多了。另外，请位女士陪他夫人购物，柯赖尔博士的时间就可富余出来很多。这位一向个性强的男子十分痛快地说："Dr. Li，听你的！"而他那位美丽的通情达理的夫人也赞成。在后来的接触中，得知她从事教育工作，教授英语，对中国很友好，竹君与他们一家成了终生好友。

"在北京建立空中急救太重要了！"柯赖尔博士夫妇从北京西单的民族饭店往八达岭方向进发，他不时地看着表，已经走了将近1个小时还没到达目的地。亲爱的读者，30多年前，北京城市交通远比现在通畅得多，但西单至八达岭毕竟很远呀！那次，在并不太堵塞的马路上用了70多分钟。

夏末秋初的八达岭，真是云淡风轻，天高气爽。在碧蓝的天空下，起伏连绵不尽的燕山山脉柔和平顺，因为海拔不是很高，显得格外的温情婉约，峰峦叠翠蜿蜒伸展的山峰，那红男绿女、黄白棕黑肤色各异的人群，在依山势高高低低、弯弯曲曲、忽隐忽现、时上时下、舒缩自如、巧夺天工的古城墙旁，在伟岸矗立、间隔有序的烽火台上，或活动，或驻足，或瞻望，或停步，或歌唱，或朗诵，或高喊，或低吟，或携手，或照相……

柯赖尔夫妇表现出孩子般的天真喜悦，一扫他那平时庄重严肃的风格，他不时地对竹君说："万里长城，在那样遥远的年代里，在那样险峻的山势上，这样的建筑真是了不起！中国人真是了不起！"尽管竹君因为陪外宾常来长城，但如今天这样的心情，陪伴着将要兴起我国空中急救事业的异国同行，所望的景象也今非昔比。

竹君望着游人如织的长城，望着长城外与人齐高的野草，迎着塞外的劲风摆动，遥想当年在这险峻的山口，一道城墙，几个山堡，数队士兵把守，即能阻挡外族的入侵。而今朝，一架直升机就能轻易跨越，一架喷气飞机就能漫天飞舞。当今世界，真如一个沙盘上的模型，尽在我们的掌握之中，视野之内。世界、国家、种族、人群，是多么需要互相沟通，相互往来，文明共进，世界和谐呀！

他们正沿着古老砖石的台阶，慢慢地一步一步往上，而漫天遐想也正无拘无束地展开时，"Dr. Li，Dr. Li"的叫声把他从沉思中唤回现实，原来，柯赖尔夫妇健步如飞已爬到八达岭顶峰，在向他招手。当竹君气喘吁吁走到时，他突然十分严肃地向竹君提出了一个问题："世界上有这么多的人来长城游览，这里要是出现了急诊伤病人，你们在现场怎么急救？谁来急救？"还没待回答又接着问："这里离市中心那么远，若这里出现急诊病人，急救人员到达现场，经过现场急救后又要送到城里，比如送到我们住的那家饭店附近的医院。我们从民族饭店到这里花了 1 个多小时，怎么办？"他也不待竹君回答他的问题，俩人几乎同时说出了"建立空中急救"！

真是英雄所见略同。竹君一直认为，大凡男子汉，想干事业之人的友谊、坚固的友情，多是建立在事业的基础上，建立在互相信任、真诚并不屈不挠为事业奋斗的共同理想上，这样的友谊是经得起岁月的风霜、历史的考验，也是为人所称道的。直至今天，时代已经迈进 21 世纪的第三个十年，离那天在长城上的谈话已整整过去了三十多个春秋，但回忆当时的情景，仍历历在目，犹如昨日。

柯赖尔接着说："Dr. Li，中国今后肯定会发展得很快，你看，今天有那么多的人来到长城，是来自世界各地的，在这里万一出现了紧急病人、意外情况，你们应该及时地在现场急救，同时迅速地送到医院，尽管你刚才已经告诉我，这里有 Clinic（医疗诊所），有 First Aid Station（临时急救站），但现场紧急的发现与呼救、抢救、抢救程序、抢救装备、运行以及医疗监护下的运输……请你注意，不仅仅是 Transportation（运输），以及所需的时间等，都要有一套严格的标准、规范，尤其是这里的急救站或急诊所的人员，接受培训所获得的急救知识和应用技能，与一般诊所人员是不同的。"他接着又说："今后，会有更多的来自世界各国的人来旅游，开展各种商业贸易活动、学术交流、国际会议，所以，我希望你能把开始建立的北京急救中心，从地面的急救服务扩展到空中。"

当从八达岭返回民族饭店的途中，他们两人之间的感情更接近了，而且，柯赖尔的夫人也产生了兴趣，她也不时地插话。至今，竹君永远忘不了这位德国同行在途中对他说的一段话："Dr. Li，今天游览世界闻名的长城，我非常高兴。但是，我更高兴的是，我们确实都认识到在中国，在北京，在长城，建立空中急救的重要性、急迫性和可行性。自认识你以来，通过这几年我们的交流和了解，我认为，你应该来担当这件事情。我是 DRF 的执行总裁，在主席的指示下，领导 DRF 的一切业务。我今天没有权力说，Dr. Li，我们给你直升机，由你在中国来领导建立空中急救，但我可以明确地告诉你，我们，DRF 将会尽最大努力来帮助你，实现你在中国建立空中急救的理想。为此，我今天就可以代表 DRF，向你发出正式邀请，在明年下半年，你认为合适的时间到德国来，一切费用均由我们担负。你可以用充裕的时间了解空中急救，并且实际参加空中急救，然后我们讨论一些重要的问题。如果你同意，从现在起，我们就要为此用１年的时间做好充分的准备。"

为使柯赖尔在北京更多地了解急救状况，竹君陪他参观了当时负责北京市民日常急救工作的北京市急救站和几个区级急救站。由于各方努力，北京市人民政府将急救中心作为重点建设项目，在1985年破土开工。其时意大利的议长访华，白介夫副市长、外经贸部魏副部长等领导参加了奠基仪式（在北京和平门，原顺城街第二小学及三十二中学处），此时工地已经开工，竹君陪他参观了在和平门正在兴建的北京急救中心的工地，还举行了一次小型业务座谈会。

座谈会上，柯赖尔的意见十分明确，北京市急救站尽管规模小、条件设备也较差，但功能、业务明确为院外急救，而且运行得很好。他认为其机构、人员等应是日后建成的北京急救中心的主体部分，但必须大力建立完善城市各处的急救站。正在兴建的北京急救中心很好，但不宜建成一所医院，开设病房，更不应该将北京城区不论远近的危重病人都送到这里。建议要把较多的财力用在建立各级急救站点形成网点。北京应建立空中急救，可以放在急救中心顶层平台上，或者其他合适的地方，比如设在八达岭附近，再由地面的救护车将伤病人送到邻近医院。北京一定要形成急救网络，一定要有很多的急救站形成急救网络，与空中急救形成空地联合的抢救转运体系！

因为柯赖尔在国际急救界尤其空中急救上是个实力人物，所以

《健康报》记者采访了他。记得那天下午在他下榻的民族饭店，张荔子记者与他相谈甚欢。他们的谈话、交流很快在一周后的《健康报》登载了。

为了落实八达岭的承诺，柯赖尔回德国后做了大量的工作。一年后，1987年秋天他给竹君寄来了邀请信，并且附上了汉莎航空公司的机票，竹君很快成行，飞往德国。

四

夜飞地中海西班牙伊维萨岛

作为DRF的执行总裁，柯赖尔的工作量很大，但他却亲自到数百公里远的法兰克福机场去接机。当竹君见到他时说，既然是好朋友，何必这么远来亲自接他。但竹君很快便了解他的良苦用心，他不仅仅是礼节上的接待，而是让竹君立即进入角色。办好入境手续后，他马上陪竹君参观设在法兰克福机场的DRF的空中急救站。他说，如你所知法兰克福机场是一个很大且十分忙碌的国际机场，所以机场的急救工作很重要，一旦发生重大事故，需要有一整套的抢救组织、运作预案，你们需要了解，也许很可能作为今后北京机场建急救站的参考。DRF也在这里设立了通向全联邦德国的救援直升机急救站，具有多重意义。既配合国际机场的日常各项急救业务，也有特殊事态下的应急工作，当然日常的救援直升机在这里也很忙碌。

由于对法兰克福机场急救体系，在 1983 年首次访德时曾作过一些了解，所以结合此次 DRF 的救援直升机急救站的考察，收获颇丰。可以这样认为：在机场出事，如飞机起飞、降落时发生重大事故，不仅仅是机上的人员，同时也往往城门失火，殃及池鱼，会有更大的灾难。急救体系的建立必须更具"大救援""大协作"观念。竹君一边参观，又一边想到了北京首都机场。因为他与首都机场和现在刚建成的大兴国际机场的同行们，多年来一直有着友好的业务与学术紧密的合作。

离开法兰克福机场，汽车在往斯图加特的高速公路上疾驶。柯赖尔兴奋地告诉他，DRF 这次为他做了很多准备。"你的访问一定会很成功的。"他不停地说着，而竹君却情不自禁地打起瞌睡来了。那时，北京飞联邦德国，需要十多个小时的行程，再有一点的"时差"不适，人感到困乏了。当他竭力挣脱合拢的眼皮，突然发现里程表上已到了"160"。啊，这么快的时速呀，每小时 160 公里，这在北京可是难以想象的，早就超速了，车子却是十分平稳，毫无颠簸之感。但竹君有点紧张，担心地提醒他："速度太快了，是否放慢一点。"他笑了笑："Dr. Li，这可不是 160 公里，而是每小时160 英里呀！"原来，联邦德国的里程表是以英里为计量单位的。联邦德国的高速公路是不限时速的，由于柯赖尔驾驶的是高档的奔驰车，公路路面又好，所以才不感到有多少震动。

当时竹君在联邦德国医院参观重症监护病房（ICU）时见到的伤病员中，有不少就是因为交通事故引起的。1980 年前，联邦德国交通创伤发生率很高，而院外救护车急救不能及时赶到现场，到

在联邦德国航空救援总部指挥室（右为竹君）

了现场又未能很好地开展卓有成效的抢救和医疗监护运输，使得相当多的伤病员本有可能获救却失去宝贵生命，有可能避免或减轻伤残的而留下终生残疾。在他第一次访德时，与慕尼黑的一位专家交谈时，痛心地回忆那时急救系统存在的种种弊端，专家说："人类在历史进程中血的教训，彼此都应吸取，认识到后而不去改进，那不仅是错误而是犯罪，因为急救事关人的生命。所以此后，我们建立了完善的地面、空中急救系统，我们彻底改变了那时交通事故发生后 20～25 分钟因未能及时救护，而致高死亡、高残疾的可怕的现实。噩梦已经过去！你们中国，北京，要建一个现代化急救中心，一定是一个健全完善的急救系统！千万不能重复我们 70 年代曾犯的错误。"

不仅联邦德国，欧洲其他国家及美日等国的同行们，也多有类似这样的谆谆告诫。竹君一直为此向他的同事，向他的领导，像鲁迅先生《祝福》小说中的祥林嫂那样，唠唠叨叨地不停地诉说着这一切。尽管有的人对他的建议、书信不屑一顾甚至讨厌反感，或者敷衍，但他顾不上这些了，因为这是良知，这是责任，尤其他是一个职业的急救医生！

从法兰克福机场，竹君又回到了四年前那座灰白色的小楼。这次到了这里，他感到像回到了自己的家。门前那简短的却又十分庄重的"欢迎李竹君大夫"的标牌，是亲切的。握手、亲昵问好，彼此会心一笑！随后，送上了几页纸的日程安排。

参观及践行各地的飞行急救站及机场的救援飞机等，每天都是排得满满的，晚上也都有活动，虽没有明确标出，几乎是没有空当。那些日子，竹君白天身穿着 DRF 的飞行服装，接到指令与同伴们急步登上直升机，飞到现场后立即进行抢救，然后转运。

　　他们时在鳞次栉比的高大建筑群中辗转，时在山谷田地间穿插飞翔，美丽的莱茵河，著名的多瑙河，逶迤曲折温顺多情地在下面流淌。茵绿似毯的大块原野，墨绿色的大片庄稼，片片高起的森林和繁星似点的汽车，就像德国大音乐家贝多芬的交响乐谱上的跳动的音符，不知是田原交响曲还是英雄交响曲？

联邦德国救援直升机（中为竹君）

　　当一天紧张地参加空中急救或者参观、演讲结束，晚上的活动在日程表上是没有的，但往往安排了 2～3 个聚会。有一次看德国现代芭蕾舞，在宫廷式的剧院开幕前，一位美丽的穿着得体的女士走到竹君面前，问他今天下午的活动如何，对那个空中急救站印象怎样时，他怎么也回想不起这位女士是谁，但又不好说我不认识妳。

那位女士大概发觉了他的困窘，说："我就是下午陪你的柯赖尔博士的秘书。"竹君不觉失声并即致歉说："你本身就很美丽，但现在怎么一下子就变得更加美丽了，酷似宫廷里的一位极漂亮的贵夫人？"她笑着说："李大夫，谢谢你，你真会说话呀！"竹君说："真的，你的装束和风度确实如此。"她穿着袒胸露肩、拖地长裙，显得气质高雅、端庄大方。这才使他想起柯赖尔在早餐时特别提醒他说："今晚是正式场合，回到饭店要换服装，你要穿深色的西服，你可是我们的贵宾呀！"

演出开始前，一位重要人物如同德国人喜欢演讲一样先致辞。他对观众说，今天我们这里有一位重要的、对德国人民非常友好的

1987年斯泰戈尔夫妇（左一、二）与竹君（右二）在联邦德国斯图加特招待会上

远道而来的中国著名的李竹君大夫与我们一起……在一阵掌声中，我连忙站起来向大家致意。

在休息期间，斯图加特的不少社会名流前来交谈，就在这时，DRF 的主席斯泰戈尔先生和他的夫人向竹君走来了。彼此热情地握手，同时，斯泰戈尔先生不时地把一些社会名流、重要的人物介绍给他。突然，柯赖尔博士走到他的身旁，十分神秘地说道："Dr. Li，我要向你介绍一位对我们事业很重要的朋友。"然后停顿，不再说下去了。

那是谁呢？是位什么样的重要人物呢？是州长，是议员，还是哪一位著名的德国医学家？他环顾柯赖尔周围，注视着这个上流社会圈里的人群，试图找出这位事业上的重要人物，但他们不是西装革履、彬彬有礼的绅士，就是黑裙铺地的女士，是谁呢？柯赖尔笑而不答地看着困惑的他。突然，就在他旁边一位魁梧的黄皮肤的中年男子，伸出一只大手，一声响亮的地道的北京话脱口而出："李竹君大夫，你好，我叫王寿椿，咱们认识一下吧！"

读者可以想象，竹君当时的惊愕与兴奋。他既不是职业的外交官，也不是在国外长住的华人，所以这些日子白天在天空飞行，在地上活动，晚上总有 2～3 个聚会，他的体力与精力远不如联邦德国同行们，已感到十分劳累，幸而英语尤其专业用语还算可以勉强对付，但必须认真听，思想稍开小差，有时就跟不上了。更令他不便的是，一天到晚德国的西餐实在吃不惯。现在异国他乡看到一位操着地道北京话，而且给他第一印象热情善良的华人，当然是再高兴不过了。

柯赖尔看到竹君和这位华人友好热情地打过招呼后说："竹君，

今后我们有很多事情要做，为此，我们请了图宾根大学的哲学专家，他出生在北京，讲得一口极好的中国话，一位热心于空中急救的王寿椿博士来帮助，他十分愿意作为志愿者来和我们一起工作。"王博士用比竹君还地道得多的北京腔说话，使彼此间距离迅速消失了。"咱们虽是初次见面，可我早闻你的大名，您有什么要求别客气，尽管说，我想咱们能成为铁哥们儿的"。说到"铁哥们儿"四个字时，他像孩子般高兴，并天真地问道："现在时下是不是北京人把好朋友都说成这样。"

他的到来和帮助，使竹君一边参加空中急救，一边与对方讨论在北京建立空中急救事宜，其间还到图宾根大学等处作演讲等就事半功倍了。德国人的精力是很旺盛的，往往忙到深夜，次日早晨的日程也不推迟。而竹君真有点吃不消了，由于寿椿博士几乎每个晚上都来帮助他，使他的工作效率大大提高。寿椿对在北京建立空中急救的热情丝毫不比竹君差，他娴熟的德语和丰富的人文知识给了竹君极大的帮助。

就在此间，发生了一件事情，无论对竹君个人，对他与 DRF 的关系，乃至对中德在急救领域的合作具有非凡意义。

时间是 1987 年 9 月 14 日傍晚。其时竹君正在一处救援直升机站值班，突然通知他，有紧急事件，5 分钟之后要把他送到设在斯图加特的空中急救总部。一到那里，柯赖尔博士对他说，现在有一位十分危重的心脏病病人，在地中海一个岛屿上正在抢救。由于当地是西班牙，那里没有联邦德国医生，无论是院方还是病人家属，都急切希望联邦德国 DRF 派医生前去指导抢救，并尽可能地把病人送回联邦德国来。我们已经请了几位医生，认为你在中国，在北

竹君在联邦德国救援直升机旁（2008 年）

京多年从事这方面的工作，是最合适的人选，想请你参加这次远距离的危重病人抢救与转运回联邦德国。

　　竹君毫不犹疑地答应了。因为抢救心脏病、心肌梗死病人是他

蓝色多瑙河上的白天鹅

平日经常做的工作。他们很高兴，这时值班人员正在一张大地图前面研究航线，他们将乘坐 DRF 自己的一架轻型喷气式救护飞机，飞抵地中海的伊维萨岛（西班牙的一个小岛），将这名病情危重的女病人送回联邦德国。值班员又提醒他，要带上护照，运送危重病人可能不需要西班牙的签证，但护照是必需的。

竹君从总部立即回饭店稍许做了准备，立即赶赴机场。图宾根大学附属医院一位 30 多岁的重症监护病房的麻醉医生瓦萨和一名护士，几乎和他同时到达斯图加特机场，互相介绍后就上了飞机。虽然飞机上的一切设备安排得井井有条，但瓦萨医生仍然同他和助手以及竹君一起，检查了心电监护仪、心脏除颤器、氧气瓶、吸引器等，又清点了各种抢救药品。这才结束了整个检查工作（约花 20 分钟），彼此会意地点了点头，竹君模仿他们讲话的姿态笑着说："一切准备就绪！OK！"因为这正是每次检查完毕时必讲的话。

联邦德国同行严格实施装备标准化，工作制度化。一开始到联邦德国，无论是地面救护车，还是救援直升机，竹君就发现，不论何处的急救车、救援直升机或轻型救护飞机内，所有的抢救装备、急救药品等，都有清单、固定的内容和安置。因此，无论从哪个医院派来的医生，对此都了如指掌。此次答应参加抢救时，竹君提了要求，一是必须有一位麻醉科医生与他同行，二是还得有一位经验丰富的护士。这样，对飞机上抢救仪器的使用和处理病人他可以放心大胆地应对了。柯赖尔博士说，没问题。

在飞机上，瓦萨医生告诉竹君，这次运送的病人是一位 88 岁高龄的妇女，她在那里度假旅游，突发心肌梗死，虽经当地抢救，但病情仍不稳定，十分危险，需要我们去帮助，并尽可能地把她送

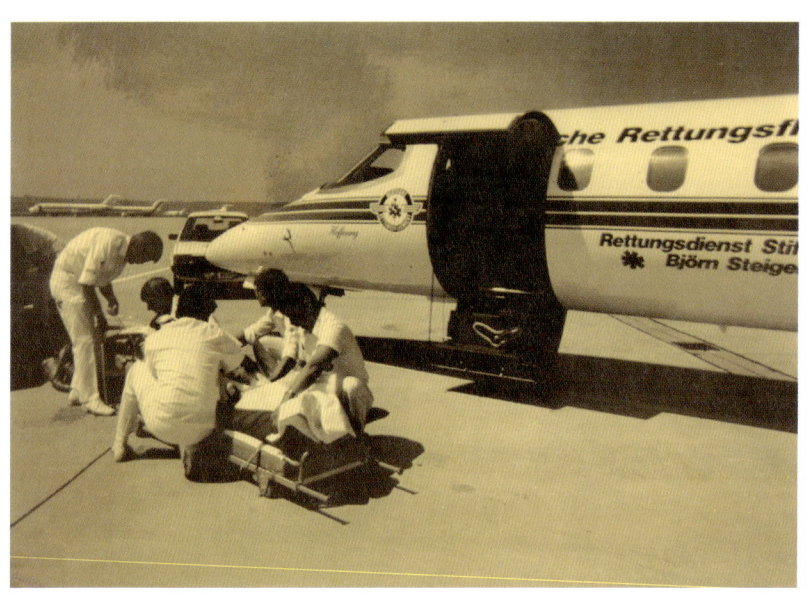

德国救护飞机

回联邦德国。接着瓦萨医生又把电传记录下来的病情摘要和心电图给他看。大家讨论了一下，做到心里有数。之后，便开始友好的谈话。

瓦萨医生说您能指导我们抢救，我们感到十分高兴，这是他第一次和中国医生合作。他说，他知道李医生经常抢救急性心肌梗死、心律失常的病人，很有经验。他说，联邦德国因心肌梗死而发生猝死的病人不是很多。他又说到，他很喜欢中国的针灸，希望将来有机会学习这门古老而且有用的技术。正巧，竹君随身带着盒针灸针，当即送给他，并且在自己的手臂的内关穴位作了示范，告诉他这个穴位很常用，对于心律失常也有很好的疗效。瓦萨医生对这个意外收获十分高兴。这时，他们已经飞过联邦德国，在法国图卢兹的上空了。

经过近两个小时的飞行，飞机终于降落在风光绮丽的地中海伊维萨岛。小岛风光宜人，阳光明媚，每天都有许多人到这个岛上旅游、观光。然而，一些老年旅游者心血管疾病急诊时有发生，现场抢救和转运病人的工作十分棘手。虽然在这浩瀚大洋中的绿洲小岛上有堪称上乘的现代化医院，但对德国人来说这里毕竟是异国他乡，进一步抢救和病人急切归乡的心理都是不容忽视的，所以救护飞机就发挥了作用，地面无论是汽车还是火车可谓爱莫能助。

联邦德国空中急救总部的两位领导人斯泰戈尔和柯赖尔博士对远程医疗急救问题做了认真的调查研究后，继救援直升机在国内开展方圆 50~100 公里内急救的基础上，又建立了轻型救护飞机跨国跨洲的远程救护，并且与一些国家建立合作，与不少机场有实质性联系。不论哪里发生了危重病人，都可以通过轻型喷气式救护飞机，远涉重洋进行救援。

救护飞机的机舱像一个经过浓缩了的 ICU，在机舱内，向上伸手可以把输液瓶挂在舱顶，安置在机头、机尾的各种心电监护仪器和抢救器具随手可取，特制的病床，随病人的体位抽气后可以牢靠地将其固定在担架上，避免飞机在起飞、降落时震动，以及飞行中倾斜或变换航向对病人的影响。充足了氧气的瓶子和吸引器放在一起……这空中"监护病房"，真是危重病人的生命救星！

飞机徐徐地降落，下了飞机，他们径直走向入境检查处。西班牙官员知道这是来抢救病人的，瓦萨医生又向他们介绍了来自中国北京的医生，官员连竹君的护照都不看，友好地对他说："请您告诉我，'晚上好'中国话怎么讲？"竹君将中文"晚上好"三个字慢慢地却又十分清楚地告诉了他们。那位官员用刚学会的中国话对竹君说"晚上好"，并与他握了握手，示意请他入境。

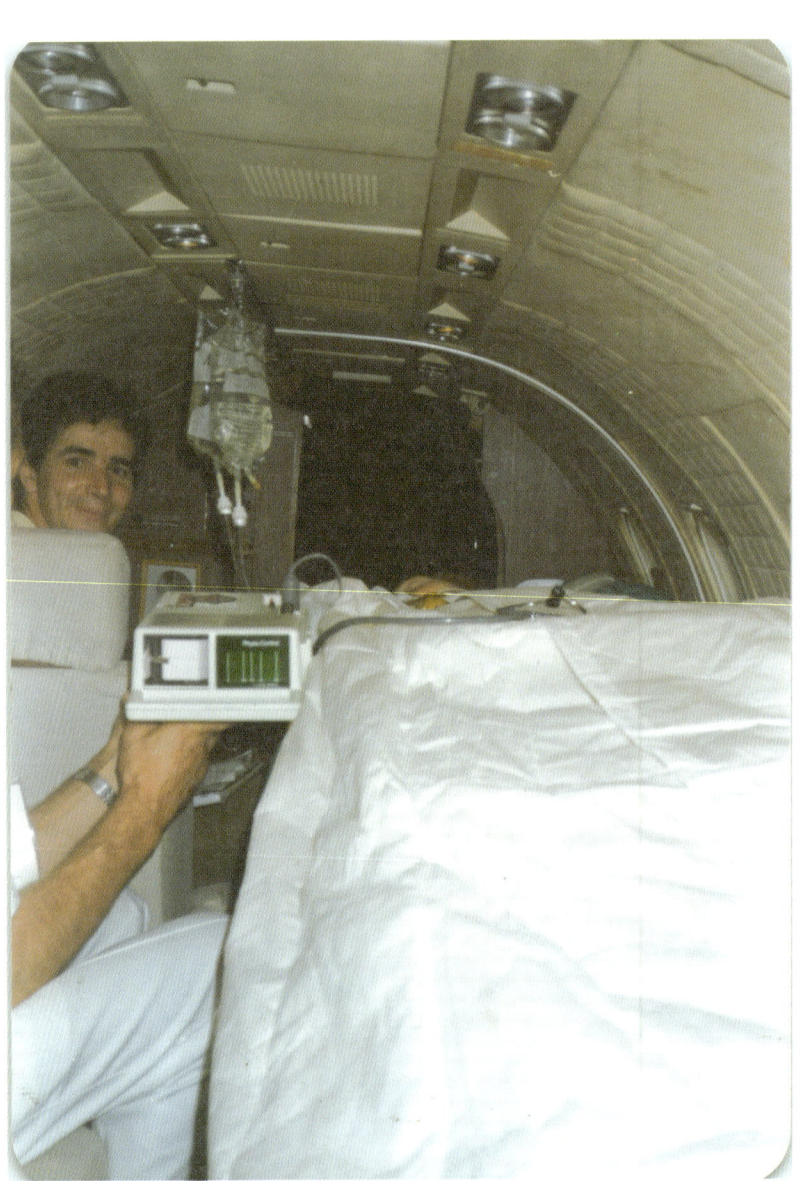

在德国救护飞机上救治转运的病人

驱车很快到了开恩米塞医院。这是一所离机场不远、设备相当现代化的医院。病人是高龄女性，88 岁，现有高血压心脏病病史，诊断为急性心肌梗死，主管医生介绍了病情。病人在抢救期间发生了几次心室纤颤，用电击除颤，气管切开插管控制呼吸，输液，心电监护等抢救措施，但病人仍未脱离危险，而家属要求空中急救将病人送回联邦德国。目前情况是尚未脱离危险，室性早搏频繁。

他们和西班牙医生一起检查了病人，讨论了病情。当地西班牙的医生处理得很好，但病人时有室性早搏的出现，生命仍处垂危，现在马上转送不妥，病人随时都会再发生心室纤颤。因此又紧张地进行了急救处理，经过近 2 个小时的观察，室性早搏明显地减少了，病情得到控制趋于平稳。这时，讨论认为在严密的医疗监护下转运，病人的生命是能够得到保证的。

于是，小心翼翼地将病人送到救护车上，直接开到飞机旁。在抬入飞机前，再次检查处理了病人，旋即进入机舱，挂上输液瓶，接通心电监护仪和氧气管。随着马达的隆隆响声，飞机滑出跑道，飞上天空，一片碧蓝大海又出现在他们的脚下。

夜幕垂下。病人躁动了几下，在输液瓶中加了一些药，偶有室性早搏，痰液太多，又作了几次吸引，病人安静下来了。注视心电记录，图形如旧，心率 96 次/min，血压为 110/70 mmHg，呼吸 18 次/min。忙了一阵后，机舱内宁静而安谧。从机窗向下望去，只见一簇簇灯火闪烁，那公路像是从天上掷下去的条条金链，弯弯曲曲自如地舒展在那里，煞是好看。瓦萨医生看了看表，晚上 9 时 25 分，他说我们正在法国马赛上空。竹君回头看看平静的病人、错落有致的医疗仪器和各种导管、导线，在柔和的灯光下，这一切真使他以为是在医院的急诊室里呢！这是在欧洲上空，但他异想天开地认为日后也许会是亚洲上空，华夏大地的天空飞着空中的 ICU。

他们将病人安全地护送回了西柏林。救护车等候在机旁，迅速地将她送到了医院。

五

在联邦德国总理的招待会上

为了纪念法国戴高乐总统 25 年前在斯图加特近郊发表关于法国和德国两个国家、人民要永远友好相处的演讲，1987 年 10 月联邦德国巴登-符腾堡州州政府施佩特总理将举行一个隆重的纪念招待会，不仅请社会各界名流参加，而且德国柯尔总理将从波恩赶来，法国总理兼巴黎市长希拉克也从巴黎专程赶来（即后来的法国总统）。这对该州当然是件大事。这是竹君从地中海伊维萨岛风尘仆仆回来的第二天晚上，柯赖尔博士高兴地对他说起了这件事。

柯赖尔说，这次纪念会的东道主是巴登-符腾堡州州政府总理施佩特博士。"我已经和他讨论了。大家很感谢你成功地抢救了我国这位 88 岁老年病人，DRF 更是感到高兴。因为我们有这样的好朋友、好同事、好医生，所以州政府总理施佩特博士将要向您发出正式邀请，请您作为贵宾出席。到时，德国总理、法国总理等一些重要人物都将出席，你都能见到他们，这对你一直想在中国北京建立空中急救的事情会大有帮助。"他着重地说，"尤其要与施佩特总理见面，他对我们今后合作建立空中急救起着重要的关键作用。"柯赖尔，我这位德国朋友做事之认真、为共建空中急救之想方设法，与我的风格如出一辙，真是人以群分。

次日，他将精致的邀请函送到竹君手中，并且略显神秘地说："你要利用这个机会与州政府总理谈你认为该谈的事，谈你认为你所需要帮助的具体事情，要坦率说出，不要客气（他已略知中国人之风格，谦虚得往往不好意思说出要做的事）。因为，很多工作都在积极地进行着，而且这次联邦政府柯尔总理也来了，大家可以有机会来商定这件事情。"

严肃的柯赖尔老是绷紧的脸这两天似乎放松了，显得很开心。后来他又一次提醒竹君，要与州政府总理谈自己想做的事，希望能帮助中国建立空中急救。交谈中，他对竹君似乎有些迷茫的神情解释道，"德国是个联邦制的国家，州政府的实际权力很大，如果施佩特总理能同意这件事，我们 DRF 又是十分支持的，送直升机这件大事及项目基本上就可以确定下来了。"

此际柯赖尔工作之繁忙远远超出了平常。看他的日常安排，简直是没有插针之隙。他见竹君也是匆匆十几分钟，然后马上又奔波他处，也许在竹君某一处的活动上，他又露面了。他干劲之足，令人折服。而竹君也被他安排得东奔西跑。尤其自地中海抢救归来，大家对竹君更加热情友好，因临危受命又成功抢救高龄老人的医生，备受尊敬。但竹君确实从体力上、精力上比不过德国人呀！虽是同龄人，但他有点支撑不住了。幸而，德籍华人士寿椿博士帮他分担了不少工作。

1987年秋天，联邦德国南部天气少有的炎热。有一次，他们从一处刚演讲完，离下一个活动的安排还有三个多小时，竹君又热又累真有点吃不消了，如赶回宾馆休息则往返时间又来不及。寿椿看到这个情况后就对他说："我家离此不远，不如到我家休息片刻，吃点东西，然后再出发如何？"竹君当然说好，巴不得如此，于是到了寿椿家。

他的家庭布置得真是中西合璧。竹君连忙将紧系的领带、紧扣的衣领袖口解开脱去，用凉水洗脸擦身，换上了寿椿的中式的圆领汗衫，脱掉皮鞋，穿上了北京圆口布鞋，真是一下子轻松至极！寿椿的女儿端来一大盘冰镇西瓜，大口地吃着凉沁全身的西瓜，这是竹君一生中吃到的又甜又凉又沙又多汁的西瓜！

寿椿看着他这幅心满意足、惬意的表情高兴地说："你穿的这件汗衫，是我去年到北京语言学院讲课时买的，这双布鞋可是'内联升（老牌）的'！"只不过一个多小时的休息，完全消除了刚才的疲劳困乏与燥热干渴，他们又重整装束，容光焕发、精力充沛地去参加一个聚会了。

这是为纪念25年前法国总统戴高乐将军在此举行法国、德国友好的会议。此次会议由东道主州政府施佩特总理主持，高高胖胖的大个子联邦德国柯尔总理，风度翩翩的法国总理兼巴黎市长希拉克两人发表了简短的演讲。正如人们常说的，"听德国人讲话，似军官在训示士兵那样，声音铿锵严肃有余；而听法国人讲话，似与情人交谈，声音好似从树林那边吹来的风，温柔款款。"

这次竹君真的有领略，顿生认同感。会场人很多，十分热闹，所以竹君在主人的陪同下与他们作了礼节性的致意。更是在斯泰戈尔先生、柯赖尔博士精心安排下，与州政府总理作了简单但具实质性的谈话，那就是请州政府具体负责承办此事，并出面向联邦德国政府提出赠送救援直升机给中国政府以帮助建立空中急救的事情。

竹君的兴奋与热情，猛的一下子更上升了。正如十月中旬联邦德国南部少有如此炎热的天气（这大概像我们南浔人将入秋后仍是炎热的天气叫作"秋老虎"）。晚上，在延续下的大型的活动中，竹君又见到了州总理施佩特博士。由于他不像白天那样繁忙地应酬国内外众多的嘉宾，相对轻松了一些，所以他们的谈话从容自如了不少。竹君感到了州政府总理对支持中国建立空中急救的热情和认真。州政府总理当着柯赖尔博士和竹君的面说道："德国将充分考虑赠送救援直升机给中国，帮助中国建立空中急救！"

六

阿尔卑斯山下飘起了五星红旗

在柯赖尔总裁家的院子里，远望是欧洲著名的阿尔卑斯山脉。今天，一面鲜艳的五星红旗在蓝天白云下迎风招展，一群联邦德国小学生唱着民歌，在欢迎我这位中国医生。

当竹君一走到他们美丽的家园，当他抬头仰望碧蓝洁净的天空，

竹君在柯赖尔家中做客（左一王寿椿女儿，左二王寿椿博士，中为竹君，右为
柯赖尔）

突然看见院子里的旗杆上，一面鲜艳的五星红旗在高高飘扬，迎风招展！即使此时此刻他在写本书这一篇章时，尽管已经过去了35个年头，但脑海中，这一幕情景，犹如昨日，鲜活透亮。

他在异国他乡，在民族自尊心很强的德国朋友家中，见到了亲爱的祖国鲜艳的五星红旗，在远处阿尔卑斯山碧绿山脉的映衬下，高高飘扬，竹君像被一股巨大的热浪震撼着，激动的心情使得眼泪要夺眶而出！而正在此时，柯赖尔博士的夫人，带着孩子和老师一起唱起德国民歌，童声响了起来！

他们热情友好地向来自中国的竹君致意，他们围着五星红旗在歌唱……涌在竹君眼眶里的泪水，终于顺着他的面颊流了下来。竹君紧紧地与柯赖尔博士拥抱，亲切地握着柯赖尔博士夫人的手向她致谢，与德籍华人王寿椿博士，与参加聚会的二三十位友人们握手！向老师、小朋友们致意！

柯赖尔博士家的房屋建筑依丘陵山势而筑，十分精巧，除了充满阳光的卧室、起居室外，还有游泳池、活动室等。大客厅及餐厅今天都摆满了各种食品、点心、啤酒及各种饮料。客厅、房间、走廊不仅窗明几净，陈设得体，而且都有鲜花点缀，凡此种种，都说明主人为这位中国医生举行的聚会是何等的重视、认真，用心之极！

王寿椿博士对竹君说："我来德国那么多年了，像今天这样的排场，这样的安排，尤其是升中华人民共和国国旗，请孩子们唱民歌，我还是第一次见到！"接着他又显得很神秘、悄悄地对我说："我平时见到他（指柯赖尔），他总是很严肃，有一点架子……"我知道他所指，德国人尤其是上流社会有地位的人凡都是如此，这大概是民族的特性、风度吧。但他们内心世界，也反映出对朋友之真诚，做事之严谨和一板一眼，实实在在，绝不是敷衍，绝不是虎头蛇尾的。这一些与做作、忽悠是水火不容的！

聚会的实质内容总是三句话不离本行，主题当然是空中急救。柯赖尔博士说，这些天一切进展都很顺利，从州政府施佩特总理到联邦政府柯尔总理，对此都很一致，十分积极。他说，你看今天来了这么多朋友，而且学校里又来了这么多孩子，大家都很高兴，这不是说明了我们德国、中国建立空中急救的前景了吗？接着他和寿椿对竹君说："图宾根大学医学院邀请你作一次正式演讲，顺便也参观这所很有名的大学，那里的医学院条件很好，你可以更多地了解德国的医疗情况，我已替你答应下来了。"

图宾根大学是王寿椿博士的工作单位，所以随后他更是尽心尽力地安排了参观及演讲。医学院的院长及有关专家们陪同参观，不无风趣地告诉他，在这里我们正式邀请来发表演讲的都是"大人物"，而且还告诉他，在这所大学里还出了中国的一位外交部部长。寿椿告诉他，乔冠华先生在这里学习过。参观后，竹君作了关于中国急救事业发展的演讲。

按照日程已经顺利完成，主人问竹君，还有什么要求？竹君知道图宾根大学的哲学系十分有名。他虽然对此是外行，颇为陌生，但很喜欢哲学。因为它能使人更客观地了解人生，了解周围的人和事，引导积极地探索人生，帮助编织并实现理想。尽管随着人生阅历的不断增长，对大千世界复杂关系仍然常使他扑朔迷离，弄不清更处理不了那些复杂的人际关系，有时陷入彷徨，而哲学能使人清醒、明智、进步，能给人启示。马克思的哲学应该说是汲取了黑格尔哲学的不少营养，而黑格尔这位大哲学家就曾执教于图宾根大学。

所以他说，希望到黑格尔执教的地方去看看，瞻仰这位大哲学家曾教授学生、发表演讲的厅堂。

尽管时已傍晚，但是校方、寿椿热情地陪他参观了哲学系，到了当年黑格尔授课的地方。哲学系的房子和陈设，显然比医学院条件差了。社会、人们大概都是很现实的吧。

竹君在黑格尔站过的讲台上，怀着崇敬的心情静静地站了几分钟，百感丛生，思绪万千！黑格尔的哲学影响了马克思，马克思的哲学影响了近百年来的世界革命，更是改变了中国、中国人民的命运。今天，他这个医生，从事自然科学的人，从遥远的东方来到西欧，站在哲学大师黑格尔曾授课的讲堂上思索着，既是在感受哲学对于从医之人的重要，更期盼哲学大师黑格尔能给这位中国医生一点灵感！

第四章

『救命星辰』
给予的殊荣

一

联邦德国 DRF 授予空中急救荣誉称号

联邦德国航空救援中心（DRF）授予竹君空中急救荣誉称号，
国家卫生部部长陈敏章教授和联邦德国驻华大使韩培德博士在北京
急救中心为他举行了仪式并颁发了荣誉证书。

1987 年秋天，竹君从联邦德国回来，一天下班后，心想好久
没有去看望赵朴初夫妇了，新建成的北京急救中心位于和平门（现
在北京急救中心及救护车上的"北京急救中心"六个大字是竹君向
他求书亲笔题写的），往北不到 10 分钟徒步就可走到他家。谁想刚

北京急救中心奠基剪彩

北京急救中心奠基典礼

1988年建成后的北京急救中心外貌

一见面，他俩就高兴地对他说，你们的急救中心建筑设计外观大方，建设得真好，还有那么多好的意大利救护车，每次散步到这附近，见到这座急救大楼，我们都要夸你一番，这个急救中心比起从前的真是进步发展了呀！这是北京老百姓的福分呀！随后又说道："你这次到联邦德国，可给国家争光啦！"随后朴初伯伯要他讲讲抢救这个危重病人的情况。

竹君一愣，他去德国事先也没有对他们讲过，而且，他们怎么知道他在地中海抢救了病人呢？回国后，关于赴伊维萨岛的抢救，他从未向别人提及。因为，抢救病人对于一个医生，尤其像他这个职业的急救医生，是极为正常、经常、普通的事情，再加上近年来，他愈来愈感到处事之艰难了。"人怕出名猪怕壮"！在那个刚刚开放的年代，不像今天这样的开放，那时对于无论是德方还是意（大利）方等，点名的邀请，出访谈业务，或是接受采访等，这些本是极正常的事情，却给他带来了意想不到的麻烦、为难、困惑。

善良的赵朴初伯伯（时任中国佛教协会会长，全国政协副主席）、陈邦之伯母在亲切地望着他，等待他告诉是怎样在异国他乡抢救这位垂危老人，让其转危为安的。俗话说"救人一命，胜造七级浮屠"，这也是朴初伯伯经常教导、鼓励他的。竹君只好简单地作了介绍，然后好奇地问道："你们是怎么知道的？"

老人说："好事也是要传千里万里的，应该让大家都知道。不少海外报纸、通讯社，都报道了你在德国临危授命、成功抢救危重病人的事，我们大家都很高兴，为我们中国人、中国医生的成就高兴，何况，你又是我们的好朋友呀！"

竹君与意大利专家们在北京急救中心门前

竹君与意大利领导人在北京急救中心大厅

"救命星辰" 给予的殊荣

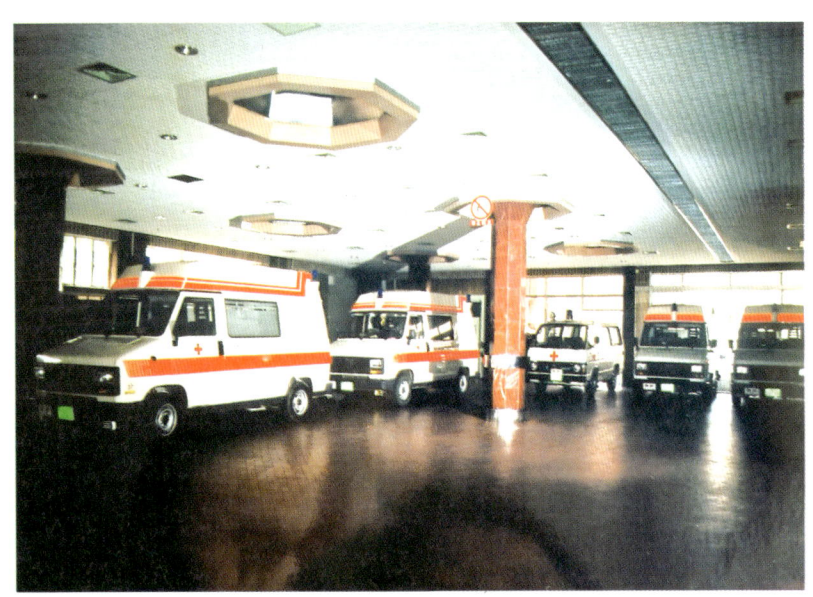

北京急救中心大厅意大利捐赠的急救车

意大利首席代表贝尔多拉索在北京急救中心建成后与竹君

赵朴初先生与竹君

　　不久，知道这件事的人越来越多。国内一些主要媒体包括《人民日报》在内的记者要采访。婉言谢绝采访，看来是不可能了，他们说这不是你个人的事情，这件事情是有利于急救事业，有利于中德友好的。急救中心的一位同事，她的父亲就在驻外使馆工作，也知道此事，很高兴，要她好好地向这位医生学习。后来《人民日报》《北京日报》《健康报》等对此作了介绍。而他，最关心也是最着急的事情是德方与中方共建空中急救赠送救援直升机的事情，不知进展得怎么样了？他是希望能像当年与意大利政府谈判共建北京急救中心一样，再成功地与联邦德国共建空中急救，这样，中国的首都，北京完善的急救体系，地面、空中网络的形成，对城市、对百姓的安全将会发挥多么重要的作用呀！而对我国其他城市急救事业的发展，又将会起到多么重要的示范作用呀！他愈来愈预感到，随着我国改革开放的步伐加大，经济的迅猛发展，城市交通会越来越拥挤与堵塞，各种急症、意外事件会增多，尤其难免会有"天灾人祸"（如唐山大地震）突然发生，必须要建立空中急救！

德籍华人王寿椿博士深知其心思。他完全是义务地帮助 DRF 与他们的工作。无论是书信往来（他准确地高水平地将德语翻译成中文，将中文译成德文信件）还是国际长途电话，占用了他很多的精力和费用，用他的话说"我是生在北京，十几岁离开北京，我要为北京做贡献的，而且现在有这样好的机会，我可以尽力，这简直是天赐良机"！

好消息终于来了。寿椿在电话中告诉他，DRF 于 1988 年春天提前召开了年会，一致通过了授予竹君为 DRF 的荣誉会员，并为帮助李竹君提出的关于在中国建立空中急救事宜，DRF 向州政府、联邦政府提出的赠送救援直升机事情也有重大进展。不久，DRF 通过官方也通知了关于授予竹君荣誉会员的事情。按照联邦德国的惯例，很少有授予外国人荣誉之类的事情。后来，寿椿告诉他，在联邦德国为此举行的仪式，十分庄重。中国驻波恩使馆（当年联邦德国首都在波恩）特派了科技参赞冯锡嘉代表中国驻德大使、代表李竹君医生参会，接受荣誉证书，十分隆重。

海外报纸和新闻的内容是这样报道的：联邦德国空中急救中心近期在斯图加特市总部举行仪式，授予中华医学会全国急诊学会副主任委员、北京急救中心副主任李竹君医师"荣誉会员"称号，以表彰他对促进中德两国急救医学交流所作出的贡献。

联邦德国在国内实行 50 千米半径的空中急救，三十多个救援直升机站形成有效的空中急救网，覆盖了 90％以上领空，对及时有效地抢救各种危重病人和各种事故中的受伤者发挥着重要作用。近年来，又使用轻型喷气式飞机飞越重洋，跨洲救护、运送病人，被誉为欧洲上空的"救命星辰"，在国际急救领域里有很高的声誉。这是该中心成立十五年来首次授予一位外国医生"荣誉会员"称号。

该中心主席斯泰戈尔在宣布这一决定时称，李竹君医师作为中国的急救专家，过去五年曾两次赴德考察、访问、讲学，对交流两国急救医学、促进两国同行间的友谊合作做出了贡献。他对急救事业的献身精神和对当代急救事业的发展、城市地区国家间急救网络的观念和他的学术著作，深受同行们的赞赏。他在地中海伊维萨岛上成功地抢救了一位 88 岁急性心肌梗死的妇女。

中国驻联邦德国大使馆科技参赞冯锡嘉专程从波恩到斯图加特，代表李竹君医师接受了"荣誉会员"证书。证书将于近期由中国驻德使馆送至国内。

就在斯图加特举行仪式后，中国卫生部外事司宋允孚司长向北京卫生局、北京急救中心官方途径、组织渠道告知了这件事情。宋司长也与竹君通了电话，表示祝贺。他说卫生部领导的意见是，虽然这个仪式已在联邦德国举行过，按照我国惯例一般也不再举行仪式了，但德方还是希望有一个庄重仪式，将荣誉证书授予竹君医师，从联邦德国使馆送至中国卫生部，而且联邦德国驻华大使韩培德先生本人也将亲自参加仪式。

当竹君知道了这些情况后，明确表示今后将更加努力工作，促进中德空中急救项目的落实，至于仪式等不要举行了。

"救命星辰" 给予的殊荣

　　由于国家卫生部领导考虑到急救事业尤其我国尚无空中急救项目等因素，以及德方对此的热情友好，经与有关部门商量，在北京还是举办一个仪式为好，所以，由卫生部外事司主持，在竹君的工作单位北京急救中心举行了仪式。北京急救中心的上级单位北京市卫生局只派出了一位副局长出席，急救中心、中华医学会急诊学分会的领导、同事等参加了仪式。

　　而国家卫生部部长陈敏章教授、联邦德国驻华大使韩培德先生，以及卫生部外事司宋允孚司长、医政司张司长等主要领导都到了新建成的北京急救中心。认识到此事之重要，陈部长和大使先生都做了促进中德友好、促进共建空中急救的热情真诚的讲话。

　　竹君一直保留着 1988 年 6 月 15 日在京举行荣誉证书授予仪式上的讲话稿：

联邦德国驻华大使讲话

陈敏章部长为竹君颁发荣誉证书

联邦德国驻华大使转交德方授予的荣誉证书

竹君讲话

　　作为一名中国急救医生，我荣幸地被授予联邦德国空中急救中心荣誉会员，今天为我举行了这样隆重的仪式，使我深为感动。我理解，这不仅是个人的荣誉，也是北京急救中心乃至中国医生的荣誉；我理解，这也不仅是德国同事们对我的信任和友好，而是对中国医生乃至对中国人民的深情厚谊。如果说，我在急救事业、在中德急救医学的友好往来中起了一点促进作用的话，这应归功于我的领导和我的同事们对我的帮助和支持。

　　联邦德国空中急救中心被人们誉为欧洲上空的一颗救命星辰。它严密的急救组织和空中急救网络，卓有成效的现场抢救和医疗监护下的运输，尤其是工作人员认真负责的精神给我留下了很深的印象。他们所做的一切，就是要竭尽全力，以最快的速度、最优的医疗服务，挽救生命，减轻伤残，造福病人。我认为，世界上没有比救人更为崇高圣洁的事业，因此，也就没有比建立在这种救死扶伤事业上的友谊更为真诚可贵的了。这就是我们与 DRF 的合作基础。

当代经济和科技事业的迅速发展，使地球在迅速地变"小"，人类活动的范围在急剧地扩大。因此，如果不开展有效的院外急救，不形成急救网络，而依靠传统的仅以运输或医生等待病人的医院模式，则势必导致不少正在为社会发挥智能、有才华有价值生命的丧失。我们高兴地看到，DRF 在联邦德国急救事业发展的基础上，又开拓了空中急救领域，在全国实行了 50 千米半径的空中急救网，利用直升机抢救病人，近年来又发展到喷气式飞机飞越重洋抢救病人，它为联邦德国和世界人民的健康做出了贡献，在国际急救领域里获得了越来越高的声誉。

当前，我国正在加强发展急救事业，"他山之石，可以攻玉"，DRF 的一些宝贵经验值得借鉴，它的领导人斯泰戈尔、柯赖尔博士对事业的献身精神值得学习。如果说，五年前，在那春雨潇潇的日子里，在那美丽的莱茵河畔，我们播下了友谊的种子，那么，在这热烈的夏季到来的今天，我们共同用对事业执着追求的心血来浇灌耕耘急救复苏的土壤。

我将与国内外同行们合作，竭尽绵薄之力，奉献毕生心血，以感谢诸位领导和为我获此荣誉发来贺信的世界急救和灾害医学会主席彼得·沙法教授、第六届世界急救和灾害医学大会组委会主席莫莱司教授等国内外朋友们，以及北京急救中心的同事们对我事业的真诚关怀、帮助和鼓励，表示衷心的感谢！

　　会开得很好，简短而庄重。记者们看到刚刚建成的北京急救中心和50辆意大利崭新的救护车等很是兴奋，竹君的心情是喜忧参半，但是十分沉重。随后，不少主流媒体都作了报道，显示了人们对建立空中急救的重视与兴趣。新华社发了通稿，题目是《李竹君获联邦德国空中急救中心荣誉会员称号》。

　　　　新华社北京6月15日电　联邦德国空中急救中心最近授予中华医学会急诊医学学会副主任委员、北京急救中心副主任李竹君医师"荣誉会员"称号，以表彰他对促进中国和联邦德国两国急救医学交流所做的贡献。卫生部今天在北京急救中心举行仪式，卫生部部长陈敏章将联邦德国空中急救中心荣誉会员证书转交给李竹君医师。

　　　　联邦德国空中急救中心被人们誉为欧洲上空的"救命星辰"，在国际急救领域享有很高的声誉。这是这个中心成立十五年来授予一位外国医生这种荣誉称号。

　　　　这一决定是联邦德国空中急救中心主席斯泰戈尔最近在设于联邦德国斯图加特市的中心总部宣布的。他说，李竹君作为中国的一位急救专家，在过去五年中曾两次赴联邦德国考察和讲学，对促进两国急救医学的交流和两国同行间的友好合作做出了贡献。

　　　　他还说，李医师对急救事业的献身精神和他关于当代急救事业的发展、城市地区国家间急救网的观点以及他的学术著作，都深受联邦德国同行的赞赏。

　　　　中国驻联邦德国大使馆科技参赞冯锡嘉最近专程从波恩到

斯图加特市参加了联邦德国空中急救中心举行的仪式，并代表李竹君医师接受了"荣誉会员"证书。证书最近送至中国卫生部。

联邦德国驻华大使韩培德参加了今天卫生部举行的转交证书仪式。

二

德国大十字勋章获得者夫妻

在北京急救中心举行仪式后不久，王寿椿博士从联邦德国打电话给竹君。他粗犷、地道的北京腔中，透着兴奋。他说，联邦德国政府、州政府对北京的仪式，对中方表现出建立空中急救的诚意很是满意，无论在管理、技术层面和赠送救援直升机等方面将会很快落实，现正通过外交途径积极沟通。

中国卫生部部长正式通过外交途径邀请联邦德国空中急救总部领导人访华商谈。DRF 反应也很迅速，马上接受中国卫生部部长的邀请，将派出一个高级代表团访华，进行实质性的谈判。

"竹君，你是专家，DRF 及德国联邦政府、州政府都十分认可你，你要做好充分的技术准备，这是十分重要的，"他着重地说，"德国人是不喜欢说空话、空洞的东西，谈判时一定要有实质性的内容，多谈你们的条件和需求。"竹君特别关心寿椿是否能来，他对北京乡情浓厚，德语流畅，德方已请他担任这个项目的顾问。令人欣慰的是他常常讲的一句话："我虽是德籍，是德国人吧，但我的黄皮肤，我的长相，一看就是典型的中国人，是地地道道的北京人，十几岁离京到了欧洲，我的夫人也是德籍，也是北京人，我的女儿，一看也是黄皮肤的中国人。我出来几十年，很想为故乡，为北京做两件实实在在的大事情，近年在语言学院做了一点点事，但没有这件事情大，我一定竭尽所能来做这件事，为我的故乡，为北京老百姓，做这件造福公众的大好事！"

　　不久，国家卫生部及北京市人民政府有关部门也通知了竹君，要他做好专业及各项技术准备，参加谈判，并且代表国家卫生部全程参与陪同 DRF 代表团在华的所有活动。对此，卫生部专门发了文件。

　　竹君深知责任之重大，不敢有丝毫之怠慢，同时也充分考虑到其工作单位上上下下及方方面面的关系和各种因素。为了能使他顺利地参加并能尽快付诸实施，他恳切希望北京市卫生局能派员与他一起参与，这样便于竹君及时汇报请示、沟通。但市政府及卫生局领导告诉他："你本人是北京急救中心的领导成员，你本身也就代表了卫生局，局里就不需要再派领导了，何况也不熟悉情况，有什么事情随时联系沟通好了。"

　　DRF 派出的代表团确实高级、阵容强大。除了执行总裁（CEO）柯赖尔博士未能来（因为他要留在德国主持大量日常工作，而且他在 1986 年到过北京）以外，重要人物都到了。DRF 主席西格弗里德·斯泰戈尔先生亲任团长，其夫人吴太·斯泰戈尔也是代表团成员（在 DRF 中也有重要职务），夫妇两人是一起获得联邦德国一等十字勋章的。另一位成员是莱奥·科斯洛斯基博士，他是 DRF 掌实权的副主席，是 DRF 的医疗业务的首席专家，享誉欧洲的外科权威，曾任德国外科学会主席，现为图宾根大学外科医学教授兼外科医院院长，亦是联邦德国一等十字勋章的获得者。第四位成员即是王寿椿博士。此时，他不仅担任了中国事务的顾问，并已获得了 DRF 的荣誉会员称号。从联邦德国访华代表团组成人员来看，正如寿椿博士一到北京就讲道："德方是实心实意要尽快使这个项目付诸实施的，是得到州政府、联邦政府首肯并积极支持的。"

中国方面也表达出同样的重视与诚意。德方代表团到达当晚，卫生部陈敏章部长立即接见并宴请，当然竹君是作为双方的专家相陪。次日即由陈部长、外事司长等人，以及竹君既以专家身份也代表北京市参加谈判。随后，北京陈市长未曾露面而委托主管医疗业务的何鲁丽副市长（后来担任全国人大常委会副委员长）在北京市政府接见了代表团。当竹君介绍了有关情况后，这次"接见"就更多从礼节上的表示，对实质性的一些问题也作了讨论。当然一切活动按双方协定，竹君全都参加了。

按计划，竹君陪代表团到了北京市昌平县，参观了沙河机场，也就是拟在中国建立的第一个救援直升机机场的现场。

北京市昌平县政府对能在这里建直升机救护站很感兴趣，十分积极，当地做了较充分的准备，使德方感觉到这里不仅具备了关于飞行的基础设施，也有较好的救援直升机开展工作及直升机维修保养条件，而且八达岭长城、十三陵等著名旅游风景区近在咫尺，交通便利，是个理想的中德合作建立空中急救的"首创之地"。

寿椿博士这位"老北京"，忙碌与兴奋交织，简直像个孩子般的高兴。当德方将此情况告知远在联邦德国 DRF 主持日常工作的柯赖尔博士，他高兴得要跳起来。因为两年前他在长城八达岭与竹君谈话时认为，昌平一带是首选的直升机救护站。

根据拟议中的先在北京建立第一个直升机救护站，并设有关管理、技术等综合部门，成为类似 DRF 在联邦德国斯图加特的总部，同时在国内再选择三个城市，以便形成中国空中救护网络的雏形，摸索经验，然后再扩展，逐步形成较健全完善的中国空中急救网络体系。这 3 个城市是杭州、常州及广州。

杭州是中外闻名的旅游城市，又是浙江省会，其地理位置等十分重要。选择常州的目的是，它不仅是处于近年来经济发达的苏南地区，北靠长江，南接无锡、苏州，可与杭州相呼应，而且，常州在飞行、飞机维修等方面具备较好的基础条件。至于广州，则是中国南方的重要商业、经济发达的城市，与香港邻近。北京、杭州、广州本身的直升机救护站可以发挥独立运营的业务，而且以每个城市为中心，形成三个重要的空中急救网络，覆盖京津冀，覆盖杭州及舟山地域，广州则可将两广地区囊括。

这三个城市是竹君自 1982 年与意大利政府商谈建立北京急救中心后，逐步了解形成的一些初步意见。而在 1986 年柯赖尔博士与竹君北京会晤后，根据 DRF 对此的经验、教训的启示，这三个城市主管部门是满腔热情地想做成这件事的。所以，在正式提出北京以外的这两个城市前作了调研，与当地相关领导作过多次讨论。对杭州而言，竹君毫不隐瞒浙江人的故乡之情，它既有这样的条件，当地又有积极性，而且对急救医学学术的高层次发展寄予希望。1987 年中华医学会急诊医学学会在杭州成立，竹君是积极的支持者之一，现在希望它在空中急救医学上承担角色。时任浙江医科大学的郑树校长和当地政府多次明确地向他作了表述，并且举行相关会议作出决定。

常州，是个经济发达、英姿勃勃的城市，又有维修直升机的基础工业，市长积极性很高，竹君与他沟通过。至于广州，它的重要性、必要性是无须过多地向读者介绍的。而且，1987 年中国对外经济贸易部与意大利政府外交部曾在广州举行过一次关于合作发展急救的会议。继北京、重庆与意大利政府合作建立了急救中心后，广州市政府的领导很希望能在此建立急救中心。在一次会面中，当时的广州市朱森林市长（后来的广东省省长）、主管医疗卫生的李兰芳副市长（后来的广东省副省长）等领导都和竹君谈起过这件事，他们是大力支持并尽力去促成。后来，因种种原因未能建立地面急救中心，而现在有可能建立空中急救项目，竹君当然要尽心尽力去促成它了。

竹君陪代表团到达的三个城市，大家都很满意积极性都很高，在这里，借一份 DRF 代表团访问广州的"纪要"，可以管中窥豹，略见当年筹建空中急救进展之"一斑"。

应中国卫生部陈敏章部长和广州市政府杨资元市长的邀请，联邦德国航空救援中心董事长、主席斯泰戈尔先生、吴太·斯泰戈尔夫人和王寿椿博士三人（注：DRF 副主席、图宾根大学外科医院院长科斯洛斯基教授因有急事在访华途中提前回国，故他未到广州），在受卫生部委托的中华医学会全国急诊学会副主任委员李竹君副教授的陪同下，于 1988

年 10 月 15 日至 10 月 18 日在广州进行访问，受到了广州市政府李兰芳副市长和市卫生局范孟浩局长等负责人十分友好的接待。

斯泰戈尔先生一行在广州访问期间，参观了市一人民医院、市二人民医院和一些市政设施，与市政府、外办、卫生局和医学专家等进行了座谈。他们对广州市政府在卫生事业尤其是医疗工作上所取得的成就以及今后在完善地区急救网的基础上要建立空中急救的计划，所表现出的对人民健康的关怀和远见十分赞赏。他们表示在中国卫生部与联邦德国空中救援中心的合作确立后，将尽快帮助广州建立空中急救中心，给予技术、装备和人才培训等方面援助，以使这次访问成为事业合作的良好开端，及进一步落实和发展。并于今年（1988 年）11 月底将有关合作计划分别送卫生部及广州市政府。

斯泰戈尔先生一行，广州市政府对代表团给予十分热情友好的接待，并表示由衷的感谢，了解到这是中国人民对联邦德国人民的友好情谊和广州市希望在空中急救领域里迅速建立合作的真诚愿望。

广州市政府对斯泰戈尔董事长一行帮助广州市建立空中急救事业的专程来访表示感谢。对于他们在空中急救中所取得的成就表示钦佩，有很多先进技术和宝贵经验值得学习和借鉴。市政府及有关部门将积极创造条件，同时希望能尽快地得到联邦德国航空救援中心在技术和设备上的帮助，以建立广州空中急救机构，使中德在此领域上的成功合作走在其他城市之先。

双方对李竹君副教授在促进中德空中急救医学事业上的合

作以及这次联邦德国航空急救中心在广州的访问成果所起的重要作用十分满意，并希望他尽快向卫生部报告这次访问的成果，一如既往地为此作出努力，以使我国卫生部与联邦德国空中急救的合作尽快正式建立。

以陈敏章部长为首的卫生部，以及拟在首建直升机救援站的北京市昌平县政府等领导机关，对此空中救援项目是十分积极的。而且在大量调研等工作基础上，强调了空中与地面的急救必须紧密地联系在一起的总体思路。这就是说，北京作为首都首善之区，这个空中急救绝不是脱离地面，绝不是脱离急救中心而孤立存在的，当然也不能立即成为"一体"来实施，这必然带来技术层面上的难度，尤其在我国，对急救体制的认识，如急救中心是不应该建成医院模式，如医院结构未能形成急救服务体系不仅体系急救网络难以形成，现场急救难以有效开展，如空中急救组织体系也在其中，必然制约了事业的发展。

这本是客观又现实的科学意见，但是，在现实中遇到了不少困难，因为一些领导及文件尽管说急救体系、急救中心不是医院，但实际上还是用传统医院的"围墙"模式做指导思想，用医院的结构成分和运行来主导实际运作。这样在北京这个首善之区的首都，在实权很大的主管卫生行政部门的实际掌控下，当真正落实时，千难万难的局面出现了。没有先进的理念为指导，再加上领导体制、组织架构不顺畅，以及机制、法制等的不健全、不完善、不匹配的情况下，要开创事业难度很大，实际上也是不可能的。有心的读者看到此时，也许会理解竹君的难言之苦。

竹君从小刚会看书时，就似懂非懂地读一些文学作品，其中《三国演义》刘备临终前讲的"勿以恶小而为之，勿以善小而不为"，他就十分喜欢这句话。随着年龄的增长，尤其步入社会想真正做一点事时，对此的理解也更深了。

关心共建中德空中急救事业的部门及人越来越多了。刚开始，竹君是兴奋的，甚至似孩子般的欢欣鼓舞，但是慢慢地工作越来越困难重重。他认为，这是继意大利项目后的又一重大的急救项目，完成了中国急救事业的结构性的空地结合体系、医学和服务体系的全貌。事实上，联邦德国的柯赖尔博士也是这样想的，他们在长城八达岭上的谈话涉及于此，柯赖尔这位欧洲空中急救名人，是想帮助竹君完成他的心愿的。

也许读者会说了，空中急救涉及空中交通管制、禁飞区、费用等，当然困难呀！其实这些都不是主要问题。我们又不是在北京市区中央地带来开展空中急救，救援直升机与地面救护车的连接，即救援直升机站可以设在郊区或某个地点，救护车与其连接后直驶入市区，以及其他种种形式。这些技术在研讨中早已解决了。尽管如此，大家还在努力进行。从卫生部陈敏章部长在 1989 年 3 月 4 日致德方的信中可以说明。

尊敬的斯泰戈尔先生：

正如我一九八八年十二月三十日信中告诉您的，我已请有关专家研究了您关于"中国急救系统建设"的意见。我很赞成您在信中对我国急救系统建设所表示的友好、热诚、关注和为促其发展所做的努力。巴符州政府和奔驰公司也似参与帮助我国的工作。我向您并通过您向他们致以衷心的感谢。

我国的急救系统近年来有些发展，全国已在一些大中城市共建了80多个地面急救中心，覆盖面逐步扩大。但是还没有专业的航空急救中心，陆地急救系统尚在加强、完善之中，很需学习、借鉴国际经验，特别是贵国、贵中心的经验，并感谢你们的大力帮助。

根据专家们讨论的意见，我很高兴就下面几个具体问题提出建议：

1）从长远发展的观点出发，我国需要建设适合中国国情的航空救护系统。但是，从急救医疗系统刚刚起步的现状和我国经济尚不发达的实际情况来说，还只能先搞一两个试点。总结经验，摸索适合中国国情的航空救护的模式，然后逐步在条件具备的地方推开。

2）按照您的建议，第一个试点航空救护中心拟建在北京的郊区昌平县，可作为北京急救中心（院外救护）的一个组成部分，使空中急救与地面救护相结合，形成一个整体。在昌平设立一个"空中救护协调指挥中心"，负责中心的筹建和运营管理，李竹君医师可以作为该中心主要负责人之一，并参加中德委员会。

3）同意您关于成立"中德委员会"的建议，我将挑选得力人员参加。不过，我想中方再增加一名北京市地方卫生局的代表就更为全面一些了，因为地方卫生当局的参与和支持是中心筹建和运转必不可少的条件。

4）北京航空救护中心筹建方案，我已请北京市卫生局组织有关专家（包括李竹君医师）认真研究后拟就，作为我方建议将提请您研究提出意见。

顺致亲切的问候！

中华人民共和国卫生部部长

陈敏章教授

一九八九年三月四日

三

中德专家设计中国空中急救的蓝图

空中急救既然要始创于北京，北京卫生主管部门不再仅仅是关心，而是要切实加强这项工作的领导，这是顺理成章的事了，是必需的。

20 世纪 80 年代末 90 年代初，竹君应美国医学院校已推迟了多年的邀请，请他作为"访问学者"尽快到美国研修急救医学（EMS）。正如美国急救界的同行们所说的，"你来后，我们也可以安排你作关于空中急救的实践与研究"。无论是白雪皑皑的著名滑雪胜地盐湖城（2002 年冬奥会的举办地），还是南部的大城市休斯敦，远离大陆本土的夏威夷等处，尤其是匹兹堡大学的复苏灾害研究中心，都做了很好的包括救援直升机的医疗实践和研究。美国幅员广阔的地域，与中国有不少相似之处，进一步扩展充实他在联邦德国参与空中急救的见地，是必要的。

当然，作为一名学者，作为一个朋友，竹君与联邦德国 DRF 的友人仍然保持着联系。真正建立在事业上的友谊，是不会因时空、利害关系而改变的。同时，他特地与 DRF 的领导人，与柯赖尔、寿椿博士讲："我虽然暂时离开北京到美国去研修急救医学，中德空中急救项目不要因我而中断，应加紧继续与中方联系进行，只要这个项目创立起来，希望德方一如既往地予以支持。"

后来，听说北京卫生部门等对空中急救项目也很热心，要求加入中德合作委员会的人也多，但实质性进展不大。寿椿博士总是忧心忡忡，终于有一次在电话中坦率地提出来问竹君："你是否留在美国不回中国了？"竹君不禁哈哈大笑地说道："你还说我们是'铁哥们儿'，这些年打交道下来，你还不了解我？还不了解我的事业心？我是离不开中国的急救事业，中国的急救事业也需要我这样的人怎么能不回去呢？要想留在美国，留在欧洲，对我来讲是很容易的，但从未想过。"

寿椿连忙表示歉意，说他也不是空穴来风的。对此，竹君已经不止一次地听同事、朋友们说他要留在美国。竹君是毫不在意的。为了把中意共建的北京急救中心发展好，为了中德的空中急救项目，为了中国社会发展和人民生命安全健康，竹君此生无怨无悔地献给中国的急救事业，尽心竭力地把这个中德友好合作的重要急救项目鞠躬尽瘁地办成！寿椿听后很是感动，说他作为"老北京"愿意陪他完成心愿，还说一定会告诉斯泰戈尔夫妇、柯赖尔博士，因为大家对此都很关心。

不久，寿椿将竹君的意思转达给 DRF 领导人后说，他们希望

竹君在美国完成 EMS 的研修后，能到德国来做一段系统的空中急
救的研修，只要他同意，德方可以很快安排，在此期间大家可以有
更充裕的时间来讨论落实已经初步构架起来的项目。德方是不了解
中国的有关情况的。已在美国做访问学者的竹君，不能直接再去联
邦德国进修。

竹君在美国盐湖城犹他大学救援直升机内（1991 年）

竹君在美国研修 EMS 也开始有点不踏实了，老想着北京。其
实他留美的条件是很优越的。他每个月有两周时间，可以去邀请他
的医学院校和急救部门做研究、讲学甚至在该城市的急救系统
EMS 救护车上现场进行实践，这类同于国内的城市急救中心，随
着救护车外出抢救。这种医疗急救实践须得到当地行政长官和

EMS 领导人的批准才能践行，当然他本人也得同意，因为外出急救也涉及其本人的安全等诸多问题。这对访问学者的他是很关照的。而且，他的包括机票在内的所有费用都是由对方支付的。难怪犹他大学的中国留学生说："李叔叔，真羡慕你这样飞来飞去，一般访问学者是会眼红的！"他还在世界急救医学最为权威的美国匹兹堡大学复苏灾害医学研究中心作了一次演讲，演讲是由当代 CPR 创始人彼得·沙法教授亲自主持的。演讲后他们又进行了实质性的谈话，那就是急救医学必须走出医院大门，走出科学的殿堂，急救社会化，结构网络化，抢救现场化，知识普及化等重要理念的认同。这对中国，这个人口众多的国家，在今后将有很大发展的前景下，急救医学不能被医院围墙框住，急救中心千万不能办成医院模式（沙法教授等一批世界著名专家曾到过北京急救中心，当时就坦诚提出过）。竹君自感身负重任，也希望早点回到北京实现自己的理念。

竹君不大喜欢有人说什么自己是如何的热爱祖国，要回国，而美国的专家教授，又是如何千方百计地要挽留，不让回来，但自己毅然回国等言辞。事实上，美国的专家学者们，是尊重我们自己的决定，不会勉强别人的。说什么对方要强留，这无非是有人在自己抬高自己的身价。

竹君将要离别回国了。美国的同事、朋友们尽管有点惋惜，但都十分支持他回国，并且都做了男子汉般的承诺。他是兴致勃勃回国要干一番事业，尤其要把空中急救做起来。德方得悉他回国十分高兴，因为他们信任的朋友是言而有信的人，而什么"Dr. Li 要留在美国不回中国了，不作空中急救"的话自然是不攻自破了。

"救命星辰" 给予的殊荣

很快，联邦德国 DRF 柯赖尔博士于 1992 年 9 月 28 日通过官方外交途径，给中国卫生部部长、北京市长及竹君个人的三封信件（中文、德文）很快送达到中国。德方对共建空中急救之诚意、工作之认真、行动之迅速令人感动。此时，竹君刚从美国回到北京，回到了急救中心，已经开始工作。在此分别将给卫生部部长、北京市长和竹君的信原文（中文）转录如下。

DRF 给卫生部陈敏章部长的信

尊敬的陈敏章教授：

我代表德国航空救援中心首先向部长先生对于中德两方在北京昌平县设计建立航空救援中心的赞助致以诚恳的谢意。

近来我们一直深刻地领会到中国经济的上升发展，及与其他国家合作的发展和世界各地前往中国观光而造成的蓬勃景象逐渐使在北京附近设立航空救援中心更为迫切和甚有意义。倘北京附近设立了航救中心，不但能使每日的急救科的医疗更及时地执行任务，而且在重灾的光景下或国家要人访问时更为重要，在这第一个实验中心里医疗人员通过与德国航救中心的紧密合作可以收集经验和技术的转让，在这里培训出的管理人才和应用急救医疗科技人才，将来能够在中国其他大城市建立水平相等的空救中心。

有关筹备和在中国成立航救系统一事，我方和李竹君大夫（北京急救中心副主任）的联系已经有几年了。他对德国航空救援中心和航救系统有充分的认识：当他在德国逗留时曾参观过我方的若干航救中心，作为急救专家也曾实地参加过德国航救中心直升机的救援工作。以后他曾在留美的一年考察期间，熟悉了美国的航救系统，并担任急救医生在直升机出动救援时的实际领导工作。

在李竹君博士离美返回他祖国首都北京迄今，即想通过和我方更紧密地合作，建立第一座中国航空救援中心，我方愿意支持他实现这个愿望，同时认为李竹君大夫拥有在国外的经验和无限的责任感和社会感，针对双方共同计划达成使命来看，他应是一位最有专业权威的人士。有关此项计划，我方给北京市长写了信，也请北京市政府给予他必要的鼓励和支持。我方希望李竹君大夫以北京急救中心副主任的身份，在台端的支持和赞助下，对即将在北京设立的中国第一座航救中心的计划作一书面报告。此项书面计划即为两方谈判的基础以能取得最后的决定。

谨将我方致李竹君大夫及北京市市长两封信拷贝亦随此信附上。对台端的支持我们预先致谢并致最高敬意！

德国航空救援中心业务总经理

柯赖尔博士

DRF 给北京市市长的信

德国航空救援中心（DRF）曾于 1988 年由董事长，即 DRF 主席率董事会成员作代表应贵国卫生部部长的邀请，欣然前往中华人民共和国参观访问，为期 14 天。

德国航空救援中心代表团当时曾得到北京何副市长的热情接待。自那时起我方就和贵卫生部经常有接触，上次在贵国访问期间，DRF 主席斯泰戈尔先生获得了许多深刻印象和经验，对他的启发很大，例如倘贵国成立航空救援中心，必无偿提供最现代化的管理和最新技术的转让，等等。

怎样落实成立航空救援中心的话题，曾是中国驻德国大使馆科技参赞汤卫城先生与我方数次会谈的对象；汤参赞在上半年曾两度光临我方航空救援中心。

近年来我们深刻地领会到贵国经济不断上升发展、与时俱增的旅游人次加上多项和别的国家共同经营的企业繁多，都使在北京建立航空救援中心更为迫切，实则也很有意义。北京急救中心副主任李竹君大夫，极愿与我方合作在北京昌平县建立第一座中国航空救援中心。李大夫于 1983 年至 1987 年两度来德国，并考察了我方航空救援系统，他曾在我方航空救援中心参加过急救医生工作，并曾数次随救援飞机和直升机实地出诊。除此之外，李大夫曾去美国、加拿大和日本等国，广泛地收集了许多国家的航空救援方面的经验。

李大夫返回北京后，把他在国外收集的丰富经验，都用在北京急救中心上了。我们希望能在贵国成立第一座德/华航空救援中心。

为落实两方共同的计划，我们很重视这次合作：在北京设立中国第一座试验性的航空救援中心。李竹君大夫应是责无旁贷的。

基于在中国的旅游事业方兴未艾和国外旅客急欲踏足的旅游旺地（长城、明十三陵和其他名胜地区），使成立航空救援中心更为需要，更为迫切。

　　我们设想，中国北京市市长，当然也即北京昌平县最高行政首长，而李竹君大夫极愿在昌平建立中国第一座试验性航空救援中心；既设在昌平，想必政府会给予李大夫积极赞助和安排。李大夫早在 1989 年由贵国卫生部聘为（中德）两国筹委会名誉会员，倘若如愿以偿，不久或将开始在昌平建立航救中心。

　　我们应会很高兴，假使我们知道市长对李大夫就这一方面是很支持的，即与卫生部共同设计出一份在北京建立第一座中国航空救援中心的可行性计划。这个计划就可成为双方对话和讨论的对象，以能作出最后决定。谨此并致

最高敬意！

德国航空救援中心业务总经理

柯赖尔博士

DRF 给李竹君医生的信

尊敬的李竹君博士：

　　我们很高兴知道您在美国考察完毕取得了丰硕的成果又返回北京。夏威夷急救中心赠给您名誉主席的尊称，为此我们衷心向您表示恭贺。我们很欣慰的就是您完全精通了急救医学和航空救援的专业，并愿把这个专业贡献给您的祖国——中华人民共和国。

　　王博士和我们经常有接触，听他讲，中华人民共和国近年来在经济上有很大变化，与其他国家的合作也有很大发展。

　　王博士给我们的报告还说，您对在北京建立第一座中国航

"救命星辰" 给予的殊荣

空救援中心项目上愿与德国航空救援中心合作，仍很感兴趣，而原意并没有更改。我们知道第一座试验性的中心应设在北京附近，即北京昌平县，我们也赞成这项共同的计划，再者昌平县县长我们早于1988年应邀到北京考察时，有幸和他相识时，并已经谈到过了。

您是德国航空救援中心的名誉会员，而在急救医学范围内您是属于举足轻重的人物。我们很愿意支持您的计划，在中国建立一个急救医学的航救系统。有关这门专业我们早自1983年就开始交换意见了。您对美国和德国的急救情况已经非常熟悉，当然也是精通怎样在中国建立航空救援系统和怎样进行。因此，我们请您抽空考虑并研究一下，在昌平县设立德/华第一座航空救援中心的可行性方案。假如这第一座航空救援中心进展顺利的话，即可考虑在中国南方地区设立第二座航空救援中心。

有关此项计划，我方亦致信给北京市市长先生及卫生部部长陈敏章教授，希望这两位领导对您的计划和为设立第一座航空救援中心所提出的可行性报告给您以必要协助。倘您在计划中有什么问题时，我们很愿意给您协助。我们希望您在计划成立北京航空救援中心的可行性报告书煞尾之后，尽快能让我们也得到一份。祝您成功！谨致

衷心的友好问候！

德国航空救援中心业务总经理

柯赖尔博士

在航空救援中心随后的筹建过程中，没有人反对，但也没有得到切实的支持，竹君的工作更加困难。他只能自嘲地想，既是好事，那必然是好事多磨。在现实面前，他这个人微言轻的人有什么办法呢？有时与友人也是自我安慰地说，建立空中急救也是一场急救体制、急救医学发展的革命，是急救领域的扩展实践。为公众服务的革命，"革命"哪能这么轻易地成功呢？孙中山先生不是有"革命尚未成功，同志仍须努力"的名言吗？

回想，1983年4月初，竹君首次访德，那时是为了创立北京急救中心。早春季节，在巴伐利亚州首府慕尼黑的早晨飘起了雪花，乍暖还寒；1987年第二次专程访德，是为了参与空中急救实践、研讨中德共建空中急救。巴登-符腾堡州首府斯图加特，是联邦德国空中急救总部DRF的所在地，也是"奔驰"公司所在地，那里艳阳高照，虽是十月却如夏天般的热烈。现在，1997年，又是一个秋季，他赴德是应世界灾害与急救医学大会组委会主席、东道主狄克教授（即发明自动体外心脏除颤器者）的邀请，却还肩负着另一个任务，去DRF，去看望老朋友，去看望已经匆匆远行而不再回到我们这个喧哗的星球、这个人际关系如此复杂的社会，已经安然长眠的王寿椿博士。虽然那也是秋天，而且是初秋，气候远不如1987年那样的炎热，他的心情也被现实浇灭了不少的炽热，复杂甚至沉重……

1997年9月24日，第10届世界灾害与急救医学大会（WC-DEM）在联邦德国美因茨（Mainz）召开。这是当今世界灾害急救医学专业领域最为权威的学术会议，尤其本届年会更有其独特意义。因为在20年前，即1976年，由当代心肺复苏医学泰斗、急救医学专家彼得·沙法等发起，在美因茨成立了世界急救与灾害医学俱乐部并在此召开了第一次学术会议。以后每隔 2 年举行一次会议。随着社会发展，急救医学迅速得到各国的重视，俱乐部很快更名为世界灾害与急救医学协会（World Association for Disaster and Emergency Medicine，WADEM），成员和成分迅速扩大，竹君也由彼得·沙法教授于 1989 年亲自介绍入会。

20 年的岁月，世界在变化，社会在进步，科学在发展，协会在扩大。早期仅仅着眼于医院急诊、重症监护病房（ICU）的急救早不能适应现实。人们把注意力从医院内转向医院外，从狭小的环境转移到了广阔的天地。而仅仅由医学专业人员组成的急救队伍来从事急救，明显地显出了捉襟见肘的态势。消防、警察以及红十字会、红新月会等社会救助团体积极参与急救，从地面到空中、水上的立体急救网络逐渐形成，尤其是随着社会文明程度的提高，"第一目击者"的急救知识、技能的培训普及，使急救具有更广泛的社会群众基础。

疾病谱在改变，威胁人类健康的心脑血管疾病扶摇直上，它们又多以危重急症的形式出现，无疑给急救提出了更高的要求。天灾人祸频频发生，诸如日常交通伤害和地震突发事件接踵不断，同样给急救增加了更多的任务。所以，这次世界灾害与急救医学大会，有相当多的内容是讨论灾害、群体伤害事故的医学救援。也就是说，现场对危重伤病员进行医学处理前，还需要救灾脱险的救援活动。这自然，空中急救又显出了它的重要性。

会议在德国且在竹君第二次考察过的城市举行，东道主自然更为友好。大会组委会主席狄克教授是老朋友，他早在 1987 年初即向竹君发出了正式邀请，包括国际机票在内的一切费用全部由组委会承担，又请其担任本届大会学术委员会成员，并在大会上发表演讲。此际，欧洲空中急救专家协会的年会也趁他在德时召开（当然这又是柯赖尔博士的精心安排），以能见面讨论。老朋友柯赖尔博士特地从斯图加特赶来，他俩见面拥抱时都不约而同地说出了"我们不再年轻了"！

1997 年 9 月竹君与柯赖尔在德国美茵茨

因为彼此双鬓已经染霜，但彼此的腰板却都是挺直的！柯赖尔告诉竹君，一年前他已由 DRF 的执行总裁改任顾问了，用他的话说："在德国，我在这个位置上待的时间太长了，现在想把更多的精力放在学术上，放在国际合作上。"他一如既往地关注着中国筹建的空中急救合作进展情况。但更多的是关心竹君当前的工作，他俩并没有更多地谈论当年是怎样的雄心壮志、热火朝天，为创建中德空中急救项目全身心地投入事业。没有怨恨，没有眼泪，只有沉淀，只有在沉淀下的用心观察，用脑思维。竹君总觉得对不起朋友，对不起同事，对不起国家，不能把这项事业做起来，从 1983 年 4 月第一次见到柯赖尔，时光已经过去了 15 个年头。

他们两人面面相觑，没有说话，但握着的手，彼此都没有松开。真诚地紧握着的双手，传输出彼此的能量，是一种更深层次的交流，一种无声的语言，是心灵感应的传递。沉寂过后，柯赖尔说："我们在开欧洲空中急救委员会，你是否能参加欧洲空中急救委员会会议并担任委员呢？"竹君说前者可以，后者担任委员就免了。因为做不成实事，那是耽误人家。因为他觉得已经很对不起人家了，担任这个欧洲的专业委员会委员不能做成什么事儿，耽误人家是不好的，柯赖尔并不勉强竹君。相见了不到一个小时，他还是那样忙，但临别前，竹君已经感到他走路不如从前那样一阵风了。顺便提一句，这位德国男子汉几年后因患癌症离世，据说他未能与竹君完成共建中德空中急救中心，成为他此生的一大憾事。

四

图宾根城公墓旁的泪水

当急救大会闭幕，竹君从美因茨坐上开往瑞士的火车，中途下车转至斯图加特，汽车把他送到了阔别已有 10 年的图宾根城。他此次赴德开会还有一件重要的事情，他必须亲自去完成。

秋天，竹君在一条铺满鲜花的小道上前行。就像 10 年前，1987 年 10 月下旬的那个日子里，德国南部难得那样的好天气，蓝天白云，阳光灿烂，温热得几乎有点烤人，只好尽量借着大树宽阔的胸怀投下的片片绿荫以获得一丝凉爽。

但此时也不像 10 年前的那个日子。这次不是当年的三个人，而是两个人；他们不是走向著名的图宾根大学，而是去往图宾根城似花园般的公墓；不是去大学医学院的科学殿堂发表演讲，而是去竹君的朋友、汉学家、哲学家，同时也是为了创建中国空中急救事业的一位"志愿者"——王寿椿博士的长眠之地。

光洁的大理石石碑上用中、德文字分别刻着王博士的生卒年月"1929. 10. 30—1994. 5. 7"和他的身份。他的夫人王李伟涛女士轻轻地说道："寿椿，你的好朋友李大夫从北京到德国来开会，特地从美因茨过来看你，他没有忘记你，没有忘记你们共同的誓言，把中国的空中急救搞起来……"

竹君的泪水已经哗哗地

图宾根城公墓旁的泪水

顺着双颊流下来了。在寿椿博士长眠之地，他用小铲子小心地一铲一铲地铲着那稀松的泥土，用水壶小心地浇湿着土壤，松软的土壤迅速地汲取了缓缓落下的清水和他的泪水。他用双手挖了一个小小的但是足够插进一束鲜花的小坑，他用双手捧起刚被水浇湿润的泥土将鲜花团团围住，花束树立了起来。竹君几乎是半跪着不时地将周围的泥土围紧揽住灌溉浇透。

公墓洁净安静，周围树木高，鲜花插穿其间，草地茵绿似一张厚软绿色的地毯，轻轻地舒展地铺在这里，人们走在上面是轻柔的，与地下似乎是沟通的，人们在这里说话是轻声的，但与长眠在此、生活在地下的灵魂是沟通的。竹君真是百感交集！

寿椿，你在开辟通向天际建立中国空中急救的路途上，你为你的故国热土，你为生你的北京，做的是很多的了。你把业余的绝大部分精力，你把在图宾根大学哲学系的薪水无私地用在这个项目上，真是清廉的学者、令人敬重的兄长！竹君想到自己的无能、无力、无法说服周围的某些人，真是无奈、无助呀！他在寿椿的墓地上不禁失声痛哭。王李伟涛女士一直安慰他，但她怎能深知竹君的难言之苦与无奈、无助呀！她怎能知道，就在昨天，他与柯赖尔见面时，彼此相对无言，内心的苦楚无法抒发，今天，竟在寿椿长眠之地迸发出来！

此时读者也许感到困惑。王寿椿博士怎么突然去世了呢？现在，来补叙一下。DRF 在 1993 年后仍为共建中国空中急救中心在积极努力工作，但中方进展缓慢，竹君越来越感到困难乃至无奈、无助。寿椿总是鼓励他，不时地写信、打电话给他，商讨如何加快这个项目的确立实施。但电话中竹君感到他说话声音有点底气不足，没有以前那样中气十足，后来才知道，到了 1993 年底他的病已经很重了，但寿椿却闭口不谈他的健康状况，只记得他经常说的一句话："李大夫，在我有生之年一定要帮助你们把空中急救中心建起来，现代社会太需要了！"后来他在通信中只说住院是为了健康体检。

1995 年春尽夏来，竹君正在办公室读一篇关于心源性猝死的文章，电话铃响，是王博士夫人的声音。她说她就在北京急救中心楼下大厅里，要见我。竹君惊喜异常，因为已有一年多没有寿椿的消息了，连忙下楼去接她。只见伟涛对她身边的一位少女说，快叫李叔叔。啊，当时 6 岁的孩子已经长大，真像她的双亲。稍事寒暄后竹君问王博士的情况。

王李伟涛没有正面回答我，只说你今年寄来的贺年卡收到了，很抱歉也没有给你回信。突然间她脸上掠过一丝显见的悲哀，声调很低但我却听得十分清楚："寿椿已经不在了。癌症转移晚期，他临终前神志一直很清醒，多次和我讲没有能和你一起把中国北京的空中急救中心建起来，没有能实现你们俩共同的愿望。寿椿临终前再三交代，先不要告诉你，他说，竹君是个很重感情的人，这会影响他的工作，他的事业本来就十分艰难，他肯定会很伤心的，待以后有机会到北京，你当面跟他说。"说到这里，伟涛声音更低沉了。现在不正是遵照寿椿的遗言，"待以后有机会到北京，你当面跟他说"吗？

王寿椿，生在北京，长在北京，小学、中学在北京上学，从北京出走漂洋过海，浪迹天涯，但心总想着北京。"认识了你，后来又一起要建立空中急救中心，尤其 1988 年与 DRF 代表团到了北京

在 DRF 德国航空总部（左二竹君，左三王寿椿教授妻子王李伟涛女士，左四斯泰戈尔总裁）

和南方一些城市，和你们讨论，他高兴极了。他经常和我讲，除了他的哲学、汉学（那时我很肤浅，称这些是束之高阁的学问），现在能实实在在地为家乡故土做件实事，我俩都很高兴。他说看到中国的开放、发展，更着急空中急救的建立，更想做件对社会民众有益的功德事。"伟涛说到这里，强忍的泪水已经开始流淌下来了，竹君一时找不到安慰的话。很快，她那坚强直率的性格又使她恢复了常态，说："寿椿说，可惜不能和李竹君大夫共同完成此事，他已多次拜托柯赖尔博士帮助你们……"

伟涛的语调已渐趋平静，但竹君的头脑却模糊一片。时而浮起寿椿的形象，时而又冒出爱因斯坦说的"我们这些总有一死的人的命运是多么奇特呀！我们每个人在这个世界上都只作一个短暂的逗留；目的何在，却无所知，尽管有时自以为对此若有所感"，时而又浮现与寿椿交谈的情景……她后面说的话，已经听不大清楚了。镇静了一下后，就与她说："只要有机会到德国，我一定要去寿椿的长眠之地看望他。"竹君没有食言，1997 年年初，当他接到世界灾害与急救医学大会邀请函，请他到德国开会，且一切费用由对方负责时，他马上想到，借此时机一定要去寿椿的墓地看一看。

王寿椿，这位华裔德籍的哲学家、急救的志愿者，他到中国语言学院授课，是有收入的，而为急救项目的付出是无收入的，他说他心甘情愿！人间最为可贵可爱而不为所动的事，就是我情愿，这是用金钱买不来的，这是出自内心的坚定信条，心甘情愿的付出。

从花园般的公墓出来，他们驱车来到斯图加特附近的那座小镇（DRF 的总部）。仍然是 10 年前那金黄色的秋天，仍然是灿烂阳光、青云白日，仍然是那位德国大十字勋章获得者总裁斯泰戈尔先生亲自接待，仍然是一位黄皮肤的王姓华人做翻译，仍然是对架起两国人民友谊桥梁、空中之路的项目还在努力的人。但是，竹君和斯泰戈尔先生都发现彼此的额头筑起了更多的皱纹，两鬓均已染霜，昔日的朋友有的已经退休或离去。他心中掠过一丝悲哀和莫可名状的痛苦。

回忆当年他们是那样的意气风发、摩拳擦掌，要把中国的空中急救中心尽快建起来，他们东奔西跑、踌躇满志地向有关部门阐述这个项目对中国民众及中德友好关系的重要作用……

斯泰戈尔总裁情有所动地说道："当年讨论这个项目时王寿椿

"救命星辰" 给予的殊荣

竹君与斯泰戈尔会面

是最忙碌的人之一，可惜他不在了，柯赖尔博士也已退休，改任顾问了。但今天，王夫人亲自陪李教授到了这里，参加我们的讨论，这也是令人高兴同时也使我十分感动的。坦率来说，这么好的一个项目，从 DRF，到州政府总理、联邦德国政府总理都给予了有力支持，中国驻联邦德国的使馆，中国卫生部，北京市政府也很重视，做了 10 年准备，太漫长了。相信我们的这次讨论会卓有成效。"

　　此时竹君忽然想起寿椿那时经常讲的一段话，不知是他本人的见地还是出自哪位哲人之口，大意是人生在世要做三件事：写一本书，种一棵树，有一个孩子。竹君十分欣赏寿椿的话。人类总要生生息息在地球上繁衍下去；人总是要尽力充实人类文明的宝库；而"前人种树，后人乘凉"，建功立业为后人造福更是美德。想到这里，他带着尚存的激情对斯泰戈尔说："希望我们共同努力，共种一棵参天大树，修筑成一条通向天空的急救之路，把空中急救中心尽快建成。"

为奠祭寿椿，感激他为筹建中德建立空中急救中心付出的巨大心血，慰藉他在遥不可测的另一个冥冥世界中的亡灵；同时也遵寿椿的遗言，将他研究中国古代哲学家的著作"要送给李大夫作为纪念"，竹君专门去了王寿椿家中。

真是触景生情呀。那年（1987 年 10 月），到他家休息片刻，然后去参加聚会，犹如昨日。而今已过十年，今日（1997 年），时光荏苒，却物是人非……伟涛将寿椿注校的中国古代哲学家的著作送给竹君。这本对这个中国人来说都艰涩难懂的哲学著作，他要用德文给德国学生们讲解、与德国学者们讨论，沟通哲学文化是一件多么了不起的工作呀！而对于中德两国，更具特殊意义。因为中国、德国都具有产生思想家、哲学家土壤的国家！当竹君望着寿椿博士那众多的中德哲学藏书，他突然明白送书的道理，不仅是纪念，而且是鼓励他继续去完成中德空中急救事业。

哲学家的深刻，往往一下子是不易理解的，这时竹君回忆起以前和寿椿的谈话。竹君说，我自认为是一个很有理想的人，有信仰的人，并且努力实现理想，而不盲从的人。所以很欣赏爱因斯坦的《我的信仰》中的一些话。这时他脑海中泛起了大师讲的话："每个人都有一定的理想，这种理想决定着他的努力和判断的方向。就在这个意义上，我从来不把安逸和享乐看作是生活目的本身——这种伦理基础……照亮我的道路，并且不断地给我新的勇气去愉快地正视生活的理想，是善、美和真。要是没有志同道合者之间的亲切感情，要不是全神贯注于客观世界——那个在艺术和科学工作领域里永远达不到的对象……生活就会是空虚的。人们所努力追求的庸俗的目标——财产、虚荣、奢侈的生活——我总觉得都是可鄙的。"

即使在德国，用竹君的观点——"哲学等文学艺术，毕竟是软科学"，像搞公共卫生的总不如从事临床医学的人富有，哲学家的生活总不是很宽裕的。在寿椿的住所和他家具的摆设布置中，更体会到他为空中急救项目在精力和经济上的无私奉献！

竹君在 1999 年担任了第九届北京政协委员。为此，他就北京的急救体制改革尤其空中急救项目的建立，又做了大量的准备工作，有几位朋友半开玩笑地说："怎么，这么多年下来，你还没有死心，你还搞这个提案，行吗？""但我不做不提此事总是心有不甘呀！"对不起首都民众，这是一项十分重要的事业，尤其在首都经济飞速发展、道路交通日趋繁忙、复杂的当下和今后，不建立空中急救中心转运要花多长时间呀，这是以病人生命为代价的呀！更不用说一旦发生重大灾害、群体事件时，这是以城市安全、公众生命为代价的呀！他又一次一次地想到德国 DRF 的朋友们，那位德籍华人"老北京"王寿椿博士……

他非常感谢政协北京市第九届医药卫生界的朋友们（委员们），每当他讲述急救体制改革、空中急救项目时，他们那样的认同并给予鼓励，会议又给他安排了发言的机会，无论是政协主席等领导，还是主管市长都对他的发言当众明确予以支持。会议把他的大会发言材料（书面）印发给了大家。五年一届的会议，他担任了一届委员，每年每次的会上他都提到急救，空中急救在会上都受到重视。这里，引用他的一个发言稿供读者参考。

在改革北京急救体制的同时着手筹建空中救援机构

李竹君

一

　　近二十多年来，发达国家十分重视城市的急救工作。急救，早已逾越了医疗领域。由于危重急症、突发事件绝大多数在医院外的环境下发生，而能否及时妥善处理，对城市安全、民众生命健康息息相关。因此市政当局十分重视急救工作的及时有效进行，一般以消防部门中的急救医助、急救技士为院外急救主力，配备设备齐全的救护车，形成较为完善的包括空中直升机在内的立体急救网络。一般呼救信号发出后，在 10 分钟之内即能到达现场，做得较好的城市能缩短至 4～7 分钟，大大地缩短了抢救半径，争取了时间，使不少濒死病人得以抢救。这主要归于对急救半径系统功能的正确理解——院外急救；结构的完善——星罗棋布的急救网络；以及严格采取就近派出救援力量。

　　北京急救工作起步于 20 世纪 50 年代中期，并不算晚，工作模式等也符合现代急救思想。随着改革开放步伐加大，1982 年开始筹建现代化的北京急救中心、急救网络。意大利政府赠款 800 万美元、市政府又投入相应资金，当时北京急救中心可行性研究报告中也明确提出建立以北京急救中心为"龙头"，下设 10～12 个分中心，形成急救网络，缩短急救半径，即要"通信灵敏、指挥有效、抢救及时、技术先进"。北京市政府对急救中心也作了必须以院外急救为重点、形成急救网络、开展急救普及，待工作开展后进行急救医学的研究的批示。

目前北京急救中心以医院模式为基本结构，以"中心"为主派出救护车外出抢救，急救网络名存实亡。这种结构、运作与发达国家急救体制大相径庭，不能满足市民急救需求，尤其在交通日益繁忙、堵塞的情况下，却主要由和平门急救中心处派车，严重延误抢救时间。对城市包括地震在内的灾难突发事件如何进行组织、检伤分类、救援、医疗运转等，也未能引起应有注意，致使两个起步早（建急救站、建急救中心）、两个优势近些年来已明显落后于其他城市。深为国内外专家、有识之士担忧！单一的依靠政府投入的建立急救机构已在国际上呈淘汰趋势。急救资源合理分配及共享，充分利用社会民间力量从事急救医疗服务已成为当代急救事业兴旺发展之趋势。与此同时，在社会开展"志愿者"活动中培训"第一目击者"的急救知识和技能，已成为城市文明活动的重要内容。北京急救体制如不再改革，必然给政府背上更沉重的负担，而且也不能很好地开展急救服务。应该开展城市急救网络科学研究，汲取国际上的成功经验与失败教训，结合国情市情，科学论证不仅有较正确的理论指导，而且在实施中也可以避免种种弊端，包括资金的使用等，这方面应有很大的教训。

二

应建立空中救援。20世纪70年代以来欧美等国家的城市建立了以直升机为主要运输工具的空中医疗救援事业，其中以德国发展最快、收效最著。该国至90年代初已形成了50～70千米半径的空中急救网络，不仅在意外灾害突发事件上发挥了快速有效的作用，而且在日常危重急症救护运输上也起到了地面急救的补充。

1983 年在筹建北京急救中心时赴欧洲考察期间，作为急救中心项目负责人，我们即与德国航空救援总部建立了关系，考虑日后急救中心、城市网络初步形成后，应尽快建立空中救援。对方也认为中国首都必须有此机构。1986 年该机构领导人柯赖尔博士来华，中方由我负责进一步接触，对八达岭地区作了初步考察。1987 年我应邀专程赴德作空中救援研修和参加直升机、轻型喷气救护飞机的医疗实践，不仅学习了该方面的知识技能，同时在实际抢救中也做出了一定成绩，受到德方重视。为此，德方通过我国驻波恩使馆给我颁发了德国航空救援中心（DRF）成立 15 年来首次给予一个外国人的荣誉证书。在德国及中国，双方都表示可以考虑帮助中国建立空中救援事业的起步，包括赠送直升机。

1988 年 10 月，以 DRF 总裁为首的代表团一行四人来华，受到卫生部陈敏章部长、北京市何鲁丽副市长等领导接见，并进行会谈。建议在北京郊区沙河、清河一带可建立救援直升机站，德方明确表示（并已通过德国政府）可赠送若干架救援直升机，以及相关装备技术，共同合作启动该项事业。代表团是应卫生部部长邀请来华的，故又考察了常州、杭州、广州、桂林等地。

1993 年，DRF 给卫生部陈部长、北京市长以及我的函件，表示可以继续开展此项目。陈部长和我谈了两次，北京市无明显具体反应，经我多次提出，仍未奏效。随着城市化人口密集，改革开放步伐加大，作为中国的首都，国际化大都市，又处在地震带间，就日常急症在北京郊区、八达岭高速公路附近建立救援直升机站十分必要，对京、津、唐地区也至关重要，唐山地震的教训切不可忘。因此，我时时关切此事，而不少国际著名急救专家，包括我国香港地区急救总长也十分重视在京郊建立救援直升机站。

1997年9月下旬，我应邀到德国参加第10届世界灾害与急救医学大会。大会期间，不少同行询问北京急救网络情况，并表示不建网络、不发挥网络优势必将造成不应有的损失，对空中急救也尤为关切。会后，10月，我到斯图加特时，先看望了曾帮助我们建立空中救援做了大量工作，包括书信文件翻译在内的德籍华人王寿椿博士的墓地。他因癌症在两年前去世。他是北京人，17岁离京后长期在德，他念念不忘为生他养他培养他成长的北京做一件好事，即把空中急救建起来。他的夫人也是德籍华人（北京人），她讲王博士临终前一直惦记着这件事，未能做好引以为憾，真有点伤心不已。王博士夫人陪我去DRF见到总裁。总裁表示极大的欢迎，也深感当时做了大量准备工作，包括考虑先在北京启动，然后扩展到3～4个其他城市，约20架直升机在内，州政府、政府总理均已同意，但北京迟迟未能进行此项目，十分遗憾。

我表示，现在中国北京经济发展，改革开放有了更大更好发展、条件更加成熟，对方表示原则同意，可以继续进行此项目。

建立空中救援机构尤在国际大都会势在必行。发达国家及一些发展中国家的首都均有此机构，空中急救是评价安全系统、健康保障的重要依据之一。北京的重要性毋须赘言，至于市内不让飞直升机，完全可以放在四环路以外，圆外的空、地急救结合十分普遍。北京不仅容易发生各种意外突发事件，而且又是地震活动地域，有了救援直升机，在了解信息、处理灾情方面十分方便。

目前，在当时考察的沙河、清河一带，已有一家红十字会医院、抢救中心，该处又位于高速公路旁，八达岭、十三陵必经之地，地理位置合适，可作为建立空中急救机构的基地。

我在1982年曾代表中方商谈急救中心项目并担任项目负责人，当时的初衷是建立现代化的急救中心、急救网络，然后着手建立空中急救机构，建立急救医学研究所，开展专业与普及教学，以使首都急救事业得以健康发展。1990—1992年我在美国做访问学者时，又与世界上急救最权威的彼得·沙法（Peter Safar）教授商谈建立研究所等事。北京这么好、起步又早的急救机构，如不能与世界接轨，不以科学研究课题来全面系统论证急救体制改革，则不仅尽失优势，且在一旦发生如地震在内的重大灾害事故，势必捉襟见肘甚至造成更大损失。

我日夜担忧，无数次致信建议，愿竭尽绵薄之力，愿奉献生命，"春蚕到死丝方尽，蜡炬成灰泪始干"，愿为首都急救事业奋斗终生！

要十分感谢的是，担任了多年的北京市常务副市长、此时已担任北京市人大常委会主任的张健民先生对此的关心与支持。在北京远郊发生了一架旅游直升机坠落而致包括外国人在内的人员伤亡的事件，他作为代表地方行政长官的现场总指挥，还要协调地方、民航、国旅等多方，十分繁忙，竹君协助他处理有关伤员抢救的工作。通过在现场实践中的行动，处理危重急症病人等情况，他对急救工作在现代城市中的重要性有了更深的体会。而其中几位日本外宾随后的空中转运等技术问题难以解决，他与有关部门做了妥善处理，难题很快得到解决，他对空中急救也产生了兴趣，给了竹君不少的支持。

竹君还记得几年前，从以色列参加世界灾害与急救医学会议回来，认为耶路撒冷，这座风风雨雨"多事之秋"的城市，在急救体系、公众参与急救事业上的经验值得北京学习、借鉴，他马上就请主管卫生的何鲁丽副市长和他详谈。何副市长很重视，很快安排，同时又请卫生局领导一起听取。记得卫生局派的是医政处的一位做具体工作的同志。顺便提一下，后来何鲁丽副市长在担任全国人大常委会副委员长期间，碰到竹君还曾提及此事。后来，当斯泰戈尔先生访问中国的时候，竹君还陪斯泰戈尔先生和他的儿子在北京对外友好协会见了面，谈及了往事，一起共进了晚餐，真是岁月如流啊！

五

好事多磨，通向空中急救的遥遥之路

在中国建立"空中救援"的事业之心，竹君从未泯灭过，历尽坎坷，仍不气馁。2008 年春寒料峭，他在犹他大学同事们的帮助下，重上蓝天，又在设计着北京空中急救的明天。2008 年，他又一次回到 20 世纪 90 年代初在美国犹他大学做访问学者的盐湖城。当然，重要内容之一的是"空中救援"，因为盐湖城的空中急救很有名。"空中救援"在 2002 年冬奥会的医疗急救上起着重要作用。

竹君在这里亲自参与空中急救，有很多便利因素，几乎不需要更多手续。"一句话，他们了解我，信任我，支持我！"同事们知道他是如何想在中国尤其在北京建立空中急救机构的愿望，而他们也知道空中急救机构对中国急救事业的发展何其重要！

虽然过去多年，但犹他大学医院的一些老同事仍在，美国同事们为竹君的空中急救活动做了妥善的安排。

在天气好的日子里重上蓝天。当然，对竹君而言，唯一的要求是在一份参加空中飞行的文件上签字，证明已详细了解到飞行时可能出现的危险和人身伤亡事故，万一不测，生命安全由自身负责，绝不食言，协定在此。他在上面熟练自如地签下了中英文名字。

二月的盐湖城，时雪时雨、时阴时晴，但那天天气不错，阳光温暖地洒在停机坪上，洒在红白相映、色彩明朗的两架直升机上，它们在阳光下犹如两个年轻潇洒英俊的小伙子，振翅欲飞，等待着这位阔别已久、远道而来的老友重上蓝天（一晃已经 18 年了）。

专为他研讨空中救援的此次飞行小组成员、空中急救调度人员、地勤人员、部门主任，大家在停机坪上、在指挥室内、在准备间里，已做了较充分的讨论。他们秩序井然地工作，严格制定并认真执行的各项制度，各就各位人员的执业资质证书的悬挂，携带的各种救援装备分门别类的包装，尤其是身穿的飞行服，上面恰到好处地缝制着多个口袋，口袋内的刀、剪、镊子等简易装备可以自如方便地使用，显示着科学、标准、规范、实用，浸透着从业人员的敬业精神与服务意识。

当一切均已准备就绪，时至正午，机长建议大家进完午餐后再飞。大学肿瘤研究所近在咫尺，建筑优雅，研究、学术等在同行业界名气很大，犹他大学研究所的餐厅坐落在新落成大楼的顶层，宽敞舒适，可谓窗明几净，三面临窗，视野开阔，近处的建筑错落有致但并非鳞次栉比，而有相当间隔，使人感到宽松舒坦，透出盐湖城宁静平和、博大胸怀。远处连绵起伏的雪山，山并不高但舒展平坦，大多为白雪覆盖，有些山峰则是终年银装，万里晴空，偶尔飘过几朵白云。

研究所的刘彤医师一如既往地陪着长辈竹君医师，他们边吃边聊。竹君对具有急救医助资质的飞行护士（flight nurse, paramedic）凯茜（Casey）说道："妳为什么不在医院的急诊部而愿意在医院外尤其是在直升机上工作呢？"她笑了笑说："我喜欢空中急救，那是一项十分紧张又具有挑战性的紧急医学救援工作。"接着她又风趣地说道："Dr. Li，你为什么不在医院里工作，不也说明这项医学救援工作对你来说也极具挑战性，而且在中国有开创性的事业吗？"他点了点头，表示完全赞同。

凯茜是去年由佛罗里达调来的。佛罗里达州的迈阿密与犹他州的盐湖城在地理位置和气候上有着明显差异。佛罗里达滨临加勒比海，对面是古巴，海洋性气候，多台风，故风灾频频，海水侵犯，有时甚至有鳄鱼冲到城里。凯茜在医院急诊部、在危重监护病房里都工作过多年，有丰富的临床急救、护理知识技能和经验，这为她从事直升机救护奠定了很好的基础，同时她又学习了急救医疗服务体系（EMSS），学完了专门从事院外急救医助（paramedic）的课程，并通过了考试，获得了证书。她说，她现在已具有七个专业证书，所以能很好地从事她的"空中飞行护士、急救医助"的职业。

竹君对她说："在人们传统习惯理念中，护士是温柔的，在医院里，在病房中，踏着轻盈的脚步，操着娴熟的技能，在病房里静静地护理着病人。"她说："我喜欢空中急救工作，护士可以在病房里如你所说的那样，也可以在直升机上、在救护车上，而且我认为在这种环境下护士、急救医助比在病房中发挥的作用更大。"说到这里，机长和另一位男性急救医助都赞同她的意见，说她干得不错。

他们在与凯茜的谈话中，讲到了空中急救难以避免的职业风险。机长和另一位医助对此都有一种敬业的自豪感。竹君深知这一切，而且包括在这里，在德国，他曾参与过的空中救援部门，在全世界开展空中救援的地方，都有因为执行任务而发生不测的事故，尽管发生率很低，但这是一种伴随着职业风险的献身精神。有相关的记录和镌刻这些平凡英雄人生的碑、牌，参观者是可以见到他们名字的。当然，我们在餐桌上是不会谈这些的。

巨大的直升机螺旋桨已经开始旋转了，越来越快，随之而刮起了阵阵大风，地勤人员已经撤离到离机 30 米处，从机舱窗口望去，仍可清晰地看见他们的衣服被风一阵阵地刮起。直升机平稳地起飞了。俯身下望，直升机盘旋在市区幢幢建筑上，它们慢慢地在我们脚下移动着，越过了犹他州政府的美国国会统一的标准的白色大圆盖帽的大楼，远处又出现了 2002 年冬奥会主会场的建筑，从高处可以看到体育场内那红绿相映的跑道和场地。机长通过话机告知，现在飞行经过的城市的情况和几所大的医院位置，机长有意识地让竹君尽量清楚地看到医院的停机坪，向他说明当时冬奥会的空中急救的一些设备。渐渐地，直升机离开了城市的上空，飞向冬奥会的主要场外活动赛场。

2008 年竹君在美国犹他大学救援直升机内

帕克城（Park City），他在 18 年前，也是在冰封雪飘的季节到过，此前也已多次作过直升机的救护。竹君对它密集的似鹅毛般的大雪片是有所体会的。这里的雪片多较大较干，与通常见到的玫瑰六角状的细柔雪片不同，雪片大很容易堆积，很快可以将大地裹上厚厚的银装，但因气温不是很低，所以太阳一出，也容易融化，所以从地面来了几次，尽管四周雪山漫漫，但道路几乎不见积雪，缺少那种类似"千里冰封，万里雪飘"的感觉，和"林海雪原"那种厚重没膝深雪的滋味。

　　进入帕克城的腹地，直升机简直被周围的重重的雪山包围了，它在一个狭小的空间穿行着，刚从一个白色山谷飞出去，又陷入了一个白色的包围，雪山中显出的蜿蜒曲折的滑雪道，好似画家手中的画笔，在白色的宣纸上，不经意地勾画，却留下了十分流畅的一道道美丽的人文风景线。

美国犹他大学救援直升机（右二为竹君）

　　直升机在盘旋着，在群山中穿行着，滑雪道在群山中蜿蜒自如地流淌着，它不因山高雪厚，也不因山险僻远而缺席，滑雪道几乎均可目及。竹君不禁赞美人类，我们的健儿，他们离开温暖舒适的家园，冒着严寒，顶着刺骨的寒风，在崎岖冰雪中开路，在崇山峻岭中穿梭，在摔倒了又爬起来前进。在受了伤又站起来前行，这就是人类主动接近自然的挑战，这就是人类不畏艰险的奋斗精神的体现。

奥运会，无论是冬季奥运会还是夏季奥运会，是人类自强不息精神和强健体魄的展现，更是鼓励人类不断进步，永远进取的盛大集会，体现了人类不畏艰险、互相帮助、和睦相处的大家庭的联欢。

竹君在天空中浮想联翩。直升机时而腾空升高，刚刚越过了白雪覆盖的一个个山峰，几乎弯腰伸手就可以捏一把松软的白雪；时而下降斜行，在一个个滑雪道上滑行，几乎可与健儿试比滑速。直升机飞行员为了尽量让竹君对雪山有更多更深入的感知，对山谷峰峦、悬崖峭壁的空中急救有更多的了解，在盘旋着，在穿行着……坐在他对面的凯茜也在通过固定着的话机作解释，无论是冬日的滑雪救援还是平常的山地救援，救护车不能及的地方，直升机发挥了独特的作用，所以盐湖城的空中救援有着重要作用。

何止是盐湖城需要空中救援呢？

竹君又想到今春中国南方的雨雪冰灾，想到我们是多么需要有这样的空中直升机的医学救援。它可以及时地发现灾情，可以很好地保护我们救灾抢险人员在深山老林里、雨雪冰霜中的安全，万一发生意外可以不失时机地给予及时抢救，我们是多么需要尽早地建立这个项目呀！国家有这么多的大型高档医院，每年热衷于购置

CT，到现在已经有数不胜数的磁共振，可是我们至今却未能建成我国的空中急救的结构性体系网络，想到此时，不禁低头潸然泪下……

后来的几年，直至 2019 年，竹君几次来到这里，几乎每一次，他都践行了空中急救。空中急救，路虽遥遥，只要坚持，终能到达。

第五章

2004 年底的
『诺亚方舟』

一

2004 年 12 月 26 日印度洋海啸，瞬间吞噬 30 万个鲜活的生命

2004 年 12 月 26 日早晨 7 点 58 分（雅加达时间），国际标准时间 00:58:50，印度洋深处里氏 9 级地震，形成极度暴躁的海潮，翻江倒海，以每小时 800 公里的速度向四周冲去，掀起高达十多米的海啸，疯狂地扑向印度尼西亚苏门答腊岛最北端的亚齐特别行政区，首府班达亚齐顷刻间几乎遭到毁灭。

国际权威部门很快发布了有关信息，震中位于苏门答腊岛以西 160 千米处，所释放出的能量相当于"二战"时美国在日本广岛投下的原子弹的数百倍。如果用这些能量来烧开水供人饮用，那么全世界 60 亿人，每人至少能分到 5 吨开水。

这个躁动的地球，它不经意的一个小小的不合常理的"举手投足"，伤及印尼、泰国、斯里兰卡、印度和马来西亚等国，其中印尼的班达亚齐受灾最重、损失最大，约 30 万个鲜活的生命顷刻间葬身大海之中，美丽的海滩成了墓地，蓝色的大海成了坟场。

不论怎么说，发生在 2004 年 12 月 26 日地震衍生的海啸，瞬间吞没数十万生命的真实，我们这代人是经历了，而包括我国在内的世界不少国家的救援队，他们乘坐飞机，开着船舰，类似"诺亚方舟"和诺亚家人的救援队员们迅速来到重灾区，我们是看到了，而竹君，因工作关系，有了更近距离，真实的接触……

　　先来回顾一下当时的"地理历史学"。印尼亚齐特别行政区的首府班达亚齐，社会治安不甚太平，反政府的武装活动频繁，各种禁令也多。但在这场罕见的大灾难面前，两天后，印尼官方对灾难做出反应，政府和反政府武装也暂时停息了武装冲突。政府允许所有可用资源提供紧急医疗救助、营救和开始修复工作。

　　第一批外来资源于 12 月 28 日到达机场。同日，国际 SOS 医疗小组，由公路从棉兰到达班达亚齐。印尼总统苏西洛宣布对外国援助团体和媒体开放该省，这就为国际救援打开了方便之门，极大地加快了救援工作的进展。最初的救援工作，始于新加坡和澳大利亚政府将军事物资运往班达亚齐，并且在随后的几周内，其他外国军事物资也由各非政府组织安排进入。

　　海啸灾难发生后第四天，12 月 30 日，中国政府派出了救援队飞往班达亚齐。该队的主体组成部分是医学救援队的医护人员，他们是竹君的同事。讲着一口地道印尼语的中国新华社驻雅加达分社记者余谦梁，是在海啸灾后次日最早到达班达亚齐的我国记者，后来为了中国救援队能迅速进入状态，赶来帮助救援队工作。随后，我国相继派出北京、上海、广州、天津及港澳医务人员在内的医疗救援队，其中不乏竹君的朋友。他们飞往印尼、泰国、斯里兰卡等受灾国家。

　　中国国际救援队成立于 2001 年 4 月 27 日，在北京确切称谓是"中国国家地震灾害紧急救援队"。当时计划是经过一年培训后，参加国内救灾；培训两年后走出国门，参加国际救援。此次赴印尼海啸救援的救援队，是继我国自 2003 年 5 月阿尔及利亚地震，2003年 12 月伊朗地震派出救援队后的第三次远涉重洋，是规模最大的境外救援。

竹君密切关注着灾区和救灾情况。因为他不仅工作在救援队医疗队的所在地武警总医院,更是这支医学救援队伍的发起组织者之一。灾害发生的第二天,他的学术秘书,也是救援队的成员告诉他,他们马上就要出发了,要去斯里兰卡,因为那里的灾害最重。竹君疑惑地望着他,因为竹君既未得到这个消息,灾害最重在何处也不清楚。过了两天情况明了,中国国际救援队出发了,重灾区在印尼班达亚齐。竹君在医院的集结处给他们送行。

竹君整日整夜地关注着海啸重灾区的救援情况,同时,他也与时任新华社副社长兼常务副总编马胜荣先生联系着。

海啸灾害发生一周后,竹君的一些国外同事,尤其是很早就参与了受灾国印尼救援的国际 SOS 总监、法国医生 Dr. P. R. Hanem,希望与他进一步商讨救援事宜,同时再邀请一些国际上权威的专家,举行一个小型的评估会议,地点就在印尼雅加达。国外的同事们都希望竹君前来参加。

按照科学规律,重大的灾害事件一般在其发生两周内,此时灾情明朗,救援活动行将结束,正是全面评估的最好时机。

重大的灾害,人类在遭受着巨大损失、付出沉重代价的同时,也获得了宝贵的经验和教训,这是一笔很大的珍贵的财富。科学的评估报告,是用生命鲜血的高昂代价在科学基础上铸成的。它对于社会今后的发展、可持续发展,它对于今后的生存环境、社区的安全建设和医学科技的发展,以至于对我们每个群体、每个人的工作生活,都具有重要的科学指导和警示等重大意义。当今人类不能完全预防、更不可能杜绝灾害的发生,但尽力将灾害造成对生命健康的危害、财富的损失和环境的破坏减少到最低限度，则是可能的，也是必需的。竹君历来是很看重科学评估的。

他迅速做了准备，拟了评估提纲。上午到了国家卫生部与高部长汇报了情况，交换意见。下午到中南海，重点与国务院应急管理专家组闪组长等报告。为了沟通方便，他请新华社在当地派一位熟悉情况的翻译协助完成其工作，一切迅速准备就绪，他轻装上阵，出发了。

2005年1月18日，竹君坐上北京飞往雅加达的CA977中国国际航班的飞机。多少次的国内外飞行，飞机在夜空中平稳地向南穿越厚重的云层驶向目的地，他的心情却似机舱外看不清的风起云涌，思绪翻腾。

午夜时分，飞机已在雅加达上空。晶莹剔透、翡翠般的地面灯光，组成了似万千珍珠串成的条条项链，自如地在岛上蜿蜒曲折环绕着，随着飞机忽上忽下、忽左忽右地盘旋，地面上点点珍珠似的灯光，时隐时现煞是好看。这个千岛之国，这个曾是他儿时小说中读到的神秘而遥远的"爪哇国"，现在终于让他要实实在在地踏在它的土地上，心情不免激动起来。他连忙将表拨回了一个小时，当地时间晚上11点30分，飞机降落在雅加达机场。

他刚跨出机舱门第一步，"Dr. Li"的迎接牌子已醒目地出现在眼前。移民局官员稍加寒暄，马上陪他飞快地走出长长的过道直奔入境处。入境手续办得非常迅速，几乎使其反应不过来。这种速度是他多次出入各国海关之罕见，但也符合他的急救从业特点和风格。

正如熟悉他的人都说竹君平常走路很快，几乎是在跑步。二十几年前,《北京日报》一位第一次采访他的记者,在北京急救中心和他交谈后写的报道,说他走到书橱前,不是走过去,而是"扑过去的"。朋友们看后都说,形容得生动真实。

汽车离开机场在公路上疾驶。凌晨,道路十分通畅,但不时有阵阵暴雨袭来,此时地面温度是 28 ℃,与他刚离开北京时的严寒酷似两个世界。当到达远离机场城市南部的克里什塔尔酒店(Kristal Hotel),雨下得更大了。淋浴洗澡,整理行装,听着窗外沉闷巨大的雨声,像是给他一个下马威。竹君一边预备资料,一边简要地写着提纲,当入睡时已是凌晨 4 点钟了。

上午 10 点,国际 SOS 救援中心全球医务总监 Dr. P. R. Hanem 已在其印尼总部雅加达办公室等待。都是老朋友了。早在 1989 年初他们就认识,近年来,随着国际急救事务的日趋繁忙,尤其是随着全球经济一体化的大趋势,竹君提出的"全球救援一体化"的理念也深得他的赞同。所以自 2003 年"非典"(严重急性呼吸综合征,SARS)后的每年 10 月,中国每年都举办一次中国·国际现代救援医学论坛,Dr. P. R. Hanem 多能前来并作专题报告。

竹君赞赏他领导下的国际救援组织的理念和运作。从 1989 年初认识他时的"亚洲国际紧急救援中心"(Asia Emergen Association,AEA)发展壮大成今日全球最大的国际 SOS 救援中心。当时,这位法国医生、年轻的急救专家,能有如此经营才华和专业知识令竹君钦佩,对方也赞赏竹君的理念和开拓精神,彼此欣赏吧。

竹君想起第一次(1983 年春天)到达巴黎的情景。法国的全国急救组织 SAMU 在世界上是很有名气的。看来法国人对急救事业情有独钟似乎是有"遗传基因"。20 世纪 80 年代后期,当时的亚洲国际紧急救援中心（AEA）已在中国进行了近两年的咨询筹备却未有进展，竹君想尽力促成 AEA 在中国的落户。竹君认识到中国的改革开放需要这样的通达世界的急救组织来开展全球的业务，急救不能闭关锁国。他找到了主管部门，找到了有关领导，积极促成了此事。

国际 SOS 救援中心全球医务总监 Dr. P. R. Hanem 也是专程从新加坡总部（SOS 欧洲总部在英国伦敦，亚洲总部在新加坡）赶来主持讨论会。

地震海啸的基本情况是这样的。12 月 26 日印度洋发生海啸灾难后，SOS 迅速做出反应。灾难发生的第二天，第一批由雅加达医护人员组成的医学救援小组飞往受灾最严重的班达亚齐，是最早到达的医疗小组，开展抢救，一周后 SOS 派出了一个评估小组也到达那里。

此间，竹君了解了中国国际救援队到达班达亚齐的情况。中国派出的第一支也是国内最早派出的救援队，是于 12 月 30 日离京，30 日上午 10 点，竹君与队员们在医院门口握手道别，看着他们的汽车驶向首都机场，但飞机直到晚上才起飞，没有降落在班达亚齐。因为机场小，容不下众多飞机的降落，最后只好从空中飞到了马来西亚的吉隆坡，几经周折，直到 12 月 31 日才到达目的地。

职业的本能，专业的知识，从医的生涯，此次的灾情和从国内同救援队一起到灾区的记者的新闻报道，难以深入细致准确地反映出来，竹君需要从多种途径尤其是在这里获取。

下面是竹君在 2005 年 1 月 19 日凌晨及上午赴会途中，读到的一份早期有价值的科学报告，这在当时是十分珍贵的一份报告。对于今天的读者，也许对其内容认为有些出入，但它是一份 2005 年 1 月 12 日在印尼完成的，是当时还没有公开发表的一份原汁原味的科学报告中摘录的部分内容。竹君之所以摘录，主要为从事这方面工作的政府官员、专业管理者的"有心人"所注意，"明天"也可作参照样式。

　　2004 年 12 月 26 日早晨，由海啸引起的里氏 9 级地震袭击了泰国、斯里兰卡、马尔代夫、印度的东南沿海以及东北部分地区和印尼苏门答腊岛。

　　这是印尼亚齐特别行政区首府班达亚齐（Banda Aceh）记载中的第四大地震，发生在当地时间 26 日早晨 7 点 59 分，造成城市中许多大建筑物的毁损，只留下大多数一层木质和砖房房屋未受破坏。大约 30 分钟后，估计为 7～10 米高的海浪袭击了港口，横扫城市的北部、中心和西部部分地区。在被海浪撞击的最为严重的城市西北部，建筑物在海水淹没低地时被摧毁。一艘轮船被从港口卷起，甩在大约 5 公里外的内陆，倒在毁坏的房屋和地面上。没有出海的渔船，有很多从岸边的停泊处被抛到很远的市中心。汽车和一些重型机器被抛来抛去，在海水的冲击下裂成碎片。在市中心，被损坏的建筑物和被海水带来的各种城市生产、生活、起居物品和残骸等，堵塞了街道通路。

　　医院、旅馆、警察局和政府建筑，在这场灾难中也未能幸免。城市西部的中心，只有最初建于 13 世纪的拜图拉赫曼大清真寺（Masjid Raya Baiturrahman）未被海浪破坏，因为它建在一个略微高的地方。

海水退去，这场灾难引起的死亡代价立即显现。1月5日，21 000多具尸体被掩埋在通往机场的公路两旁的大墓地里。此间，找到的尸体以每天大约250具的速度在继续增加。两家医院奋力抢救大量伤者，他们的伤病是各种外伤、骨折和海水侵蚀相关的疾病，尽管死亡的代价巨大，却大约只有3 000人因在灾难中受伤而住院。

这次打破了以往限制外国对被冲突充斥的省份的沟通政策，极大地加快了救援工作的执行。最初的救援工作，始于新加坡和澳大利亚政府将军事物资运往班达亚齐，并且在随后的几周内，其他外国军事物资也由各非政府组织安排。当国内和国际机构的援助努力迅速改善了该市和东部沿海受灾地区的形势时，西部沿海地区的城镇和村庄的公路由于灾难的侵袭而阻断，仍然孤立无援。

尽管联合国办公室做出了最大的努力协调道军事和非政府组织（NGO）人员，NGO、政府和军事物资的协调开始时仍很困难。一个重要的障碍就是协调直升机运送物资的核心机构建立十分缓慢。这意味着各NGO为资源而竞争，从而不能在救济努力中取得协同配合。从工作出发月8日起，有迹象显示改善组织和分配后勤物资的优先顺序的努力开始起作用了。负责协调救援的联合国灾害评估与协调队（UNDAC）已经在联合国建立了一个人道主义者信息中心（HIC）进行协调，并且每天举行众多会议协调救援工作。UNDAC向联合国常驻协调机构和联合国人道主义事务协调办公室（OCHA）汇报工作，负责协调帮助印尼政府对灾害做出的 NGO、政府和军事救助。

到救援工作的第二周结束，空投食品的紧急援助通过美国和新加坡直升机已经实现，但西部沿海地区局势的评估仍然不足。世界粮食计划署（WFP）能够使用直升机每天运送 16 吨食品。美国援助人员担任对沿海地区的初步影响评估，由参加直升机空投工作的美国海军小组协助。遗憾的是，起草本报告时，这些简略的调查结果，还没有与渴望开始救援方案并使用迅速筹集的募捐款的过多的援助机构共享。

形势：

尽管海啸对位于海岸线上的居民和财产产生了毁灭性的影响，但是这些自然灾害通常不会毁坏帮助恢复必需的大部分关键财产。在大多数情况下，淡水、食品和能源在海啸的后果中都是相对可恢复的。亚齐（Aceh）受影响的大部分地区情况都是如此。但是，恢复努力的新增困难来自于连接位于西海岸的偏远地区的通往较大的人口中心的海滨公路的毁坏。

到 1 月 9 日为止，班达亚齐的局势仍很稳定，恢复工作平稳进行，城市主要部门恢复了正常运行，这是值得称赞的进展，城市绝大多数的街道被清理干净，恢复工作小组和居民有机会进入内部被毁的建筑物，移走少量仍困在现场的尸体，开始清扫现场。在城市东北部，严重毁坏的建筑致使道路仍然不畅，许多地区被水浸泡，残骸限制了车辆的通行。机场的持续运转能力，通向棉兰的畅通公路，可靠的电讯和充足的能源、食品和淡水降低了救助和恢复工作的复杂性。

东海岸：东海岸地区在国际援助的帮助下也恢复得很好。从 Sili 到 Lhokseumawe 的公路对于所有沿海地区仍然通畅，供给品能够用卡车直接从麦运送到受灾地区。由于相对小的损失和恢复的良好前景，本报告不再深入提及东海岸的形势。

西海岸：西海岸沿线的大部分城镇仍然孤立，需要医疗和食品援助。西海岸的恢复和救助工作由代表印尼军队的新加坡共和国武装部队（RSAF）特遣部队协调。1 月 6 日，RSAF特遣部队司令官 Goh 将军，报告说多达 90% 的公路、桥梁被毁坏，海滨公路上的沥青被大面积冲毁。尽管轻型飞机和直升机可能进入米拉务（Meulaboh）（西海岸人口最多且受灾最重的地区），但是地震引起的跑道碎裂使大中型飞机不能起落。西部救援的焦点是针对 Meulaboh Singkil 的，建立区域执行基地来救助更小的沿海地区。

安全：

随着亚齐独立运动组织（GAM）在 12 月 27 日的单方停火宣言，省间的安全问题得到显著改善。直到这个宣言发布时，印尼军队和警察以及 GAM 局势的发展速度很快，一周有10～15 个激进分子和军事人员在冲突中丧生。尽管冲突和恐怖袭击发生在首府和海岸线上的大城镇，但大部分冲突还是发生在省内。停火宣言导致激进派活动显著减少，但是没有消灭治安部队和叛乱分子之间的冲突。许多报告声称 30% 驻扎在亚齐的军队单位继续进行进攻性行动。这个问题没有得到证实，应当注意部队郑重承诺救助工作的所有方面。

预计参加援助工作的外国人员风险很小，至少在救助和恢复工作期间是这样的。当前,班达亚齐的总体安全形势是缓和的,没有报告有针对援助活动的叛乱。官方声称上周在班达亚齐的警察总部发生了一起武装抢劫活动,一名身穿机动旅(Brimob)制服的人抢劫了一名工作在 GAM 的外国人。这次抢劫几乎肯定是治安部队的成员所为。尽管这个形势将无疑导致财政犯罪,但只要避免个人独处,这种事件的可能性仍然很低。

恐怖:

一家联合媒体 1 月 7 日的报道提出了恐怖分子袭击参加援助活动的外国军事部队的风险的忧虑。这则报道始于一个标语,它张贴在机场的直升机着陆地带,并邻近一系列帐篷……据估计,在班达亚齐和西部沿海地区参加救援的人员和办事人员不可能成为分裂分子和犯罪分子的目标。个人避免独处即可。

医疗:

概况。海啸的破坏力使亚齐特别行政区 8 万人丧生。尽管许多人受伤,来自救援机构的报告称受伤人数(约 3 000 人)远小于死亡人数。伤情包括腿部和胳膊的骨折、裂伤和擦伤。灾难使许多人伤口感染及发生并发症,如肺炎和破伤风。由于不利的感染控制措施,许多下肢伤者需要进行膝下截肢。医疗设施:该地以前的七家医院中,只有两家在本报道时执行救助,第三家正在准备在最近恢复医疗(它已经从 1 月 6 日起开始接诊病人)。期待当医院能力有所改善时,大部分仍需处理的伤员将被转移到公共医院。两家医院奋力抢救大量伤者,各种外伤、骨折和海水侵蚀相关的疾病，尽管死亡代价巨大，却大约只有 3 000 人因在灾难中受伤而住院。

这份评估报告的内容于今天，并不会使我们感到有什么特殊之处，但在当时，却使竹君十分震动，他几乎把每一句话都要"吃下去"。与此同时，他已听说，印尼政府与分裂主义武装的代表将在国外进行谈判，不久从新闻中得知谈判在芬兰首都赫尔辛基举行。真希望那座正处冰天雪地但却充满和平安详的北欧城市，将双方烧红的枪管、烤烫的炮筒冷却，愿遥远的北冰洋芬兰湾的严寒，浇灭靠近赤道的苏门答腊岛的火焰。

人们期盼世界和平，祈祷人民安康！

二

最早到达班达亚齐医生的叙述

当海啸形成一道道弧形水幕，铺天盖地向海岸城镇疯狂冲击过后，现在面对平静的大海，你似乎无法在它上面寻觅到什么。竹君与最早到达班达亚齐灾区的一些外国医生了解灾情，也与中国驻印尼大使、参赞们讨论，与印尼卫生部官员交流。

当世人的目光被电视、电台、网络、报刊媒体播发的大量的画面、文章和信息——介绍救援队在受灾国家开展工作，呈现着各种繁忙、紧张、热烈的场面，在临时开设的诊所、在难民营里巡诊医疗，或在简陋环境的手术台上，或在抢救室或在护送途中的情景——所吸引时，欧美日及澳大利亚、新加坡等国家的救援队中有一些专家，却忙着做深入细致的调研、讨论和评估。搜集灾区的多种资料，记录病史及医疗救治情况，追踪疾病的发展，了解当地既往疾病的流行，海啸灾情对人体伤害的特点及与常规医疗的对照，下一步恢复重建医院的依据……

上述种种，对于大多数读者而言，甚至对我们救援队员来说，似乎并不重要。再加上所处条件的限制，陷在局部地区，面对灾民医疗，又缺少自己的交通工具，也难于较全面深入了解灾害救援的始末和一些重要过程，但这实在是一项十分重要的工作。我们还应该了解其他国家救援队的工作，这并非出于兴趣或猎奇，而是用第三只眼来观察、来学习、来提高我们自己。

"他山之石，可以攻玉"，尤其在国际救援上是要下大功夫的，攻出为我们的发展所需要的好玉。要知道，中国国际救援队的境外抢救，毕竟处在起步阶段。要虚心地学习他人之长，丰富自己。何况，机遇不多，丰富的灾害科学资料的收集和研究，这实在是一个难得的机会。竹君十分重视交流讨论和评估。他与最早到达班达亚齐的几位医生进行了深入有益的讨论。

Dr. Ari Widodo 是一位 37 岁、中等身材的医生，是国际 SOS 第一个评估小组的负责人，是与由新加坡前来的卡麦隆先生共同完成书面评估报告的起草人，所以他掌握了很多的第一手资料。

他打开了笔记本电脑，条理清晰的文字提纲，以及一幅幅的照片，给竹君展示了班达亚齐市的最初救援开展概况。之后，他展示

印尼海啸后照片

了泰国等一些其他受灾国家的资料、图片,并将评估报告作了介绍。由于事先已有过一次交谈,尤其竹君阅读了他的评估报告,对此有了基本的了解和认识，所以他们很快进入了讨论"角色"
阶段。

随后，他会见了雅海南医生。这是一位 38 岁、中等身材的医
生，有着中国血统，祖籍广东。他和安伟达医生，两位从身材和长
相都颇相似。他是雅加达前往此次受灾最严重的班达亚齐市的第一
支医疗队的负责人。该队共由 10 人组成：4 位医生，6 位护士。国
际 SOS 2 位医生，另外 2 位医生来自雅加达的一家印尼基督教开设
的医院。

12 月 27 日中午，他们乘坐一架军用飞机由雅加达飞往苏门答
腊的棉兰（Medan）。到达棉兰已是晚上，当时大批的灾民从班达
亚齐涌向棉兰，城里的秩序很乱。城里汽车虽多，但无汽油，无法
前往班达亚齐。当晚他们宿在机场。第二天，即 12 月 28 日上午，
医疗队沿公路到达班达亚齐。

安伟达医生的这支医疗队带着急救包和一些救护常用的药品和
敷料。由于当地死的已经死了，生存下来的人，能够行动的大多逃
进了地势较高的机场地带。对于华人来说，因为多数有亲属在棉
兰，所以已经想方设法"投亲靠友"去了。安伟达医生说："我们
面对的是大量的创伤病人，因为早已过了 24 小时，伤口发炎化脓，
主要的工作是处理大量的伤口，大量清创，以及处理骨折等各种外
伤，所以护士明显不足，十分需要护士来处理这么多伤员的伤口。"
他接着说道："我们事先估计不足，所带的药品、敷料、器材不够
用，在现场真正发挥作用的是这些东西。"随后他用十分强调的语
气说："对于这场灾难，这样严重的灾难，一定要有救援组织，一
定要有充足的医疗物资。当时很乱，最基本的情况都不清楚，最起

码的医疗装备都显得很不充分。即使那时来了不少的医生、护士，如果没有很好地组织，没有相应的医疗装备物资，没有很好的运作机制，也很难有效地开展救援工作。所以，不久苏西洛总统说，一定要组织针对灾害的救援队。"

"我们在班达亚齐工作三天后，于 12 月 30 日返回。"他总的评价是最早期的救援工作十分重要，"我们也发挥了作用，但装备严重不足。最大的问题是包括救援人员在内的基本吃住都十分困难。"

安伟达医生是评估小组的负责人，评估是在灾害发生一周后两周内进行的，即 2005 年 1 月 6 日至 8 日，对于一场重大灾害事件而言，这个阶段最适合做一份客观的评估报告。

因为经过一段时间后，灾情的发生及造成的破坏情况已经证明了，人员的伤亡，尤其是医学救援的需求已经确切，下一步医学救援的综合走势十分清晰。除了灾害直接造成的伤害暴露无遗外，间接的衍生出的各种伤害、疾病，以及因发生地的环境、气候、饮食、公共卫生，也在此时开始陆续表现。此外，政治因素、治安状况等一系列社会问题随之出现，凡此种种，都影响伤害疾病的发生、流行。

一个向国外派出救援队的国家，在着重于开展人道救援的同时，也应该利用这样的时机，改善、巩固国家间的友好关系，加强科学技术合作，尤其今后在面对灾害挑战时的互相支持。所以，派出救援队的同时，由资深专家指导参与科学评估，则是政府高层重要的举措，既帮助了受灾国，也提升了自己国家的形象。

一个成熟的急救组织，有经验的救援队必须注意的是，在奋力开展救援的同时，一定要进行科学评估。不要把评估看得多么神秘复杂。从一开始得到信息，参与抢救，就要科学地记录每时每刻的工作，就要保存病例、诊疗疾病的原始资料，就要经常地定期进行检查。关于医疗情况，愿在这里多占一些篇幅，以为读者中的医务人员尤其是政府、社团管理人员提供一些参考。

此次灾害使亚齐特别行政区8万人丧生。尽管多数人受伤，但来自援助机构的报告统计，受伤人数目前约为3 000人，数目远远低于死亡人数。伤情主要是腿部（上下肢）的骨折、裂伤和擦伤。灾害使许多人的伤口感染及发生并发症，如肺炎、破伤风，由于未能有效地控制感染，许多下肢伤者需要进行膝下截肢手术。

在班达亚齐市的七家医院中，只有两家医院（即Fakinah医院和军队医院）在本评估报告时仍在执行救援；第三家公立医院准备在最近恢复医疗（它已从1月6日起开始接诊病人），大部分仍需处理的病人将被移到公共医院。

一个澳大利亚战地医院小组正在这家医院搭建手术室，并将提供护理和医疗援助。印尼、新加坡、德国和法国医疗小组也将支援医院的手术。后来见到中国国际救援队的同事们，他们告知，中国国际救援队也在该院开辟了3～4个病区进行医疗救援工作。

竹君想特别提出关于"医疗失衡"的问题。那时国内的同行们都愿为此贡献力量，希望开赴"前线"工作，这种心情是能理解的。但事实上，现场所需并非国人所想。

在评估调研中，专家们也提出并讨论了一个问题，就是医务人员配备编制上，短缺了护士。这个问题很快在中国驻印尼使馆、新华社雅加达社朋友们的谈话中得到了印证。

在我国医疗救援队组成时，竹君一直强调了护士的地位与作用之重要。唐山大地震救灾时，竹君不仅作为一个医生，点对点地救护伤病员，同时做着大量的"检伤分类"工作。这个工作使医护人员突然间面对大批群体伤病员时，要能很快地分清轻重缓急，从而科学有效地在现场分配急救资源。通常分为四类，首推是那些要立即抢救，否则马上致命的；其次是那些要尽快处置，否则伤情会迅速加重的；再次是那些可以稍后一步处置的；最后是已经死亡者的另行安置。因为现场当时的医疗资源（人力、装备及转运工具、条件等）和运输力量等有限、现场及周边情况（如运输力量和运输状态，安全与否等）有诸多制约因素，总之，条件是十分有限的。

以有限的资源、力量有效快速地处置伤病员，是检伤分类的核心内容。凡有经验的护士、护士长的作用往往比普通临床医生能力强得多。而在现场，面对伤病员，更多是"处置"，也就是动手操作！

护士，处置动手能力强于医生（并无贬低医生在诊断、治疗时做出决策时的关键重要作用），而在灾难现场，这个能力就显得尤为重要，尤其当深入灾区时，医疗队往往又要分成若干个分队乃至小组，护士的动手能力就更强了，但通常会忽略护士的动手能力，所以在医疗队中护士比例极低，甚至缺少。所以组队时，竹君主张医生与护士是 1：1 配置。

这次印尼海啸灾害救援中，个别亚洲国家的救援队缺乏护士，从我国的医疗队借出了一名护士，那位护士很好地完成了任务，受到交口称赞。新华社的朋友高兴地与竹君谈了此事。回国后，竹君专门与她谈了一次，后来她更热爱救援队工作。

三

与中国驻印尼大使的谈话

那些天，竹君城里城外地忙碌，医院现场到处奔波，使馆同志为竹君工作的方便，特地请了一位华侨为其开车。这位华侨人很好，十分热心，听说是为大专家服务，十分乐意。他是为了印尼海啸救援工作从国内专程赶来的。这位李先生年约50岁，黝黑的脸庞，身体结实，为竹君到处奔走开车，忙碌至极。每次从外面回来，竹君忙于开会讨论，使馆的人就陪着他。会议之后，竹君又要出去，他又马不停蹄地驾车上路。

路上，这位华侨高兴地对竹君说："使馆的人太好了，他们陪我在使馆各处走走看看！没想到中国使馆这么大！"言谈中流露出兴奋和骄傲的神情。后来使馆的朋友告诉竹君，并对他神秘一笑："他可不是普通的司机，而是个很有钱的大老板呀！"竹君从他衣着谈吐上也早已看出，他穿得虽然普通但很得体，整洁干净，讲话随和，注重礼仪，他更从言谈话语中说出了"中国派出了救援队来救灾，实在太好了，这比以前仅仅捐一些钱物影响大多了"。他很自然地说道："国家强大了，我们华侨地位也提高了，也少受气了。"竹君坐着他开的车到了使馆，大门马上打开，下车时他像对竹君说又像是自言自语："他们对我那样的礼貌周到，我们的中国使馆，真是让我们扬眉吐气！"

这很普通的一番话，或者说，过去在阅读书报时讲到华侨的情况时经常见到的，但在今天亲耳听到，真实感受到了这位普通华侨充满了对中国的爱!

雅加达的天气不仅炎热,而且一日气候变化多端,竹君的事情又多,办事时间时长时短,有时车子一等要好几个小时,有时是前脚刚停下,马上又要出发。他只好抱歉地说道:"不好意思,太麻烦你了!"而李先生却坦然地说道:"没关系,我能为你做事已经是高兴得不得了啦!"言之诚心,听之感动。

当时一些报道和评估称医疗人员的"过剩"问题,而真正需要的人员又奇缺,造成了"医疗失衡"。这是一个十分值得关注的在班达亚齐市的医学救援中存在的普遍问题,当然在公立医院中尤为突出。

这次海啸灾难,无论是印尼国内还是国际社会,都提供了很好的支持,这是十分明显的。但是,也凸现了一个事实:医疗人员极度过剩,结构明显不够合理,并且存在着大量的技术差别,尤其是早期外科创伤医生和熟练护理人员的严重缺少。在评估小组离开时(1 月 8 日),确定了改变这种状况的第一批人员,来自法国、德国和澳大利亚的医疗小组做出了相关的重要调整。随后,公共卫生、心理医生也成了迫切的需求。为此,竹君向中国国际救援队提出了人员结构调整的要求。

竹君在印尼的工作幸而有新华社驻雅加达记者余谦亮的帮助,使他事半功倍。余先生不仅能讲一口流利的印尼语(所以前些日子他为中国国际救援队在当地开展工作充当翻译,沟通情况),还承担着其他大量重要的工作。我国驻印尼使馆、新华社真是忍痛割爱为竹君派了这位"尖子"当他的助手。他们对竹君说:"你的工作无论对国内还是国外都很重要,而且谦亮十分了解情况,对你会有很大的帮助。"事实确实如此。更难能可贵的是，这位余君为人真诚，实事求是，是一说一，是二说二，这使得他了解到更多的真实情况，包括我国国际救援队的工作，对"评估报告"起了重要的作用。

　　现在只能摘录几件要事。竹君与印尼卫生部主管灾害的官员、主管护理的官员作了详细的交谈和有关救援事项的深入讨论，那是非常有益的。因为对方都是了解情况、做实际工作的，又有一定权力的官员。事先，谦亮记者与竹君就是这样商量的，一定要与实际从事救援工作的又有一定权力的官员交流，这样既可得到真实情况，又为下一步工作提供方便。职务太高的官员见面，都是礼节性

竹君与印尼卫生部官员会面（2005 年 1 月，雅加达）

的，而且他们未必了解掌握真实情况，与其交谈意义不大。他的想法与竹君不谋而合，因为竹君经历这样的事件太多了。礼貌是必需的，但不了解真实情况，或有意夸大或缩小真实情况都会严重地影响观察分析事件。

竹君用当地华文报纸《国际日报》2005 年 1 月 25 日刊登的消息对此作了简要介绍。标题是：印尼卫生部处长会见中国医疗专家，希望中国帮助灾区重建医院。

新华社雅加达 1 月 24 日电（记者余谦亮）　印度尼西亚卫生部官员 24 日在同到访的中国急救医学专家会谈时表示，希望中国方面能帮助亚齐灾区重建医院。

印尼卫生部医疗总司专门医疗处处长拉特娜女士当天与到访的中国灾害防御协会救援医学会会长李竹君会谈时作了上述表示，并向李竹君介绍了亚齐各地区医院在灾害中的损毁情况和印尼卫生部对这些医院的恢复和重建计划。

拉特娜对中国政府和人民在灾后对印尼的帮助表示感谢，并希望中方能帮助和参加亚齐受灾医院的恢复重建活动。她同时表示，目前灾区非常需要护士和妇科、儿科医生，很多难民营附近也迫切需要流动性诊所进行巡诊。

李竹君向印尼同行转达了中国政府和人民对印尼灾区人民的问候，并表示将向中国卫生部转达印尼卫生部的需求和建议，供决策部门参考。

李竹君目前正在印尼进行海啸灾后医学救援工作，他当天拜访了印尼卫生部，并和有关负责国际合作和灾区医疗的官员进行了会谈，了解了印尼方面关于加强灾区医疗工作的一些信息。

李竹君教授是国际著名的救援医学专家，参加过多次重大灾难事故抢救，参与了中国国际救援队医疗队的创建，这次是应国际SOS救援中心的邀请到印尼做灾后医学救援工作的专业考察和评估，以便为我国今后的急救工作提供科学依据和参考。

竹君的评估工作之一，是与中国驻印尼大使馆"家里人"的交流讨论，再加上彼此都是讲真话，用心在交流，目的是把救援工作做好，为今后的工作提供科学的建议。卢树民大使是一位经验丰富的外交家。他与竹君坦诚地交换意见。竹君还与公使等使馆其他官员进行了数次长时间的谈话、交流。大家都认为，这次印尼受到如此巨大的灾害，中国政府和人民尽心尽力给予了援助，尤其派出了救援队到重灾区进行救援，这对促进两国政府、人民的友谊起了积极的、重要的作用。

可以想见卢树民大使当时的公务是极其繁忙的，但他对竹君的到来十分重视。他说，医学救援是一项受人关注、影响很大的工作，这次李大夫与印尼卫生部，以及各方面的人士交流和讨论，对我国今后开展国际救援会有很好的帮助，尤其要提些改进措施和意见建议。竹君与卢大使深谈了近两个小时，其中，着重讨论了"信息准确"的问题。

"当一场重大灾难降临，尽快到灾区去救援，人们的心情完全可以理解，"卢大使说，"但必须要弄清楚情况，我当时请他们在北

竹君与中国驻印尼大使卢树民（左）沟通救援情况（2005 年 1 月，雅加达）

京稍晚一点出发，因为班达亚齐的机场很小，很多个国家的救援队
要来，很多紧急抢救物资要送达，机场容纳不下。使馆与机场不断
联系，而我们的飞机已经从北京出发了，大家心急如焚，到了这里
的上空落不下来，着急呀！最后只好通过各种途径让飞机先飞到马
来西亚……”

一生中经历无数次抢救的竹君，对卢大使所言深有同感。现在
我们经常看到的一些用词，如“第一时间”就到达了现场。本意是
好的，宣传效果是好的，但这个“第一时间”是要有基本准确的信
息为基础的呀！

竹君对大使说道，此次地震海啸一发生，他的同事很快告诉
他，救援队马上就要出发了，要去斯里兰卡，情况不明嘛，几天后

海啸已经过去一个多月的场景

是到了印尼。后来，回到北京，竹君也与救援队的同事们专门讲到了信息准确这个问题。因为我们今后会经常外出救援，这是个首要的重要的问题。竹君还与救援队说了抢救资料的保存等问题。他们告诉竹君，中国国际救援队在印尼抢救了多少多少人。竹君说要符合基本事实呀！否则内行一看就知道不确切。凡此种种都使竹君认识到，中国国际救援队任重道远，有很多工作，尤其是医疗救援队任务更重，规范抢救标准要抓紧做呀！竹君心中十分着急。他也深感卢大使是一个实事求是、很好的外交官。

他们两人沟通交流顺畅。由于晚些时候卢大使还要出席一个招待会，不得不结束了谈话。他言犹未尽地问竹君："你晚上还有什么事呀？要不，你与我一起去参加招待会？"竹君婉谢了，因为他随后安排的事情也等着呢！

次日，大使出发去看望救援队了。带点什么东西给他们好？大家商量着说道："你是中国驻印尼大使，你去看望救援队，意义非凡！你是祖国的亲人，是在印度尼西亚的最高最权威的代表，既是官衔，更是亲情的表达，东西是要带的。"不知是谁说了句，带苹果吧！好，每人一个苹果，号称水果之王，真是好主意，大家不约而同地说好。苹果的谐音，平平安安，亲爱的读者定会理解，在当地这火热大灾救援时，平安健康可是大福气呀！尽管几天来已经清理了不少，但尸体所产生的大量气体，甚至可以将尸袋撑破……

回国后竹君紧张地写评估报告，除了专业救援业务以外，还有一项重要的工作是竹君将了解到的情况反映给政府，并提出建议，以引起政府对相关问题的关注，这样使得我们今后在开展救援上能更顺畅，事半功倍。他给国务院领导写了一份建议。要知道那些日子，信息多杂，真假难分，在社会上有时会引起轩然大波。但凡大灾后，古今中外都会有这类事情。给领导提供真实的信息有利于工作顺利开展，这是竹君一生中给自己定的任务。

他给自己设定的时间是春节前一定要完成评估报告，终于在除夕前一天写好了。国务院领导很快对此做出了指示，因为涉及相关部门，所以该报告又分别批转到外交部、商务部、卫生部、民政部。竹君时刻不忘自己的使命——责任重于泰山，救命高于一切。

与此同时，竹君考虑到北京作为中国的首都，又处于地震区域，加上多种因素，通过印尼海啸如何汲取教训，城市的安全和急救要做哪些预警工作等，重点谈了关于科技救灾方面的问题。他写了信给北京市市长王岐山，王市长也很快作了批示。

因为 2003 年春的那场"非典"，着实使国人认识到了什么是公共事件、什么是公共卫生事件、什么是突发事件，个体和群体、城市和社区、单位和家庭……该如何应对？我们的城市和相关的急救机构（确切地说是体系）准备好应对了吗？……竹君忧心忡忡，"位卑不敢忘忧国"，他给国务院总理、副总理致信后，领导很快批给了卫生部部长和北京市委书记、市长。

2005 年春节后，刚上班不久，医院行政楼是安静的，但工作是紧张的。竹君办公室的电话铃声响起，传来了一位女性的声音。她自报家门和姓名，她是《中华护理杂志》编辑部的一位编辑。她说，杂志社准备近期发一组关于中国赴国外救援队的几位护士在救护当地灾民的病例报告，想请你亲自把把关，审一下稿。因为竹君从未担任过该杂志的审稿人，与她们以前也无联系，但他是很愿意做这件事的。"文化大革命"前，他已经担任了《中华医学杂志》《中华内科杂志》等杂志有关急救和中毒方面的审稿人，但从未与护理杂志打过交道。

我们护理界的同事们工作辛劳，重于实践，疏于写稿，少有著作。所以 1980 年竹君陪高老（士其）与北京协和医院著名的妇产科教授林巧稚大夫（两位都是福建人）会面时，有意将话题引到了护士工作和要关心护士、认识护士工作的重要性上。他说，医院里医护各占一半，平分天下，不能重医而轻护，高、林两位前辈在他的笔记本上写下了"要关心护士的地位和发挥护士作用"，同时也提到了要帮助护士"著书立说"，不能只给她们派活，而不注意培养。

多年后，竹君家住在朝阳区西坝河，晚饭后，他与护理界的前辈、时任中华护理学会荣誉理事长王琇瑛（她是中国获得南丁格尔奖最早的人）在散步时不期而遇。竹君就与她说起前几年高老与林（巧稚）大夫说的护士问题。竹君说得想办法帮助护理界提高整体学术水平，包括大学护理的本科建设，以及护士整体学术水平的提高。王琇瑛当年是留学英国的，她在国外时，护士的资质有博士，而我们中国护士多是"干活"的。竹君一直为护士抱打不平，且为此耿耿于怀。

《中华护理杂志》这个编辑，还希望竹君写篇分量重一点的关于护理救援的学术性文章。她说："我们想把您的文章与护士们的救援文章一同发表。"时间很紧，这倒使他有点为难了。竹君问："为什么这么急呢？"对方说："编辑部在审稿时，觉得护士写的三篇稿子都是参与了此次印尼海啸现场救援的，但感到科学分量似乎偏轻了点，所以，我们后来请日本护理界的一位权威写了篇关于灾害救援的重头文章放在前面，这样，这组稿件登出来就显得有分量了。但是，前天编辑部最后在定稿时，有人提出：三位护士都是中国人，都是在一线实践的，但放在前面的那位专家却是日本的，似乎不妥。因为我们中国也有救援专家。也有医生参与了印尼海啸现场急救，可是一联系，救援队的医生，无一答应，再说也觉分量不够。编辑部有同志说，您是这方面的专家，而且又亲自到印尼去作了评估，所以，您是最合适不过的，冒昧地请您……"她这长长的一通电话，竹君马上痛快地答应了，觉得这是责任，也是其多年来想为护理界做点事，尤其在印尼时，他多次说到在救援时要重视护士的作用，如今，这不正是身体力行的一个行动吗？

竹君同时也提出了一个要求："能否请你们编辑部主任明天过来，我们交谈一下。"很快，对方给予了明确的回答。

次日上午，《中华护理杂志》编辑部的刘主任和编辑如约而至，其中一位作者是本院的高护士，她高兴地陪着同来。编辑部主任带来了拟发的稿件，大家来不及寒暄即入主题。竹君明确地支持这组稿件，并且建议护理杂志今后要有计划、较系统地加强"医院外"救护稿件的发表，彼此取得了共识。随后，竹君提了个建议，这组印尼海啸护理的救援，还应加一个分量较重、文字较多的"编者按"，以引起读者注意和提高护士写稿的热情。主任立即表示同意，她抓住机会说道："这个编者按也请您代劳了。"竹君也毫不推辞！

一直到今天，竹君都认为，我们医药卫生界在学术上、著书立说上支持护理界做得远远不够！尽管我们嘴上都讲尊重护士等，但差距遥远!

亲爱的读者,在你病重或手术后,在你自己难以料理照顾自身时,你是多么希望"白衣天使"护士在你身边,她们的出现是医疗中不可缺少的部分。她们认真地践行着医嘱,同时对病人的心理安抚更是起着不可或缺的作用。

2005 年 4 月,《中华护理杂志》发表了这组稿件。其编者按是竹君亲自操刀,现抄录如下,因为它表达了我们的心声。

近年来,灾害逐渐呈大规模、长期化的趋势,1989 年 12 月 22 日,联合国提出将 20 世纪最后的 10 年作为"国际减灾十年"。国际减灾十年已过,灾害有增无减,形势不容乐观。联合国从中提炼了两条重要的理念:一是"使 21 世纪成为安全的世界";二是提出建设灾害的"安全文化",这个重要理念的提出和实际运作,在各国防灾减灾活动中发挥了极其重要的战略作用。2004 年 12 月 26 日发生的印度洋地震海啸灾难,再一次向我们敲响了警钟:灾害随时都有可能发生,作为护理工作者,应做好灾害救援护理的研究工作。在海啸救援活动中,护士同其他专业人员共同战斗在救灾第一线,发挥了重要的作用。社会学家及医学家已愈来愈清楚地认识到:医学救援离开了护理学的理论和实践,将难以承担其使命,无法开展工作。灾害救援护理已成为目前护理研究热点之一。为了及时向广大读者提供灾害救援护理的信息,本刊组织了"灾害救援护理专题",共 7 篇文章,分别由中国灾害防御协会救援医学会李宗浩会长、日本护理协会南裕子会长、日本兵库县立大学护理学院张晓春博士研究生以及参加此次海啸救援的4位护士撰写，从救援医学及国内外救援护理的各个角度探讨了灾害救援护理的研究背景、目前的研究经验及今后的研究方向，希望能对您今后的工作和研究有所帮助。同时本刊真诚地期望您能将自己真实的感受和经验写给我们，并和读者一起分享。

竹君的文章，以及三位参加印尼救灾的武警总医院、北京友谊医院的三位护士的文章一并刊出。当然，日本在地震灾害救援上有很丰富的经验和现成的理论，日本专家的文章也同时发表，为我国读者提供了一份很好的护理救援的滋养。

竹君在回顾近40年来全球急救医学创立发展的过程中，阐明了现代急救、灾害医学的概念与内涵是立足于医院外的现场及时有效救护，提出了创立、发展救援医学这一重要学科。与此同时，必须科学地认识到医学救援的实施，无论从理论原则和运作内容，是离不开护理学的知识技能和护理人员的敬业工作。事实上"救援医学护理学"已经伴随救援医学悄然而至并绽放光彩。竹君指出，创立救援医学护理学成为救援医学的重要内涵或称为其重要分支已呼之欲出。

竹君的这篇文章据说还是颇受欢迎的，后来在论文引用等的"影响因子"中还占据着较高的位置。科学技术的创新是很重要的。我们不希望总是从实践到实践，而应有在实践基础上的总结、提升、凝练、发展，只有理论才能指导实践、实践是不能指导实践的。

第六章

从战场上走来的『提灯女神』

一

从"提灯女神" 南丁格尔说起

四十年前，即 1983 年秋天，作为北京急救中心项目官方代表团，竹君他们赴罗马与意大利外交部商谈有关事项后，随后到了中部城市佛罗伦萨。竹君对这座城市除了专业外，还有着浓厚兴趣。他在阅读中早已熟悉其大名，国内曾一度将意大利语的佛罗伦萨译为 "翡冷翠"。多美的名字呀！这是近代诗人徐志摩的译本出现的翡冷翠，在意大利语中是 "鲜花之城"，名副其实。

佛罗伦萨，城市不大，知名度却极高。它是欧洲文艺复兴运动的发源地，伟大的诗人但丁、杰出的科学家伽利略、天才的艺术家达·芬奇和米开朗基罗都在这里生活过并做出贡献。所以，一到那里，竹君就感受到这座小城弥漫着文艺复兴的传统气氛，到处都是中世纪的宫殿，大大小小的教堂、博物馆、美术馆遍布多处，真像是踏入了中世纪的科学艺术宝库里。

作为一个急救医学工作者，竹君的脑海里还有着一点专业私藏。一到这座小城，马上想到了一个人，那就是响彻国际护理界、无人不知、受人景仰的南丁格尔。他悄悄地问导游能不能找到 19 世纪在这里出生的南丁格尔的纪念馆或遗址什么的？导游想了一会儿，摇了摇头，抱歉地否定了。

20 世纪 80 年代初，国人知道南丁格尔的还不是很多，但急救与护理的天然姻缘，中国传统文化的 "救护"，不是把两者紧紧地结合起来了吗？所以对竹君这个很专业的急救人而言，南丁格尔实在是太重要了，极其受他尊重。

她出生于英国的贵族名门。1820 年 5 月 12 日，其母在旅欧途中，在意大利的佛罗伦萨生下了她，故取名佛罗伦萨·南丁格尔。南丁格尔生性善良，肯于学习。在克里米亚战争中，她感受到伤员因现场急救不当，伤口感染严重，死亡率很高。晚上她经常提着灯在战争现场查看伤病员。她提出了现场救护、预防感染等系列主张并形成规范，身体力行，使得伤病员死亡率大幅度下降。

出身豪门的贵族小姐，做着当时不为人重视甚至视为卑微苦累的护理工作，但伤病员却受益了。她是真正的第一位护士，她开创了护理事业，力排家族和上流社会而另择生活，为伤病受苦的人服务。人们为了纪念她，纪念她的人道、博爱、奉献精神，将她的生日 5 月 12 日定为国际护士节。1907 年，国际红十字组织在第八届国际红十字大会上设立了南丁格尔奖，该奖是全球护理界最高的奖项。

我国第一位获得南丁格尔奖的人是王琇瑛。这是一位学成于北京协和医院后，被公派至美国哥伦比亚大学获硕士学位后回国从事护理教学的人，后来又应邀到英国进修。

20 世纪 90 年代前后，竹君刚搬到北京朝阳区西坝河，他不好运动，除了年轻时喜欢打篮球，对体育运动几乎没有爱好，但他喜欢散步，母亲常说的"饭后百步走，活到九十九"，他视为信条，所以竹君晚饭后要散步半小时。说来也是缘分，他的楼与王琇瑛女士的楼正好是前后，所以散步时经常碰到，很快认识并熟悉了。她中等身材，慈眉善目，温和而富有教养。彼此都是医学领域的人，她比竹君年长，所以，竹君自然称她为王大姐。当时北京急救中心刚开业，竹君也算沾了点儿名气，业务、学术交流等活动都有他的身影。他们很快聊到了各自的专业。竹君讲到救护时说道："无论从中国的传统文化，还是现代西方医学卫生，医生救治与护理的急救应该融合为一体，日后开创一门有医生急救学术践行在内的现代救护学，把急救与护理融合的学科。"王琇瑛很同意支持这个观点，并且要与其合作，系统全面地考虑创立这个学科，编写教材。

几次不期而遇的散步，彼此学术火花相撞，使竹君创立这门学科的劲头更大了。当然，她不像竹君这样的激进好冲动，说话总是细声慢气的。但她确实认同"护士应该从医院病房、柔和的灯光下，迈着轻盈的脚步走出医院的围墙，走到社区，走进现场"的理念。当她听到过几次"社区"这个名词时，显得有些惊讶。

20世纪80年代末，"社区"这个词是不怎么被人使用的，她听到竹君很自然而且多次讲到社区的医疗，特别提到社区医疗中的护理的分量往往还要超过医疗力量时，开始显得有些不平静了，觉得这个急救专家有些不平常，有思想、有见地。渐渐地，她也开始滔滔不绝地与她说起他在英国皇家护理学院被授予荣誉称号，还邀请她考察了社区家庭的医疗护理状况，等等。她认为，家庭医生的体制很好，护士也能发挥很大的作用，为一般家庭常见普通疾病的诊疗发挥很好的作用。

不像我们一点儿小病，就朝大医院跑，孩子得了普通感冒就往北京儿童医院去，这些家庭医生都可诊治，护士也有能力进行处置。大病重病、疑难杂症病人确需到大医院。发生紧急危重症情况时，呼叫急救，丝毫不用担心医疗的延误，从而可以大大节省人力物力。

　　她说，我们不需要建那么多的大医院。她说，英国的家庭医生护理的这些制度和做法是值得借鉴的。他们又谈到了医学护理的科普，两人都是科普积极分子。她告诉竹君，她得过不少科普奖项。她和竹君还就今后出现的老龄化社会的家庭医生和护理的话题进行交流，也是英雄所见略同。

　　王琇瑛虽比竹君大了 28 岁，但看上去身体不错，思维正常。他们都把散步视为不经意、不苛求形式的锻炼身体，同时也是交流思想、锻炼思维的好形式。人们常说的身心健康，散步不也是锻炼身体、维护心力健康的很好的方式吗？

　　就在与王琇瑛先生几次散步随谈中，竹君进一步认识到，未来新世纪，医、护必将有重大的融合。

二

缅怀红十字运动创始人亨利·杜南

　　竹君对红十字运动创始人亨利·杜南的故事很感兴趣，对他开创红十字事业非常赞赏。他总是把亨利·杜南与南丁格尔联系在一起，认为他们是现代急救医学事业的开创人，是向公众普及急救的先驱者。

　　亨利·杜南生于 1828 年 5 月 8 日的瑞士日内瓦，比南丁格尔小了 8 岁。他们都生活在欧洲文艺复兴运动后呈现成果的时代。众所周知，文艺复兴运动结束了神权结合宗教扼杀科学的历史，废除了阻止社会进步的种种障碍，经过 3 个世纪，到了 18 世纪，人文主义（又称人本主义、人道主义）是以人为中心，赞扬人的价值和尊严，科学反对蒙昧，以人为本的思想得到了广泛传播，而到了 19 世纪初叶，"天赋人权""自由、平等、博爱"等人道精神思潮已主导了欧洲社会的思想。

也正是在这样的炙热阳光和充沛雨水下，宗教、封建传统思想的冻土已经融化，必然伴随着出现一批政治、科学、文化的拓荒者，德国哲学家尼采发出了石破天惊的名言："上帝死了！"英国哲学家弗朗西斯·培根提出了"知识就是力量"的口号，英国大文豪莎士比亚在《哈姆雷特》名著中，借主人公之口形象地喊出了"人具有高贵的理性，人具有伟大的力量，人的行为像天使，人的思想像天神，宇宙的精华，万物的灵长"这样铿锵有力的句词，凡此种种，为我们在医学领域里体现人道精神最为直接的佛罗伦萨·南丁格尔、亨利·杜南等现代救护先驱们，创立了护理学和红十字运动，奠定了现代医学人文科学基础。

他们所处的那个年代，尸横遍野，哀号四起，正是欧洲多事之秋，战争不断，硝烟弥漫，无数的伤兵被遗弃在战场上，使得亨利·杜南在商业上正处于成功之时，毅然弃商，投入到战场的救护工作中。亨利·杜南四处奔走呼吁，身体力行。他向社会各界呼吁，提出了两项十分重要的建议，一是在各国设立全国性的志愿伤兵救护团组织，平时进行救护技能训练，战时支援军队医疗工作；二是签订国际公约，对军事医务人员和医疗机构及全国志愿者救护伤员的组织以中立地位。

很快，得到了日内瓦有影响的四位知名人士、医生的响应，他们五人于 1863 年 2 月 9 日在瑞士日内瓦宣布成立"伤兵救护国际委员会"。同年 10 月，欧洲的 16 个国家和 4 个私人组织在日内瓦开会，采用白底红十字作为臂章（即瑞士国旗的红底白十字的翻版），以作为参加战场救护人员的明显保护性标志。第一次使用这个红十字标志的战场救护活动，是 1864 年 3 月 8 日在普鲁士与丹麦的战争，救护人员做了战场救护，提供了人道保护。

这个救护组织的标志和战场上的救护活动不仅很快得到了社会民众的肯定，欧洲一些国家官方也持积极支持态度。1864 年，12 个国家签署了历史上第一个关于战场救护的公约——《关于改善战地陆军伤者境遇之日内瓦公约》。公约规定了救护车、军队、医院医务人员以及包括志愿人员和跟随牧师应被视为中立而受到保护和尊重，提出"任何士兵因伤病而不能继续战斗，不论他属于哪个国家都应给予收容和治疗"等原则。宣布白底红十字的旗帜和臂章，为军队、医院和医务人员使用。最后呼吁多国政府批准加入这一公约。

正由于亨利·杜南的天才构想和伟大实践，他崇高的人道精神引申到现实中为受苦受难的伤兵病人、弱者提供救助的"公正""中立"，从而诞生了"伤兵救护国际委员会"（现名：红十字国际委员会）。现在红十字运动已遍及全球，为不同社会制度、不同信仰的民族，为不同肤色的种族普遍认同和接受。

竹君很早就知道红十字会是个慈善组织，到以后了解到它的救护特色，熟悉了其历史沿革，尤其对亨利·杜南的崇高思想境界和艰苦奋斗的一生，深深敬佩。他说，亨利·杜南的成就是功德无量的。

南丁格尔和杜南,都是属于抛弃家族富裕生活,具有崇高理想,发扬人道友爱精神,开创为战场伤兵、大众医疗护理服务的事业,且成就辉煌,影响世界。红十字运动作为世界各国、地区公认的国际性运动,在国际法的保障下逐步发展,直至今日一直为世界所接受。由于他的带头振臂、身体力行,挽救了无数生命,抚慰了创伤的心灵。

时光荏苒,日月如梭。尽管世界从不太平,纷争也从未休止,但在红十字精神感召下,"红十字"没有褪去它的红色,而且日渐加深了它的颜色。它不仅在战火纷飞、血流成河的战场上使伤兵得到了尽可能安全的救护,而且在国与国、地区与地区、种族与部落间的对抗冲突中,在事关战俘交换等诸多难题时,有了这面"红十字"旗帜,有了它的救护活动,冲淡甚至可以暂时缓解、平息彼此间的你死我活的争斗,为谈判或唇枪舌剑的对峙,留出一点淡定的讨论和从中斡旋的时机……

亨利·杜南最后的生活可以说是穷困潦倒,十分不幸,但他得到了世人的尊敬。1901 年他和法国人弗雷德里克·帕西同时获得了第一届诺贝尔和平奖。其时,杜南因身体每况愈下和经济困难,以致无法长途跋涉前去领奖,而他仍把奖金捐献给家乡的慈善事业。1910 年 10 月 30 日,他平静地离开了人世。

世事更迭,世态炎凉,善良的人们并没有忘记亨利·杜南,他将一生的财富都献给了红十字运动。在他破产、长期住院,几乎被人们淡忘,离世后的 1948 年,红十字协会(当今的红十字会与红新月会国际联合会)决定,将其生日 5 月 8 日定为"世界红十字日"，人们每年在这一天举行纪念庆祝活动，开展多种救护和慈善活动。包括我国在内的世界各国、地区都认可的"5·12"国际护士节、"5·8"世界红十字日，是人们没有忘记他们对人类文明、人道友爱做出重大贡献的明证。

竹君经常思考这些历史，并时常向其周围人讲述这些前人的故事，他是心有所系的。他曾在北京和美国向他的良师益友彼得·沙法（Peter Safar）说过，他向美国急救医疗服务系统 EMS 十分活跃的领导人帕比医生讲过，与他的好友、多次参与全球重大灾害和海湾战争战伤救护组织的总指挥官 Frederick M. Burkle 具体讨论过，如何把历史上南丁格尔、杜南的救护思想在现代发扬光大。

竹君说，在全球人们交往远比 19 世纪开放得多的今天，我们 20 世纪、21 世纪，怎么就没出现像南丁格尔、亨利·杜南那样的人物呢？大规模的战争虽然远去，但局部战争从未消停过、天灾人祸更是频频发生，"现场"这个名词在代替战场（当然现场也包括战场）建立现场救护组织和技术规范、装备标准尤其是发扬人道友爱是不可忽视的大事。要知道上述三位人物在国际急救界是"重量级"的。

他们都赞成竹君的想法，曾经想了一些办法，如讨论全球应该有一个统一的"紧急呼救"号码，竹君也曾在参加一次中国政府关于制定应急预案会上提出过统一呼救号码的建议。当时领导问他全球统一一个号码能行得通吗？竹君的回答是肯定的。当然各国还可保留自己国家的急救号码，但我国现在尚未统一一个急救号码。公安报警是 110，消防呼救是 119，医疗急救是 120。北京还有一个

"999"。他说，我国将这三个号码统一为一个呼救号码，至于110、119、120、999这些号码，仍可保留很长时间都无妨，但国家设立一个统一的呼救号码是必要的。当时领导问到国家工信部部长统一号码行吗？回答是行。但竹君知道真要实行起来就困难得不得了啦。

当然，客观地讲，在我国紧急呼救号码的统一，应该有个基础，那就是警察、消防与医疗急救人员必须熟悉至配合紧密的业务合作，上述三类人员的职业教育有相通的科技知识、技能必须掌握并互相配合。这个过程实质上包含了结构性的组织相通和系统服务共融，不是单纯机械般的紧急呼救号码的统一。在统一中，还可以为各自的呼救号码保留多年，否则会青黄不接的。

还有一件事真要给读者一吐为快。那位 Frederick M. Burkle 医生，我们同行对他的昵称是 SKIP。他对急救事业，尤其在国际与中国合作十分上心。竹君有一次在中央电视台新闻联播中看到了他的身影，不久即联系了他。后来，竹君邀请他参加 2003 年 10 月在北京举行的首届 "中国·国际现代救援医学论坛" 和在天津的卫星会，他风尘仆仆地从海外来中国参会。

其间，他给竹君讲述了在伊拉克的种种危险遭遇，有几次差点丧命。他们又说了老话，当年的国际红十字运动，在今天这样的国际背景下，如何适应新的态势，发展这项事业，为伤兵服务。如今，还有一类更为困难的复杂情况。全球多种自然灾害和恐怖袭击活动，如地震的频发，如何在现场不仅有效挽救伤病员的生命，而且要避免在搜寻、救援、运输中的再次伤害，使救护人员和伤兵、病人在法律层面（国际法）和科学技术上得到保护。他大为赞同，所以竹君接连在 2003 年、2004 年的两届"中国·国际现代救援医学论坛"上邀请他出席并发表演讲。

这位教授历经战火和灾难实战，极其认真地在北京的主会场和天津卫星会场做了报告。2004 年在杭州召开的"2004（杭州）全国急救医学继续教育暨学术研讨会"上，他又从美国直飞杭州做了报告，然后风尘仆仆地马上从杭州返回美国，真是不辞辛苦。

对如何落实 21 世纪的天灾人祸的救护？美国的"9·11"恐怖事件的救援给他很大震动。为此，竹君曾与负责"9·11"事件急救的纽约救援队长考比先生作过长谈，并请他到武警总医院的中国国际救援队进行过座谈。

现在这些天灾人祸，可比 19 世纪欧洲战场的烽火造成的危害厉害多了！

他们多次深入研讨，怎样把全球急救界的同行们的劲头鼓起来。SKIP 坦诚地对他说："Dr. Li，只靠你我的力量太小了，一定要靠大家的力量去推动，一定要得到政府的支持……"后来，他们商量争取在北京召开一次世界灾害与急救医学大会（WADEM），至少在中国的影响就大了。邀请政府的高层以及主管部门领导人参加，因为急救不是仅涉及卫生医疗部门的，而是多方面的，所以一定要有高层及众多部门参与，这件事情才能办好。

SKIP 是个十分热心于此的专家，他帮助一些国家成功地完成了 EMS 的现场救护结构性和系统性的建设，尤其在充分将军方的医疗力量和地方的资源整合，往往能取得事半功倍的效果。

后来，竹君到英国爱丁堡参加世界灾害与急救医学大会时，SKIP 高兴地对他说："关于你希望能在中国举行 WADEM 的事，昨天我在会上作了建议，经过讨论，已获得通过，也就是说四年后的世界灾害与急救医学大会将在北京举行，你是中华医学会急诊医学学会的领导人（竹君任第一届学会副主任委员兼秘书长），现在又在中国做着急救复苏工作，由你来负责此事，怎么样?"竹君告诉他："我是第一届的负责人不错，但现在换了好几届，由别的同事担任领导工作，我可以将此事转达给中华医学会，具体请医学会急诊分会的同事来操作。"SKIP 像孩子般高兴地笑了，拍了拍竹君的肩膀说："你交给我的任务完成了，四年后我们在北京见，相信这四年你们一定会做得很好。我知道你是很忙的人，但那时我们还是会见面的。"

竹君向他表示了感谢。这真是个对中国十分友好的人，是一个言而有信的人，竹君知道这是他克服了不少阻力争取得来的。因为不少发达国家、地区也都在争着主办这个高层次全球性的灾害急救学术会议，会议必然给这个国家的灾害、急救医学事业带来很多有利的因素，不少权威专家到来，高水平的学术报告开讲，合作开展该领域的科研、教学、培训、人才的推荐……正像更多人关心激烈争夺国际奥运会举办地那样，读者肯定了解这个会议给国家带来的种种好处。

苏格兰的民歌、风琴声音是那样的清脆响亮，节奏明快，优雅动听，富有特色。SKIP 给竹君的喜讯，正像当地特产的威士忌浓浓醇香，使他陶醉。竹君想到能在自己的祖国首都北京举行世界灾害与急救医学大会是多么值得庆祝呀! 1989 年 9 月，第六届世界急救与灾害大会在我国香港举行后，在北京是举行的"卫星会"。事隔多年后，主会场将在北京举行，竹君越想越兴奋，所以他虽然从不喝酒，但还是特地去买了几瓶威士忌来庆祝。他回国后，向中华医学会汇报了此事。

三

老龄社会，躲不开的护理事业

　　急救与护理水乳交融的合作模式必然会出现。当然，各司其职、各显其长，自身专业的特色仍然保存，只有加强。竹君想到老龄社会已经来临，而各种灾害的阴影愈来愈浓，这件事情必须尽快有效地做起来。竹君将20世纪最后的十年定为"国际十年减灾"（1990—2000），世界并不太平，天灾人祸不断侵袭，我国是世界上自然灾害最为严重的国家之一，目前上不了台面的急救，与还不能独自登场的护理长期不联合，各自孤军奋战的状态下开展工作的局面必须改变……百结愁肠、忧心忡忡。

　　"救""护"必须很好地组合在行业中、融化在学术上，竹君他萌发的这个想法越发强烈，要破土而出了，只不过是时间问题。

　　早在1980年，在他撮合下，科普大师高士其与医学大家林巧稚会面时谈及了这个话题，两位老人在竹君的笔记本上分别写下要提高护士的地位这句话。

　　竹君一直想把护理学在不影响原来结构的基础上，将灾害救援列入其中，成为重要的成分之一。将护士的工作环境开拓，由走出医院大门走向社区、家庭乃至各种灾害事故现场。内容和工作环境的扩充,同时将其科技和践行能力提升,这对适应现代城市社区、老龄社会和应对突发灾疫情是至关重要和必经之路。

真正将它提到议事日程的切入点是 2005 年 1 月,是他在印尼做印度洋海啸救援国际评估时,驻雅加达的新华社记者跟他谈及新加坡向中国借一位护士的事,这在他心头留下了印记。2005 年 3 月初,竹君应《中华护理杂志》之约撰稿。从此,竹君与《中华护理杂志》建立了很好的学术联系,相得益彰。正好,时任中华护理学会理事长李秀华不久应邀参加了中国·国际现代救援医学论坛。她不仅参与而且表示护理应该与救援有紧密的合作,她在演讲中明确地提出了这一主张。于是他们开始了深入的讨论。

可以这样说,此次演讲拉开了中国医学救援协会与中华护理学会在救护行业和救护学术正式合作的序幕。确切地说,是医、护在行业与学术紧密合作的开端。

他们请了首都医科大学护理学院吴院长的团队为基础,成立了中国医学救援协会护理救援分会。此时,正巧国际护理学会主要领导人访华,中华护理学会也借此际,成立了中华护理学会灾害医学专业委员会,向国际亮相。

这是中华护理学会组织结构的创新,学术内涵的拓展,而且破格地由一级学会的理事长亲自兼任了二级机构灾害医学专业委员会的主任委员。会议邀请了竹君这位医学救援协会的会长、灾害救援的老兵向大会做了报告。

在多位国际护理学会的重量级专家出席的会议上,竹君介绍了中国灾害医学救援专家学者的团队,医生、护士们在国内外如地震海啸、矿难的灾害现场的救死扶伤的作用。他们在现场做着胸外心脏按压、口对口吹气的心肺复苏术（CPR），使用自动体外除颤器（AED），用脊柱板固定受伤的肢体，平稳地放在担架上，转运到救护车里……。在被堵塞破坏的道路上伴着救护车的颠簸，在风雨云层中起伏的直升机、喷气式飞机中，在波涛汹涌的医疗舰舰舱中，护士望着心电监护器里心电波形……面对着病人突然的呼吸道分泌物堵塞马上使用吸引器……。当然，还有我们的护士在寂静的深夜，在病房柔和的灯光下，迈着轻盈的脚步巡回，仔细观察熟睡的病人，写护理记录……

会场掌声四起，不仅仅是对竹君这位报告人，更是对成千上万践行着现场救护伤病员的白衣天使、中国护士们致敬！

我们的护士是勤劳辛苦的，但过去却少于做学术上的总结提升凝练，以致很少成为论文的作者，学术的报告人。今后将会有更多的我们的白衣天使，在学术殿堂上、在报告厅里，闪烁着绰姿端庄的身影，响起柔和而又沉稳的声音，指点着一幅幅血与火的抢救画面，一串串跳动着的数据，一个个重新走向生活的蓬勃场景。

竹君这位第一次在武汉东湖宾馆的演讲引起了很大反响，掌声雷动。他想起了前几年在香港科技大学举行的灾害医学救援大会上，其中有美国哈佛大学麻省总医院急诊医学的一号人物，美国教授报告精彩绝伦，她报告完，竹君上去祝她演讲成功，随后他做了中国医学救援的报告。竹君用大量的现场救援的图片和科学数据做了分析……会场肃静，没有一点声息。报告完毕，掌声如潮。麻省总医院的女教授向他表示祝贺，并且希望把他的演讲文稿拷贝给她。她说这个演讲文稿对她非常有用，她可以很好地向世界介绍中国急救。他立即答应了她的要求。女教授说她有一本急救方面的专著，浙江同行翻译完后很快会在中国出版，到时要送给他。

说来也是缘分，地球真是太小了，像个村庄，当竹君在东湖宾馆报告大厅讲坛上刚回座位还没来得及坐下时，一位美国女教授向他走来，热情地与他握手致意。当他还没来得及反应过来时，玛莎教授对旁边的东道主武汉大学护理学院刘萍副院长说道："我与李教授是老朋友！"

竹君一看，可不是，她就是前几年在香港见到的那位教授。会后，他们高兴地相聚，三句话不离急救。女教授说："你是在中国真正做急救的人，你能那样地支持护理界做灾害医学救援，我们更有信心了。我来武汉已有半年多了……"武汉大学护理学院的刘副院长告诉竹君，她是学校特聘来教急救医学救援课的，你们认识太好了，是我们学院的福气。

晚上，竹君与时任中华护理学会理事长李秀华提到了武汉的那位美国专家，她是内行，有学问，很专业，满腔热忱。竹君建议，中华护理学会可以拿武汉大学护理学院做试点，把护理学会灾害救援分会做基地。竹君正式提出了今后医学救援与护理学会两家紧密合作，将"救""护"既是中国的传统文化，又是现代迫切的课题创立起来。理事长和他的同事们连连拍手支持！

武汉东湖会议后，竹君考虑了三个问题。一是两个协会今后有关医学救援的行业、学术活动，尽量能够合作开展，这样节省精力和时间，事半功倍，在国内外产生的影响就大。二是设立合作课题，提出了关于心肺复苏和灾害救援这两个大题目，应该共同制定相关的技术规范标准。三是协会的两本杂志——《中国急救复苏与灾害医学杂志》和《中华护理杂志》，联合发表一些重要文章。如有可能，物色两个杂志中热心科普的编委审核专家，编一些科普书籍。

竹君特别提到了关于老年家庭护理系列的救护知识技能，因为中国已经迈入了老龄化社会，医药知识固然重要，但急救护理不应忽视呀！

竹君站在窗前，望着东湖那宽大的湖面，没有风浪，没有白帆，只有平静如镜的湖面。

时任理事长的团队，不仅干劲足，与他的思维基本达成共识，于是护理学会全国性的学术会议，国际交往的学术讨论，竹君作为常客、特邀嘉宾与他们广为交谈，发表演讲。

有些会议开得是令人激动的。在沈阳举行的中华护理学会年会上他发表演讲的中心思想是，护理今后应该是我国专业急救机构"120"急救中心专职人员的主力之一，同时也是应对突发重大灾害救援和医疗常态的重要人力资源。他这一观点的提出，显然不是一时冲动的即兴演讲，而是他在美国夏威夷大学 KC 学院，系统、专修"现代急救医疗服务体系"后，关于当代护士工作的演说提纲。

他这个思路的基础，之前是在休斯敦进修期间也与美国 EMS 主席 Dr. Pupu Pepe 讨论，当时，休斯敦市长、市政行政官员如警察、消防也表示赞成。因为完全用医学院校毕业生做院外急救，不仅成本太高，而且知识技能总是缺一个角，至少有 1/4～1/3 救援技能跟不上去，还有若干年工作经验的护士，如以男性为主，适合多种现场包括灾害事故现场，加以院外急救所需知识技能的培训和实操等都是很合适的。台下千余名听者，是全国参会的护理界的代表，爆发出热烈的掌声。

当年南丁格尔，以及此后红十字运动创始人亨利·杜南，他们对急救提出的观点和实施的方案都是基于战伤。也就是说，在医疗条件极差的环境下，他们尽力作了现场救护，同时也发现了不少急需改进的问题。正因为如此，在欧洲创立了现代护理学，创立了国际红十字会，开了现代急救的文明之花，让人们感受着文明的阳光。

如今，我们虽然远离 "二战" 几十年了，大规模战争的硝烟似乎已经消散，然而自 20 世纪末到 21 世纪初以来的 20 多年间，局部战争从没有停歇，地震海啸乃至引发的核泄漏等已经构成了极为严重、复杂并且难以处置的灾害。而事故灾难，如矿井下的各种危险，大型客机的意外，不明原因传染性疾病借助现代飞机的高速传播，可以轻易地将病菌一天之内从地球的这一端传播至地球的另一端。而现代化的社区环境和生活条件，人们依赖程度达到空前水平，食物饮水需要提供、垃圾废物需要清理，凡此种种，一旦城市发生破坏性的灾难，我们将束手无策。竹君这些中外专家们认为，现在人类进入了文明社会，但越是现代文明城市，社区的依赖性越强，应对灾疫情的风险能力越脆弱。怎不叫人担心，怎不令竹君担忧！

护理界，我们的护士，她们必须学习掌握更多适合于现场实用的医学科学知识，她们必须应用其娴熟的技能，快速处置伤病员和进行日常的护理。

竹君在演讲时提出了 "我们的护士"，用女神之爱心，关怀抚平着伤病员的心理创伤，希望在 2020 年后中国的护士将开始成为中国的现代化急救的主力军！

四

"现场救护"，中国护士的现代版

人们把急救，看成仅是医生的事，当作医院的责任，这是很不全面的。急救，由于本身的内容及时间的紧迫，在很大程度上要依靠大众"第一目击者"现场及时有效的处置。猝死、严重创伤的急救，充分说明了这一点。近年来，人们逐渐有了正确全面的认知，所以无论是内行的专家学者还是公众的科学普及是至关重要的。

2023 年 7 月中华护理学会代表团参加加拿大蒙特利尔国际护士会（ICN）学术交流大会，中间为吴欣娟理事长

中国心肺复苏心脏除颤年启动会（左为中华护理学会吴欣娟理事长，中间为中国医学救援协会竹君会长，右为中国灾害防御协会秘书长唐豹）

竹君在20世纪90年代初，他刚到美国盐湖城（SLC）的次日，因为时间超过一年的访问学者，有资格办理一个保险号。当他刚从银行办完手续出来，忽然听见远处冲撞的声音，望去那是一辆轿车发生了车祸，虽然离得不远，但要走到那里，需要五六分钟的时间，当他与小泓刚刚到达事故现场，风驰电掣的救护车也赶来了。车祸并不严重，受伤者只是轻微的擦伤，并无大碍，但是救护人员却用脊柱板将其全身固定，头部戴上颈托，然后用担架抬送到车内。竹君感到很惊奇，觉得他们有点儿小题大做。于是他向救护人员自我介绍说："我是中国来的医生，明天就到医院进修急救，可否随你们的车一起到医院。"对方很是友好地让他上了车。

在路上，他们说，对于车祸等事故发生的创伤，必须要对伤者

姜保国院士在 2022 中国心肺复苏心脏除颤年启动会上发表演讲

肢体做固定，这是常规。他说，这个事故确实很小，但按规定必须（Have to！）将这位伤者肢体固定。到了医院检查后，很快就解除了包括颈托在内的固定。

当时，竹君觉得他们太教条了。这也许是有意给他留学美国上的第一课：急救的规章制度、法律法规的执行是不能打折扣的，不能有随意性的。

这个病例的处置，使他回忆起唐山地震发生后，因为现场处置不当，抢救从废墟中发现的伤员后，没有科学正确地将其救出，每一个动作都可能造成伤害；或是挖掘不当造成局部倒塌，使本可以被救出的人埋葬于瓦砾之中；有时，虽然小心翼翼地将其从险境中救出来，当伤病员重见天日，大家刚松一口气时，却因不注意或缺

从战场上走来的 "提灯女神"

中国人民解放军第一医学中心黎檀实教授在 2022 中国心肺复苏心脏除颤年启动会上发表演讲

2022 年 2 月 22 日中国心肺复苏心脏除颤年启动会专家会议（左座二为解放军总医院黎檀实教授，左座三为中华护理学会吴欣娟理事长，左座四为竹君，右座一为北京大学人民医院王传林教授，右座二为标准化研究院王金玉研究员，右座三为北京大学第一医院霍勇教授，右座四为北京大学人民医院姜保国院士）

乏科学救护知识，你拉肩膀我抬腿，他抱头部你拽臂，不严格按规范保护，不注意腰背部受伤的搬动固定位姿势，是很容易使本已受损的脊柱伤势加重以致脊髓进一步受损，导致截瘫。如果又把伤员放在帆布担架等软性质地的转运器具上，拉送和转运的剧烈颠簸，路面的坎坷不平，这种现场搬动、转运不当是造成或加剧截瘫发生的重要原因。

竹君总是喋喋不休，提起这些，都是要切记的。有朋友特意劝他："你别没完没了地反反复复地叨唠地讲这些了，烦不烦呀！"但竹君总是有机会就讲。几年后他写的第一本书《第一目击者——一个急救医生的手记》中，讲了一则真实的故事。现在，尽管他的这位友人已是多年未曾联系，不知如今怎么样了。出于职业习惯、出于责任、出于良知，他将当年在该书中的相关内容摘录于下。

有一次，我去看望一位发生了车祸的朋友，他躺在医院病房里平平整整的木板床上，在全身几乎固定的情况下，他却用了十分自如流畅，而且充满信心的语言向我讲述了他的情况。

"那天晚上发生了车祸，我躺在冰冷的马路上，围观者对我表示同情却又七嘴八舌地建议，赶紧截辆出租车送我到医院。尽管我受了伤，而且也确实有点儿害怕，但我脑子里十分清楚，我记得你经常和我聊起车祸，地震中相当多的人是不应该发生截瘫的，往往就是旁边的人好心搀扶或者试着走一走，或用软担架七手八脚地抬着放到车里，又将身子窝趴着，再一颠簸，终生的悲剧就在几分钟至十几分钟里发生了。当时，我真害怕他们要这么做，而且已经感到有人在拉我的右腿，好像要抱我到出租车上，我几乎不顾一切地喊了起来，不能这样搬动，别动，别动，你们先打 120 叫急救车来，一定要叫急救车来才能送我到医院。我这么一嚷，还真管事儿，听到有人说，对，应该叫救护车来转运，这种伤不要随便搬动，再说出租车也放不平。尽管地面是那样的冰冷，但我只有一个信念，一定不要搬动，一定不要，一定要用木板或硬质的担架转送。后来救护车来了，把我送到了医院。这不，现在一切在恢复中！医院的医生非常赞赏我，而我也非常感谢你那时不厌其烦地科普。说真的，那时我们背后还议论你李大克星三句话不离本行，一说起急救就津津有味，我当时真没有想到，你的话潜移默化还真帮助了我。"

朋友的夫人也在一旁用感激的目光看着我，而我更庆幸他能用正确的急救和医疗监护下的运输，祝他早日康复。几个月后，他完全恢复了健康，一个骨盆骨折、脊柱骨折的伤员没有留下任何的后遗症，重新投入了社会正常的生活中。

我摘录这段话，这个真实的故事没有增减一个字和一个标点，也更无更改当时的段落，如今只想补充几句话，这个故事发生在北京的德胜门附近，是傍晚，气温较低。是我的同事，急救中心的医务人员将他用脊柱板、铲形担架做了很好的固定，送到了附近的积水潭医院。当然，该院是一所以创伤骨科而闻名的综合性医院。读者也许会问，是否因为是车祸骨折创伤才送到这所医院？我并不清楚当时具体处置的医生的想法与决定，但我想他应该是遵循将伤病员送到就近的、有条件的医院这个原则。他运送的原则还是十分正确的。

五

急救，文艺复兴运动的成果之一

2022 年春,《中国科技术语》杂志的一位编辑在电话中约竹君写篇文章，是现在社会关心、学术界重视的"急救"医学一些重要科技术语和解说的定义。这一个普通的电话，来自一位不认识的编辑，但是题目严肃、内容丰富的约稿。"此稿绝非易事"，竹君脑海中闪出这个想法，这是难以答应的事，也确实是件很应该做的事。隐隐中，这些年，他时常在想着这个题目。但对那个约稿电话，他婉言推辞了。

急救，这些年来，随着社会进步发展，城市社区急危重症和意外伤害明显增多，天灾人祸突发事件此起彼伏，世界各国政府、民间对此都十分关注。

如今，我国又成立了一个重要的机构"应急管理部"，那是中央政府下属管理急救事业的正部级的正宗的机构。应急，急救，什么关系？它们的称谓代表了国家对此项工作的高度重视和要大力发展的事业。俄罗斯有国家紧急救援部，据说现任的国防部长此前当过紧急救援部的部长。前些年，竹君到俄罗斯莫斯科，还专程去该部与相关官员们见面座谈交流。美国也有此机构，更有全国统一的呼救号码"911"，那是无人不知无人不晓的。

翻来覆去，竹君对推辞约稿的电话愈觉不妥，而且与日俱增地感到这也是责任。杂志社的这个编辑也是个做事认真且有韧性的女性，她又给竹君打了约稿电话，就这样，两位很快见面。

中国有句俗话，"见面三分情"，竹君再也无法推辞这位以前从未谋面的编辑的真情实意。"编辑部早就定下这个选题，我们的编辑张老、主任，他们都认为您是最合适也最有资格写这篇文章的专家，协和医院院长也推荐了您……"她接着说，"这个选题之重要，您应该比我更清楚，现在无论是学术界还是政府部门，无论是专家学者还是社会公众，对'急救'应该有一个客观科学的认识……"竹君更感肩膀上压下了一个重重的推不掉的担子。这真是要"铁肩担道义，辣手著文章"了。这个，他也是在南浔张家大宅内曾见过的。

于是，他们商定该文在 2023 年第一期面世，当然，最迟要在 2022 年秋季交稿。

君子一言，驷马难追。真要动笔著文，却是无从下手。急救是随着人类早期的生活、生产活动就相伴而来的事物。它是个技能，也是个通用的名词；是专业，也是民俗文化。它起源于有文字记载时，也是口口相传。就是西方那本圣经，也有些类似复苏的记载。中国 1800 年前的张仲景所著《伤寒论》中便有口对口吹气、心脏按压的萌芽，但用人类文明现代科学技术的观点来审视急救，它起于何方，何时名正言顺称为"急救"，这倒是个难题。

其实，这个答案在竹君心中早有伏笔。那是 1983 年秋，他作为中国与意大利合作共建北京急救中心项目负责人时，在罗马两国政府间商谈后到了佛罗伦萨，"急救"起源隐约在心。

公元 14 世纪至 16 世纪，欧洲文艺复兴运动始于意大利的佛罗伦萨，随着资本主义的发展遍及西欧各国，应该说结果成熟于法国的巴黎。

文艺复兴是以科学反对蒙昧，人权抗衡神权，启迪智慧，解放思想，以人为本的一场划时代的以人的自由、价值、尊严为本的运动。经过三个世纪的文艺复兴运动，在 19 世纪中叶，欧洲战场上出现了英国贵族女子佛罗伦斯·南丁格尔"提灯女神"，为伤病员救护做出了重大贡献，人道、博爱的思想得到了广为传播并凸显了卓著的成效。几年后，瑞士人亨利·杜南发扬了南丁格尔的践行精神，更加广泛深入具体有为地用于救护事业，把战伤急救扩大到社会日常各个方面，把急救的行为提升到科学规范，形成组织的红十字事业。

竹君在不断地阅读相关文章，并回忆工作实践中的感受，他认为，在当今面对常态的急救事件，应对突发的灾疫情乃至战争时，必须对"急救"做一个尽可能正确、客观的科学定义和解读。有些东西不能满天乱飞，有些话语不能信口开河。

中国对救护、发扬人道精神等传统文化根基甚深，在战争年代中深知其重要和必要，对于急救具有深切的理解和践行。2008 年11 月，在中国医学救援协会成立大会召开之际，时任中国红十字会会长彭珮云女士发表了热情鼓励协会大力开展医学救援，广泛进行急救普及的致辞，并且有一位主管中国红十字会救护工作的副会长兼任了中国医学救援协会的副会长。

他理清了思绪，开始写作："现代急救概念萌生于 19 世纪的欧洲战场，从此开始了急救公众实践。1976 年在德国美茵茨成立的世界灾害与急救医学俱乐部，随后更名为世界灾害与急救医学协会（World Association for Disaster and Emergency Medicine，WADEM），标志着急救医学和灾害医学以专业学科的身份正式诞生，并紧密联系在一起，形成了当代急救医学的新概念。WADEM 开始以专业性的急救医学学术机构从事活动。1979 年急救（急诊）医学作为一门新兴的边缘学科受到国际公认，成为医学第 23 个专门学科，而院前急救便是其分支之一。中国是较早进入该领域的国家之一。"

竹君对同事们说："关于欧洲文艺复兴运动的伟大成果，我们学历史、读文学名著或相关文章时，多是从反对封建传统和解放宗教束缚等方面理解，当然对此无可厚非，从而造就了英国大文豪莎士比亚、哲学家培根和德国的尼采等杰出人才，我们对在医学领域中做出贡献的伟人似乎认识不足。我认为南丁格尔、亨利·杜南他们创建并践行的现代救护，开垦了现代急救的处女地，是现代救护的先行者，是欧洲文艺复兴运动的重要成果之一！"

竹君对其友人说道："我们可以朗诵莎士比亚的《哈姆雷特》中人具有高贵的理想、伟大的力量，行为像天使，智慧像天神等精彩段落；至于培根的知识就是力量，也是张口而出；哲人尼采的'上帝死了'更是一语惊人。"这时他背诵了一小段莎士比亚的名言"良药屡试验，永志不敢忘，新剂未谙性，慎惕毋轻尝"。竹君说，由此可见，文艺复兴运动对于当代急救医学的启蒙和发展也是弥足珍贵的。

第七章

生命之树

常绿

一

面对心脏性猝死低迷不升的抢救成功率

竹君作为一个职业的急救医生和管理者，尤其是将心肺复苏（CPR）视为终生与自己的个体生命紧密相连的事业，他对不断升高的心脑血管急症发生率，特别是心脏性猝死实际数据的飙升，而抢救成功率却长期低迷不升的现实，越来越感到忧虑。

他在北京急救中心负责医学教研工作，同时也是一名践行着的急救医生，利用了手中的"权力"，组织了几位热心于此的同道，动用了资源、力量，将1991—1995年的所有的院外急救病历、资料等翻了个底朝天。在四千多个疑似"猝死"的病例中，较科学地进一步筛选了属于猝死范畴的814例病例，并走访了能够接受流行病学调查的家庭。

这是何等艰难的工作呀！我们的医护人员去到最近逝世或已经逝世好几年的死者的家属家中，询问猝死者的有关情况，这是一项何等艰辛的工作！这绝非寻常的走访调查。

当《院外猝死864例临床分析》艰难的论文刚寄到《中华医学杂志》，独具慧眼的一位女性李编辑很快给竹君打来了电话（后来才知道她是编辑部主任），说是文章很好，同时还希望他从国家急救医学事业的发展视角，再写一篇相关的专家论述性质的文章，计划同期刊发，以引起医学界重视这个急救的"新生事物"。要知道，20世纪90年代中期前（实际上这种认识直到21世纪第一个十年），国内医学界对"急救"基本上还停留在"止血、包扎、固定、搬运"这种"二战"后战伤救护的认识，它属于群众普及急救知识层面，"急救"尚难登上医学界的学术殿堂、科学议题。

竹君所在的急救中心，当时每天近百次，一年抢救各种急危重病人近万人次，围绕着"120"急救服务现状与发展，大多数人哪怕是同行的医务界也不是很清楚的。但他知道，这不仅仅是个医疗急救课题，还是对我国北京等大中城市公共卫生事业、城市社区维持正常秩序的大事。他留学美国期间，在几个大城市曾参与了这项研究工作，他曾与休斯顿市长及有关官员深入讨论过这些问题。所以竹君也十分关注"呼救电话"的"120"，他们于 1995 年 12 月至1996 年 3 月，在北京市四个城区（东城、西城、崇文、宣武）和当时四个近郊区（海淀、朝阳、丰台、石景山），分层整群随机抽取 102 个街道办事处，对居民呼救电话的知晓率进行调查。

1996 年，"120"是北京急救电话的知晓率并不高，竟有 42％的居民不知道，更不知"120"的功能！

竹君对此很震撼，也受此启发，他想利用此际，宣传普及中国的呼救电话号码"120"。他本人也是当年"120"积极的发起者、践行者。他欣赏美国的"911"，日本的"119"，英属一些国家地区的"999"等呼救号码，为全国统一的呼救报警号码（即匪警、火警、急救统一为一个号码）。我国的"120"公众知晓率不高，是个严重问题！他大声疾呼，同时介绍如何简明扼要地拨打时报出那些最基本情况，以便急救中心、急救站能及时派车和准备相应的医疗力量。他认为，这是他不可推卸的社会责任和职业担当。

"120"对全国公众，对每个人是个极为重要的急救呼号，是当我们的生命安全、身体健康受到突如其来袭击时的"救命号码"！

竹君那时到处宣讲，公众场合呼吁，又组织同事们对"120"在民众中的知晓度做了问卷科学调查。于是，他立即将《北京"120"居民急救服务现状的抽样调查》也寄给了杂志社。同时又应约寄了专家论坛《为促进院外急救的社会化和优质化多效而努力》，殊不知，很快杂志社竟在同一期发表了这三篇文章。

1996年11月的《中华医学杂志》"专家论坛"栏目里的文章是《为促进院外急救的社会化和优质化高效而努力》，这是以他个人署名的文章。此外，作为论著，他与同事们合作的《院外猝死814例临床分析》，以及《北京"120"居民急救服务现状的抽样调查》，这两篇文章是由他牵头，多位作者共同署名完成的。

其时（1995年）北京常住人口1 200多万人，流动人口200多万人，北京"120"每年接收呼救电话4万余次。在这里，竹君深情地回忆赞赏了独具慧眼的李群编辑，她是一位有识的编辑部主任（他们当时不认识）！因为按约定俗成，同一期杂志不能发表同一作者的几篇文章的，何况这本杂志是医学界中的"皇冠"。

竹君后来对友人说，我们的国人或者说是知识分子吧，有个"喜欢的心理"。凡你夸他的孩子好，将来比你有出息，或者说比你长得帅，比你长得美，他（她）是高兴的；还有一项是，夸你的文章写得好、有见地，他是得意的。竹君说，我的这三篇文章当时没有多少人夸奖，也未引起更大的重视，倒是有个别领导和几位同行对我说，你的这几篇文章写得好，提出的都是一些很值得关注的问题，为什么我们猝死的抢救成功率只有1‰这样低呢？"120"知晓率也不高呀，几乎有一半的人不知道"120"是急救电话，还不知其功能！什么原因，如何解决，应该好好讨论一下。

竹君说，这几篇文章是他组织几位同事共同写的，还有不少人帮了很多忙，单从数千位病历的筛选，病例的走访，费了很大心力。至于"120"的调查，首都医科大学的马老师给我们以指导，所以作者名单中特地将他列上。竹君说文章很快发表，去了他的一块心病，圆了他在美做访问学者日思夜想的一件事。尽管文章发表后夸的人不多，但他觉得他对事业尽了一点心，为首都主管部门出了一点力，可为他们设计城市发展提供一点参考。

回到当今，几十年过去了，心脏性猝死抢救成功率仍然低迷不升，还徘徊在 1％～2％ 之间，这到底是什么原因呢？其实他心中是清楚的。但他弄不清道不明的是为什么我们的主管部门、有关领导者们，不能坐下来深入细致地找大家来研讨？因为要解决这个问题，卫生部门无疑是主角，肯定担起主责，当然也绝非他们能扭转乾坤，需要众多部门、机构协作，实施时要城镇社区积极践行。这似乎很难？其实也不难。他常常深夜突然从床上爬起，走到阳台上，仰望浩瀚的星空，天是多么清澈呀，但现实又是这样的扑朔迷离……

竹君总是处在理想思维与践行实施的漩涡急流中。

时光匆匆，2018 年全球复苏联盟（Global Resuscitation Alliance，GRA）的倡议，《提高院外心脏骤停复苏存活率》中文版在中国行业内部交流。GRA 的领导者希望竹君为此写一个序，以更好地和中国同行沟通讨论开展这项工作，推动规范心肺复苏的教学培训，同时介绍欧美成功的经验实践供中国同行们参考。

这原本是竹君喜欢做的工作之一，也许这也是在故乡童年、少年时代的"东风西渐"下对他终生的影响。竹君不离不弃自己的中华文化，但也不拒不斥"他山之石"可以攻玉的借鉴，何况我们的CPR抢救成功率即从他1996年发表文章时的1％，快30年过去了，仍在慢慢地吃力地爬坡，而实际猝死人数却在毫不留情地飙升。于是，他毫不犹豫地答应作序，这篇2 000字的序文花了他足足两个星期的时间。

竹君认为该原文有价值给本书读者一阅，故放在了下面。

科学规范开展我们心肺复苏培训教学（序）

——《提高院外心脏骤停复苏成活率——全球复苏联盟的倡议2018》中文版序

《提高院外心脏骤停复苏成活率——全球复苏联盟的倡议2018》的中文版（以下简称"复苏倡议"）即将在中国面世。

为致力于在世界各国、地区实施最佳的心肺复苏，2015年6月在挪威斯塔万格市附近的乌斯坦因（Utstein）修道院举行的一个会议上首次提出了成立全球复苏联盟（Global Resuscitation Alliance，GRA）倡议。西雅图及华盛顿复苏学术基金会（RAF）、美国心脏协会（AHA）与挪度基金会（Laerdal Foundation）联手支持全球复苏联盟将全球范围内的心脏骤停存活率提高50％的建议。每年GRA会议后发布的报告，旨在分享如何进行最佳的"急救医疗服务EMS"来挽救更多的生命。

今年（2018年）GRA的报告反映了当代国际社会心肺复苏最新科技进展，内含关爱生命的人文情怀。"复苏倡议"值得中国急救急诊医学界同行们学习与交流，行业、学术主管部门的领导参考与借鉴。

为此，请中国医学救援协会急诊分会副会长、浙江省人民医院急诊科主任、中国科协全国急救复苏灾害医学科学传播专家团成员蔡文伟教授将其译成中文，便于大家分享。

随着心肺复苏和科学技术的发展，模型的功能不断扩展和完善，心脏自动体外除颤器的发明，胸外心脏按压及心肺复苏联合使用，使猝死抢救成活率大为提升。这说明只有以科学为基础，学术为核心，科学家与企业家精诚合作，才能使心肺复苏医学不断健康发展。

令我们感到欣慰的是企业家奥思蒙·挪度先生的继承者，托里·挪度先生（Tore Laerdal）及其同事们，多年来与全球该领域的著名急救心肺复苏医学专家、美国心脏协会（AHA）、欧洲复苏委员会（European Resuscitation Council，ERC）以及与我国专家保持合作，推动了学术的发展和产品的升级换代。

近年来，我们高兴地看到了挪度公司与我们首推的"QCPR"（质量心肺复苏），将云计算、大数据等技术应用到这项"救死扶伤"的事业中来，不再拘泥于传统的课堂教学，而是应用高科技等手段，实施监控下的培训和实操，并依据检测方法正确与否评定学习成绩的优劣。这是心肺复苏、心脏除颤在培训教学、评估实操及现场抢救科学记录上的革命性进展，是值得我们学习借鉴和推广的。

与此同时，挪度总部联合国际上著名的美国心脏协会、欧洲复苏委员会以及中国医学救援协会的专家们，深入讨论如何进一步提高院外心脏猝死复苏成活率，推进全球复苏联盟的成立，并且将自 1990 年著名的挪威斯塔万格乌斯坦因会议以来，包括近年来（2015 年、2016 年、2017 年）促进心脏骤停生存的行动，更名为"Acting on the call"，将全球心脏骤停生存率在 2015 年的基础上提高 50%，这是十分值得称道的。

我受业于心肺复苏创始人彼得·沙法教授（Peter Safar），与托里·挪度（Tore Laerdal）先生在 20 世纪 90 年代初相识，2008 年 5 月在哥本哈根拍摄由 AHA 等主导的全球 CPR 的视频教学中文版后，随即，到挪威斯塔万格市挪度总部交流考察，感触良多，收获很大。

我国党和政府高度重视人民健康事业，把提升公民科学素质建设作为一项基础性工程。最近国家卫生健康委员会医政医管局委托中国医学救援协会规范开展心肺复苏等急救知识技能的规范培训教学，中国科协又授予中国医学救援协会建设"科普中国"急救基地，这既是对协会的高度信任和重托，也是为我国规范开展心肺复苏与心脏除颤（CPR·D）等提供了政府主管部门的行业学术授权和开展规范培训科学基地。中国急救领域的专家学者愿与世界各国同道们，互相学习，深入交流，形成共识，科技创新，为建立世界心肺复苏联盟，为提高院外心脏骤停复苏成活率贡献力量！

二

2019 年西雅图之行的"他山之石"

2019 年 12 月 8 日，竹君到达了华盛顿大学。一年多前已经定下的全球复苏联盟会议在西雅图华盛顿大学召开。这次会议内容丰富，重头戏有权威的 30 多位专家一整天的闭门会议，那是讨论当今全球面临猝死挑战，采取有效的应对进展的交流和对今后的举措达成共识。科学家们的闭门会议从 12 月 9 日上午 9 点直到下午 6 点，均在大学博物馆里那间会议室里闭门举行。点心、饼干、饮料、水果均摆在房间里随时取用，没有国内会议的午间休息，效率

2019 年 12 月西雅图全球复苏会议专家闭门会（右二为竹君）

是很高的。参会的科学家都是各国在该领域的权威专家，主持人是东道主华盛顿大学医学院的教授，致辞简明扼要，讨论直奔主题，没有套话空话。竹君当然也在其中，足不出户。

次日是开幕式，场面热烈。主持这个全球复苏联盟大会的人，不像国内那样不是高层领导就是权威专家，而是一位经常参与猝死抢救的志愿者。

令人感兴趣的是，各国专家多用实际抢救病例来说明现场及时、科学、规范地使用心肺复苏术（CPR）和自动体外除颤器（AED）的重要性。与此同时，紧挨着的产品展览馆，不仅仅有各种急救产品，尤其是 AED 的产品琳琅满目，厂商们为参观者，以及参观者相互间的交流讨论提供空间和简单食品饮料的保障。这样，整个展览大厅也成为"第二学术大厅"，热闹非凡，门庭若市，这是极可取的！不像国内一些展览，在会议论坛开幕前夕即日以继夜地搭板建设，赶运设备，布置刚完，紧张启用，参观者有时还不十分踊跃，不过两三天马上拆除装修，真有些劳民伤财。

开幕式后的三四天间，活动内容五花八门，特别令人耳目一新的是，全球复苏联盟会议不仅仅是专家学者的专利，同样也有志愿者们和公众的用武之地，这就开拓了学术空间，深入社区民众，这也是 CPR 本应是面向全民、普及全民，全社会都应重视实施的科学技术，就应让公众参与。在一次大会上，一个重要的学术报告，它不是来自哪家著名医学院校，哪一位著名杰出的专家，而是一名普通的心肺复苏技术协调员，她报告了她妊娠期发生了心搏骤停，其丈夫在当地急救机构指导下，对她进行了 CPR，成功地将母子抢救回来的案例。

　　这位年轻的女孩，CPR 协调员詹妮弗·海丝，抱着她的女儿，在大会上的演讲鼓舞了全场的听众，会场气氛十分热烈，使人们对 CPR 的科学技术充满了信心。当然，那刻骨铭心的真实经历很鼓舞人，她声情并茂的演讲才能也很出色，会场不时响起掌声。

　　会后，竹君走到了她的身旁，进行了简短的交谈。竹君向她发出邀请，明年（2020 年）10 月，我们在北京举行的中国国际救援医学论坛，CPR 是其中重要的内容之一，想邀请她到北京参会，介绍她的 CPR 经历。詹妮弗很高兴地答应了。当时一旁的美国、瑞典专家们也都鼓起了掌，竖起了大拇指。后来因为新型冠状病毒肺炎（简称新冠肺炎疫情）的影响，2020 年、2021 年竹君主持的中国国际救援医学论坛暂时停止了。

　　因为新冠肺炎疫情在全球的流行，所以诸如大型的集会、公共场所的活动原则上都取消了，以免人多聚集，造成传染，风险较高，代之以线上、线下的形式逐渐在国内外风行起来。

　　虽然不能面对面直接交谈讨论问题，但线上的形式还是能达到沟通交流与讨论的目的。这两年竹君马不停蹄地奔波出差有了明显的减少，但交流却从未中断。中国科学技术协会作为中国各个学会、学术团体的总领队，是一个学术严谨、组织有序的科学组织。当此之际，组织了一个小型但质量较高的专家座谈会。那时，参加会议的人间隔较远，不像我们平时开会排排坐，椅连椅，临时安排，几乎隔开 1 米多的座位。当然，在这种严峻的疫情形势下，如果为求所谓的规避各种风险，安全不出事情，"躺平"，什么都不干，那是最保险的。但这不是对国家、对人民负责任的态度。

　　我们有些专家，能够有坚定的国家立场，科学精神，实事求是，不卑不亢，与国际科学家讨论有关问题，发表一些观点和看法，正确引导公众的舆论，都是令人敬重的。事物在发展，科学的认知也在深入，谁都不能一言九鼎，一成不变，所以根据事物的发展做科学的调整是最正常不过的事了。竹君对他熟悉的一些公共卫生专家是很敬重的。竹君特别讲到了 2022 年 9 月在武汉举行的中国·国际现代救援医学论坛召开的前前后后。他说："那真是一面镜子，一面照出人性人心善恶的镜子。"

竹君在 2003 年 4 月初，对"非典"时关于公共重大事件的定义及我国急救改革等问题向国务院总理、主管副总理致信，很快领导做了批示。到了同年 8 月，他考虑到为科学决策，每年应该举行一次既是中国也是国际的急救医学会议，把这一年或近年国内外在该领域发生的重大急救事件，常态地、突发地进行科学梳理，邀请国内外权威专家发表演讲，直叙观点，放眼全球，面向今后，以便今后更好地开展急救工作。他又致信国务院领导，很快领导也给予了支持。这样从 2003 年起每年举行一次论坛，他连续担任了 17 届（2003—2019）的论坛主席。

因为新冠肺炎疫情在 2020 年、2021 年停止了两次。但在 2020 年 3 月 11 日中国科协召开了一次关于疫情的座谈会。其时新冠肺炎疫情形势较紧，对预防工作十分重视，此时很少能够在"线下"面对面地直接交流，应邀参会的只有几个协会，选派了与主题有关的七八位专家代表，会议总共十几个人。时任中国科协常务副主席、党组书记怀进鹏（即现在的中国教育部部长）主持。这是位科学思维敏锐、组织能力很强的中国科学院院士。

他开宗明义地指出，新型冠状病毒肺炎流行，我们需要做的事

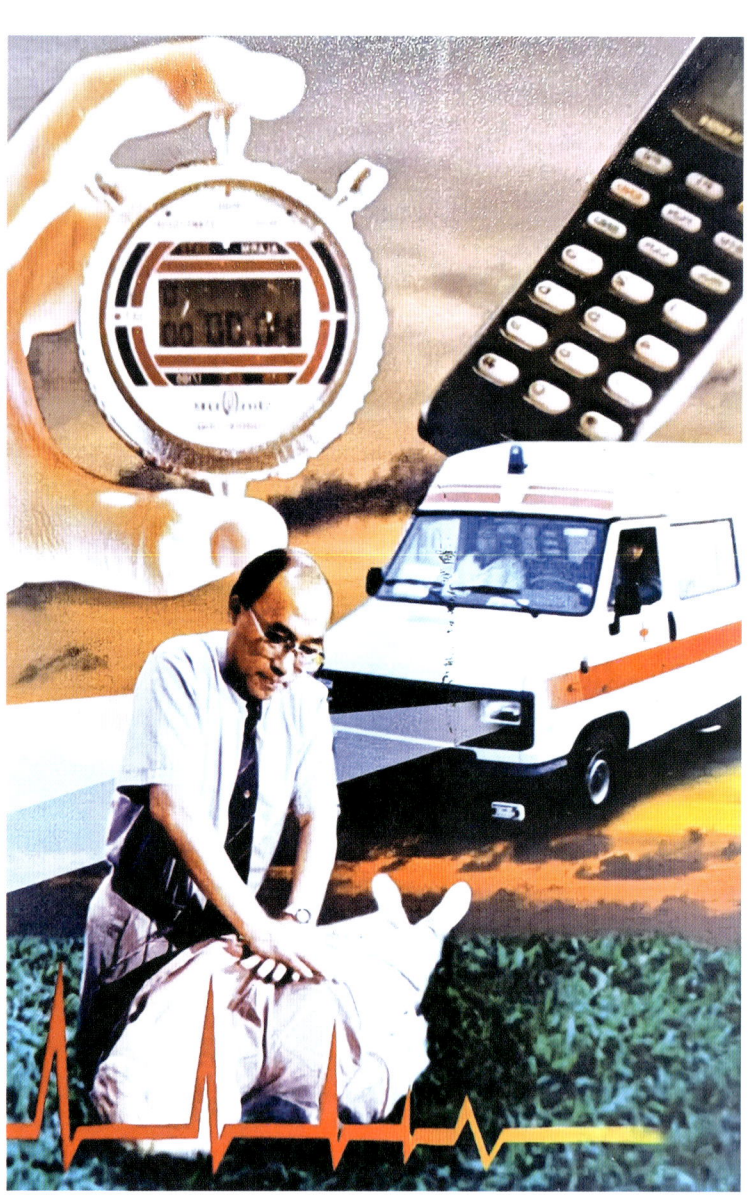

竹君的急救时空观

情很多，完善国家应急管理体系是其中一项很重要的工作，在当前也更具有针对性。中华预防医学会、清华大学的一些专家都发表了很好的意见。

竹君作为急救界和协会的代表作了发言。他说，我们要认识现代救援的时代特征。古往今来，重大灾疫情的发生都是在所难免的。重大灾疫情时的应对，都应该在政府领导下进行，人民群众积极参与。科学家们要发出科学的声音，向政府提出科学的建议，以供政府主管部门作决策时的重要科学依据。竹君又提出了要建立中国急救智库。科学家集体智慧和发声可以使应急工作做得更好，一些措施为民众接受，从而使不科学的行为甚至谣言受到抵制，没有市场。怀进鹏书记对此给予了认同。后来，中国科协与湖北省委共建关于公共卫生应急方面的智库。在怀书记带领下共赴武汉，竹君作为专家成员，身体力行地践行着应急管理工作的落实。

熟悉竹君的同志都知道，他喜欢用"他山之石"这个词。确实，在竹君的文章和演讲中是频频出现的，似乎竹君有点"崇洋"？其实不然。有一次，一位年轻的朋友与他谈到了这个问题，他说，与"他山之石可以攻玉"相匹配的话，他还爱用"本地和尚照样念经"。这是比较完整地体现竹君的思想。他说，从西雅图回来后，2020 年、2021 年、2022 年这段新型冠状病毒肺炎流行、防控措施较严的三年，"我更加体会到中国的精神、中国人的力量"，有些方面我们丝毫不落后乃至超过发达国家。对于政府科学的决策和实施，民众的响应和执行，都是令人感动的，更体会到中国科学家的责任心和实践力。

我们虽不能像以前那样举行千余人的中国·国际现代救援医学

论坛，但可以化整为零召开小型线下会和较广层面的线上会，受众者人数甚至比以前仅仅面对面召开的人数还要多、影响还要大。

三

人类 1/4 的生命是过早逝去的

一看这个标题，确乎很大，令人震惊。是谁说的？20 世纪 50 年代，医学科学家们就发表了这个宏论。它是针对我们常说的，人本该活到百岁，因种种的疾病及个体生活条件等因素，实际人的寿命到达百岁并不多见。以前国人说"人生七十古来稀"，到了 21 世纪第一个十年后，该是"人生七十不稀奇"。现在平均寿命达到八十岁已经很普遍了。

人类这个"1/4 的生命是过早逝去的"权威的科学发声，是竹君很熟悉的彼得·沙法教授说的。他是全球公认的当代心肺复苏医学的泰斗，急救灾害医学和重症监护病房（ICU）的创始人。1989年 9 月，竹君陪他参加我国香港举行的第六届世界灾害与急救医学大会（WADEM）后到北京参加卫星会。在京期间，他们对这个话题又谈了很多。

一天下午，竹君邀请彼得·沙法和他的夫人以及急救灾害医学专家、时任美国 EMS 主席的 Dr. Pepe 夫妇，以及著名的活跃于全球的急救专家勃格尔教授到他家做客。他还请了正在筹建国际 SOS

彼得·沙法

中国办事处负责人何雪儿女士，中国日报的王先生等人，原本晚餐后要去看京剧，但大家谈兴太浓了，直到深夜才把他们送回饭店。

那天的谈话就涉及上面所说的 1/4 的生命是过早逝去的。对于

彼得·沙法在竹君家中做客

这个 1/4，沙法教授特别讲到，由于 CPR 科学技术的问世，尤其
是教学培训体系的创立，社区的认可和大范围的普及（众多的"第
一目击者"），这种以前停留在医学科学家的演讲、报告、文章中
的论述，和医学院校的教学培训活动，在逐渐成为现实。他越讲越
有些激动。

　　彼得·沙法是个德高望重、受人尊敬的大科学家，他讲话是很
严谨的。由于那天他讲话很多，而且兴致很高，他本不标准的英语
发音，不时显出奥地利口音。我们几个人中，SOS 的何雪儿英语
水平很高，她在美国上学多年，所以准确无误地将他的意思表述出

1991 年美国匹茨堡，竹君在其导师彼得·沙法教授家中

来，沙法也频频点头。竹君作为他的学生，又是我国 CPR 领域里资历较深的医生，自然对这段话极感兴趣，并不时地提问。

沙法对竹君充满期待，对中国未来急救复苏事业充满信心，并且对中国政府富有活力和良好的社会体系给予了极大赞赏。竹君感觉到他不仅仅是礼貌赞扬或是友好鼓励，而是真心实意抱着希望这样讲的。他怕竹君听不明白他的话，于是用不紧不慢的语调严肃地又一遍说道："以后，我把今天讨论的这个话题的重要内容，我对中国同行们在 CPR 发挥的作用，对中国的期待，形成文章留下来给你。"

1990 年竹君到美国做访问学者期间，在匹兹堡大学国际心肺复苏灾害医学研究中心时，自然与他们谈起了这个话题。

1992 年竹君从美国回国后，开始编著一部较系统的中国急救医学专著，得到了国内前辈及同事们的支持，彼得·沙法教授获悉后很高兴，他痛快地答应为该书写序言。时任国家卫生部部长的陈敏章教授也对竹君说，这很好呀，沙法作序对我们中国急救医学的发展有促进作用。陈部长也答应写序。

很快，沙法教授将他写的序言寄给了竹君，并且告诉他，其中特别提到这是当年对竹君"形成文章"的承诺，令人感动的是，他还说："我这样的评述不知是否合适，如果你认为不妥，可以提出你的修改意见，我可以再改。因为这是有科学依据的，而对于你们，对中国我是亲身体会到的。"

世界卫生组织与国家卫生部联合组织急救医学与灾害管理研讨会（1995 年 4 月于北京）（右六为吴阶平副委员长，右五为竹君）

亲爱的读者，作为彼得·沙法这样一位大科学家，一个外国人，对中国开展CPR的科学的热情和期待是多么令人感动呀！竹君主编的《现代急救医学》，名誉主编是吴阶平，审定人是谢荣、王今达，都是重量级的人物，由浙江科学技术出版社1993年10月出版。沙法撰写的序言，充分表达了这位当代急救灾害复苏医学泰斗的心思和对中国的情感。他的序言是这样写的：

> 对李竹君医师及其同事们编著的中国第一部急救医学专著表示祝贺。我作为该专业的第一部英-美教科书（Schwartz等，Saunders出版）和关于心肺脑复苏（CPCR）的第一本国际教科书（Safar和Bircher著，Saunders和Laerdal出版）的编著者，我深知编写一部综合性医学专著需要付出何等巨大的劳动。

> 急救医学包括多种不同情况的处理，涉及轻微的急症到有生命威胁或临终的状态。我将仅对后者加以评论，但应认识到对于给病人以舒适，帮助自然的力量治愈疾病和预防威胁生命的情况发生，控制轻微病症同样重要。

> 统观人类有记载的历史，尤其是自从19世纪中叶科学医学的出现以来，对于生命起始与慢性病的关注多于对急性死亡过程的病理生理及其可逆性的研究。复苏所关心的是临终状态（例如创伤性休克）和临床死亡（心搏停止）的逆转。复苏医学可称为"复苏学"（Negovsky）。复苏为多学科措施，并与强化监护（重症监护）医学这一现代复苏的实施手段结合在一起。从气道阻塞、心脏病患者的呼吸暂停与脉搏消失、创伤和

其他急救开始的复苏，仅仅 30 年的历史。医院外的有效复苏在本世纪 50 年代以前基本上不存在。心肺脑复苏（CPCR）包括基础的和高级的生命支持（即急救复苏）及延长的生命支持（强化监护）。至今为逆转临终状态和临床死亡所作努力之结果与前一代人的结果相比，引人注目，但仍不能令人满意。一个原因是传递系统组织得不好。这正是急救医学面临的巨大挑战之处。

　　健康保健对急救医学的要求在于发展提供生命支持一系列措施的花费合理、范围广泛的服务。这包括非专业人员进行的生命支持急救（其中包括不用医疗设备的心肺复苏基础生命支持），现场和由经过训练的救护车人员转送过程中的高级生命支持，以及在就近的主要急诊医院延长的生命支持和确切治疗。如何协调这一生命支持系列中各个部分人员是一个重要问题。在美国，我们正试图通过急救医学服务社区联合机构来实现这种合作。在社会主义国家，通过健康保健的官方手段是行之有效的。

　　对作为急救医学组成部分的复苏医学的哲学挑战在于如下事实，即致力于在生命终结之前恢复暂停的生命，表明人类生命内在的价值。通过注视其死亡时间尚未到达的个体，医学，尤其是复苏和急救医学，使人类价值超出自然界物种生存竞争偶然概率的范畴之外。进行医疗实践必须合乎情理和富有同情心。这需要应允患有不可治愈、无希望疾病的终末状态病人没有痛苦而端庄地死去。另一方面，据估计四分之一的死亡发生于老年或衰老之前，并且无不治之症，这代表着复苏成功的可能性。目标必须是有人类思想与心理活动的存活，才能保证有质量的生活。当然逻辑重点必须依据世界上每一个国家和地区的特殊环境判定。

最后，急救和复苏医学需要在坚实的科学原则的基础上进一步发展。急救医学需要科研，其未来方可繁荣兴旺——科研应在多水平上开展，从细胞到社区人群。实验室研究和临床研究应交叉，互相促进。实验室研究人员与临床工作者之间的联系已告诉临床工作者进行"滴定医疗"，它不同于"查房和开处方"的通常医疗实践。对于有紧急生命威胁的急救处理必不可少的滴定，需要在危重病人身边持续安排有医疗保健专业人员，实现从监测（评价）到迅速采取措施的不断反馈。这一领域的知识迅速增长。因此，该书在未来将需经常修订。

世界正以极大期望注视着中国，以便了解这个已经能够建立生机勃勃和组织良好社会体系的人口最多的国家，将如何发展现代急救和复苏医学的潜力，并与传统的医学相结合。不同国家的研究者与急救医疗保健提供者应当互相学习，最大限度降低世界范围的提前死亡和残废。

彼得·沙法

医学博士、教授

美国匹兹堡大学国际复苏研究中心主任

世界急救医学、灾难医学学会荣誉主席

1992 年 6 月

时任中国卫生部部长的陈敏章教授，也是北京协和医院的教授和临床医师，非常赞赏沙法教授对中国急救事业的重视和鼓励，也为该书写了序言。

近20年来，不少国家十分重视发展急救医学事业，纷纷建立急救系统和开展急救医学的研究工作。它是基于这样的事实：人类活动空间的扩大、寿命的增长、生活节奏的加快、现代化程度的提高，以及交通运输的多样化等，使急症和各种事故的发生有了明显增高的趋势。对此，如不及时采取有效的现场急救和途中医疗监护，及医院内的延续强化救治，就有可能导致一些可以挽救的生命丧失救治的机会。

急救中心、急救站担负的院外急救，医院急诊科和危重症监护病房的后续治疗的有机配合，既构成了对危重病人救治的全过程，也是急救医学的基本内涵。

近年来，我国急救医学事业有了长足的发展。有些城市在急救站的基础上建立了急救中心，急救网在逐步形成，医院内的急诊和危重症的救治工作正得到加强。中华医学会全国急诊医学学会和地方学会相继成立，召开了国内外、地区的学术讨论会，出现了一批质量较高的急救管理体制、心肺脑复苏以及各种危重症救治的学术论文，推动了我国急救医学事业的发展。

北京急救中心副主任李竹君医师，多年来热心于发展我国急救医学事业。为了使这门新兴的涉及众多学科的急救医学，在理论和实践上形成中国自己的特色，约请有关专家，主编了我国第一部急救医学专著《现代急救医学》。这本书包括了从急救体制到院外、院内急救工作的开展，从现场心肺脑复苏到转运途中的监测和护送，从各科常见急症到各种灾难事故的救治，从紧急情况下的徒手抢救到使用各种现代医疗设备抢救等多方面内容，立体地反映了我国急救医学触及到的各个学科的最新发展，凝聚了我国众多专家的知识和经验，是一部具有一定专业水平、质量较高的学科专著。

使我感到高兴的是，当代心肺复苏医学及世界急救、灾难医学学会创始人之一，美国匹兹堡大学国际复苏研究中心主任彼得·沙法（Peter Safar）教授专为李竹君医师主编的《现代急救医学》撰写序言。我希望，我国急救医学工作者们在救死

1989 年 9 月第六届世界灾害与急救医学大会（香港）卫星会在北京科学会堂举行（第二排起立左四为彼得·沙法教授，左五为吴阶平院长，左十为李竹君教授，左七为意大利驻华使者法奇教授）

扶伤的医疗实践和学术活动中，不断总结和汲取国内外的经验和先进技术，为发展我国急救医学事业做出更大的贡献。

中华人民共和国卫生部部长

陈敏章教授

1992 年 8 月 18 日

　　沙法教授对该书还有权威的中国医学科学家吴阶平作名誉主编感到非常高兴，他在北京见过吴医师（时任中国科学技术协会副主席、中国医学科学院院长出席了第六届世界灾害与急救医学大会北京卫星会），还有他昔日的同事并经他亲自推荐的竹君作为他研究生的谢荣教授（时任北京医学院麻醉系主任，我国麻醉学权威专家）。沙法作为复苏医学的创始人，中国急救医学的进步是他事业的重要内容，我们大家都是生活居住在同一个地球村的人呀！

2001 年 4 月 21 日中国灾害防御协会救援医学学会成立大会（右六为全国人大副委员长吴阶平教授，右五为竹君）

彼得·沙法夫妇与竹君在北京卫星会

竹君与沙法教授最后一次见面是在 2000 年二月初的美国达拉斯。当时由美国心脏协会（American Heart Association，AHA）主持编制的《2000 年心肺复苏与心血管急救国际指南》（*Guidelines* 2000 *for Cardiopulmonary Resuscitation and Emergency Cardiovascular Care*，*SCIENCE*）即通俗简称的 "2000 CPR & ECC" 的定稿会。美国心脏协会邀请了竹君夫妇赴美参会并负责全程费用。这是一个在国际急救领域里很重要的学术会议，是面向 21 世纪心肺复苏与心血管急救规范指南具有理论与践行的权威定稿会议。会后，这部国际急救指南即向全球发布。竹君欣然接受邀请，积极成行，因为国际权威专家云集于此，继而得知沙法教授也将参会。他与沙法自 1997 年 10 月在德国美茵茨举行的第十

香港回归前香港卫生署李绍鸿署长（左一）、卫生部陈敏章部长
（右二）与竹君教授（右一）讨论中国医学救援的未来

届世界灾害与急救医学大会见面后，已有两年多未曾谋面了。

　　竹君夫妇到达达拉斯报到当天，彼此就见了面，着重讨论了这
部国际指南的科学性、权威性，并在中国今后如何参照指南等领域
取得了共识。他们又谈了指南的一些不足，认为着重心搏骤停而对

呼吸骤停的重要性和操作力度介绍的不够。竹君提到人口老龄化后，"气道异物"造成呼吸道梗阻发生在老年人身上的情况在中国已不少见。为此，竹君还曾与气道异物处置有效的海姆立克急救法（Heimlich Maneuver）的创立者亨利·海姆立克（Henry Heimlich）教授和其华人助手华宏顺教授讨论过此事。

　　沙法教授十分赞同竹君的意见，他说美国老年人的气道异物发生率也很高。大家（后来沙法教授的助手 Prof. Nicholasg G Bircher 也来参加）讨论得很热烈，由于沙法教授的知名度太高，当时围拢来的人越来越多，沙法教授说："我该走了，晚宴时我去找你，我们接着谈。"

　　当晚在千余人的晚宴上，沙法教授找到了竹君夫妇。彼此谈了片刻后，他对竹君夫人从事红十字会的心肺复苏急救教学培训给予了鼓励，希望她编写一本科学、通俗、面向大众的优秀的复苏教科

竹君夫妇与沙法在美国达拉斯合影

书，就像竹君当年（1993 年）主编的《现代急救医学》（沙法为此书写了序言），日后寄给他。（竹君夫妇没有辜负他的期望，花了两年时间主持并实际编写了《救护 First Aid》。该书以中国红十字会总会编，竹君任执行主编，作为中国红十字会救护师资培训教材于 2003 年 8 月出版。时任中国红十字会常务副会长在该书序言中写道，"值此《救护》出版之际，仅对执行主编李竹君教授以及所有参加编写的人员、单位为此书所付出的辛勤劳动致以衷心的感谢。"竹君的夫人是该书的主审。可惜，书不及寄送给沙法教授他却已匆匆离去。）临走时，沙法深情地说，"Dr. Li，今天很高兴见到了你们，我们一起照个相吧！"这是沙法与竹君最后的合影。沙法教授在 2003 年 8 月 2 日因癌症在美国去世。

四

四川绵阳的"生命广场"

2018 年 5 月 6 日在汶川地震十周年前夕，在四川省成都市举行了中国·国际第 16 届现代救援医学论坛。5 月 6 日晚，竹君一行到当年重灾区绵阳举行了卫星会。

老朋友见面有说不尽的话。竹君与绵阳中心医院党委书记王东主任医师、何梅副院长等同事谈得十分热烈。

这里曾是强地震的地域，绵阳中心医院则是该地域最高端、实力最强的三级甲等医院，也是救治伤员最集中的医院。当时余震不断，他们必须在医院外空地上建起一个临时医院，将各地送来的复杂多发的创伤和危重急症进行抢救，同时还要开启多台手术。

大家在讲述当年的情况时，不只是回忆，而是以一个抗震救援的医务工作者面对大灾到来，同样感受到危险随时会降临在他们身上。在生命岌岌可危的形势下，如何积极应对、科学处置，用他们关爱生命的人道，现代医学科学知识技术的能力，更以中国共产党在基层坚强组织和团结医院群众的凝聚力，是如何在医院前方不远处的一个空旷处，迅速建立一个临时医院。因为这样可以离开医院大楼，比较安全地进行救治手术，抢救处置各种危重伤病人。他们像蚂蚁搬家似的来来回回地冒着余震不断的风险，往返到医院大楼里去取药品、器械、敷料、设备以及电、水等各种物件。

这个空旷的小广场，在2008年5月12日晚上开始就迅速搭建起一座临时的、以抢救和手术为主体的广场医院。危重症病人的抢救和不能耽搁的创伤手术就在这里展开。这里开设了手术台，在灯光下开颅剖胸，还在5月13日、在余震不断的大地颤抖中，平安地接生了地震后绵阳第一个新生儿，他的呱呱坠地的声音，是绵阳，不，是汶川大地震区域发出的生命的最强音。他们在这里一共接生了36个婴儿！个个平安降生，个个生龙活虎。"您可知道当时我们医院工作人员是何等的兴奋，家属是那样的高兴。"王东兴奋地说着，他已经陷入了十年前在这所临时广场医院的情景之中。

这个空旷的地方，这个绵阳市中心的黄金地段建成了"生命广场"！不久，市里领导和社会各方，一致同意了他们医院的建议。

竹君连连赞扬而且情不自禁地握着王东、何梅的手说："你们的建议太好了，太正确了，生命广场情真意切，十分到位。"他停顿了一下，突然说道："这是 21 世纪发生在中国的'诺亚方舟'。"他想了一下，接着说："诺亚方舟的故事是上帝告知的，而我们则是人民告知的，一切有爱心的，无论是中国人还是外国人，大家都会投入到这场抗震救灾、关爱生命之中！"

众人频频点头，何梅说："竹君大夫总会有一番语不惊人死不休的话。"竹君笑了笑，说："承蒙你夸奖。去年 5 月 11 日，我在北京，在医院的餐厅见到一位资深的护士长，看她这两天忙忙碌碌在布置一个会场，便问她：'杨护士长，明天是什么日子？'她不假思索地说道：'5·12 国际护士节，我们正在彩排庆祝，护理部的邀请您收到了吗？'接着又说道：'您可要去呀，我们都是您的粉丝。'竹君接着说：'你可没有完全回答我的问题。'护士长说：'5·12 护士节呀，有什么错吗？'竹君说：'没有错，但没有答全。5·12 这一天还有一个节日，你好好地想一想。你说你是我的粉丝，什么粉丝呀？'看她真是答不上来，于是我告诉了她以下内容：

国际上将每年 10 月第二个星期的周三定为国际防灾减灾日，已引起全球对此的重视，在这一天和这一周举行会议，尤其是开展各种形式的科学普及活动。我们一些同事们，尤其是从事防灾减灾的专家学者，这些年来向国家建议，中国还应该有一个属于自己的防灾减灾日。结合国情，尤其是对频繁发生的地震和每年几乎规律性发生的洪涝灾害，应该系统地开展防灾减灾活动，尤其要大力开展面向广大公众的科学普及活动。这不是哪个部门、哪个地区、哪些人群的问题，而是国家的节日，是一个与安全生活、安全生产息息相关的，男女老幼人人都有份的活动。

汶川大地震波及范围之广、影响之大，是中国灾害史上、地震史上极为罕见的。中华人民共和国国务院就在 2008 年 5 月 12 日不久，即确定了每年 5 月 12 日为中国的防灾减灾日。可惜，将近十年过去，还是有不少人不知道这个特殊的节日。次日，在全院庆祝国际护士节的大会上，我是以双重志愿者的身份参会的。"

事实上，护士节从某种意义而言，也具有防灾减灾的内容。当年，南丁格尔不也是从战场上萌发并践行了战场救护吗？

竹君、王东一行人走到了绵阳市中心的那个广场。广场宽阔，地面洁净，四周绿草粉花，沐浴在春日温暖的阳光下。在广场的顶端，一块长十几米的巨石横卧在那里，上面用红绸严实地覆盖着。几位工人在对广场做最后的整修装饰。显然，不久将要在这里举办重要的活动。王东书记告诉竹君，明天中国·国际现代救援医学论坛的卫星会的仪式将在这里拉开帷幕，随后在这里举行心肺复苏急救的公众演习。竹君点头称好，他说："我们一些学术会议的开幕式是过于刻板乃至死板、官僚化，缺乏生气，以来的领导官阶的高低，标志着这个会议的档次。有的领导照稿宣读一番官话、套话，千篇一律，不接地气。开幕式一过，领导刚走，会场顿时显得冷清。真正的领导，大牌专家能坐下来听会，与大家一起交流参加研讨的，那真是凤毛麟角。"

第二天，中国·国际现代救援医学论坛的分会场开幕式，在绵阳中心医院正前方的人民广场隆重举行。对竹君而言，他一生走南闯北，参加过国内国外不少会议、论坛、报告会、研讨班，但今天，是在当年临时建起的抢救场所召开开幕式，心情是难以言表的。2008 年 5 月 12 日晚开始，医生、护士们在地动山摇、房倒屋塌、余震频频的这里，临时建起了抢救场所，在昏暗的灯光下抢救生命：清理着被堵塞的呼吸道，胸部的胸外心脏按压在有节律地进行着，临时开出的几台手术在无影灯下紧张地进行着，红色血浆袋里的血浆通过输液管正流向病人的血管里，临时产房里传出了响亮的婴儿的啼哭声。手术处置多发伤中又接生了一个个美丽而顽强的生命！护士细心地照料保护好襁褓中的婴儿，使其免受恶劣的自然环境导致感染等因素对幼嫩生命的打击。

2018年5月7日，他荣幸地被绵阳市委、市政府邀请，与市委副书记、市长（当时该市的市委书记还未到任）到广场参加"生命广场"揭牌仪式。竹君与市长两人分别走到那块镌刻着四个大字的巨石的两端，郑重而又轻轻地揭下了那块横卧在广场巨石上的红色绸缎，"生命广场"四个红色的大字在阳光下熠熠生辉，显得分外耀眼醒目。生命广场上空，蓝天白云，广场四周芳草凄美，不远处，一幢幢建筑挺拔矗立，附近传来公共交通和城市的喧闹声响，这是一首时代生命的交响乐！多种声音配合得那样和谐，其中似乎还能聆听到当年婴儿来到这世间呱呱坠地的声响，现在已经不再是童声，而是朗朗的读书声。这是生命广场上，过去和今天的人们的合奏、和声唱出的生命之歌！

当地党政各部门主要领导人、公务人员身着正装，各界市民代表，男女老少既庄严又欢快地站在那里，更有身着白色工作服的绵阳中心医院和当地医疗卫生部门百十位医生、护士代表站在那里，他们大多都拿着一束束鲜花，在向人们摇摆致意。

竹君此时脑海中闪现了高士其《生命进行曲》中的诗句：

生命啊!

你是一首唱不完的歌;

你歌唱欢乐的大地,

你歌唱喜悦的春天。

……

饥寒、疾病和一切自然灾害

是你的敌人,

你和死亡搏斗,

你生存斗争中取胜。

不是吗?十年前,妄想摧毁绵阳的狂躁的地震,这个自然灾害败在了众志成城的人民的手下。人类在生存斗争中取胜。

2018 年落成的绵阳"生命广场"(左为竹君,右为绵阳市委副书记)

简短庄重的生命广场揭牌仪式后，上演了一场大型的心肺复苏与心脏除颤（CPR·D）的规范操作演习。表演者是当地的医护人员和受过培训的"第一目击者"。他们不仅演习了CPR·D，还演习了创伤救护和安全转运伤病员等科目。在今天，这一些是表演，在昨天是他们亲身的践行，血与火的锤炼，在明天，他们万一再碰上天灾人祸，就能较好地应对，保护自己和他人，将灾害对人生命健康的危害减小到最低程度。

在这里，把《绵阳晚报》（2018年5月8日）的新闻报道转载于下面，在文字后有一张"生命广场"揭牌的图片。

绵阳"生命广场"命名揭牌

刘超李宗浩出席并揭牌

本报讯（记者 马新友）昨（7）日，位于绵阳市中心医院门诊大楼前的"生命广场"举行命名揭牌仪式。市委副书记、市长刘超、中国灾难医学救援协会会长李宗浩出席并揭牌。

李宗浩在致辞时说，"5·12"汶川特大地震发生后，以绵阳市中心医院为代表的广大医护工作者不畏艰险、日夜奋战，责无旁贷地担负救治地震伤员的任务，总结形成了灾难医学救援的"绵阳模式"，并在玉树地震、芦山地震、九寨沟地震等灾害救援中不断得到完善升华，为历次灾害救援和人民群众的生命健康作出了不可磨灭的贡献。衷心希望以绵阳市中心医院为代表的卫生系统战线，牢固树立"以人民为中心、以健康为根本"的理念，努力为灾害医学救援贡献新的方案，为健康中国作出新的贡献。

副市长罗蒙在致辞时说，我们将以本次揭牌仪式为契机，坚持把人民健康放在优先发展的战略地位，进一步完善优质高效卫生服务体系，建立更加科学的应急预案、更加专业的救治队伍、更加高效的指挥体系，努力全方位、全生命周期维护和保障人民健康，为健康中国战略贡献更多"绵阳力量"。

生命广场标志物采用天然巨石，取其人类自然之本性与永恒之寓意。"5·12"汶川特大地震期间，在生命广场上，17支来自国内外的外援医疗队、2000余名医务工作者、5000余名志愿者，共同构建起了抗震救灾最为坚强的生命堡垒，践行着"用生命捍卫生命"的神圣誓言。在这里，900余例帐篷手术顺利实施，并创造了一个晚上200余台手术，一个工作日356台手术的记录。在这里，1900余名伤员得到救治，近万名群众被妥善安置，还有36名新生儿来到这个世界。

市人大常委会副主任黄正良、市政协副主席尚丽平、市政府秘书长谭岗，以及国内外灾难医学救援专家学者参加命名揭牌仪式。

尾声

愿做
时代弄潮儿，
笔下春秋滚滚来

一本书的结尾，是故事的最后部分，作者最为感叹想抒发的人和事。职业急救医生的竹君自然是"三句话不离本行"。

一

警惕当年日本"3·11"地震并发核泄漏

2019 年岁末，一场全球性的新型冠状病毒肺炎（简称新冠肺炎）疫情悄然而来，袭击了我国长江中游的大城市武汉。在此前不到一个月，那是 2019 年 11 月 24 日中午，竹君从北京坐高铁下了武汉站。晚秋初冬，阳光和煦，迎接他的武汉急救中心江主任和亚心总医院的苏院长径直带他到了离车站不远的餐馆，边吃中饭边讨论明天举行的"空中地面急救站"等一应事宜，竹君也想借此敲定 2020 年第 18 届中国·国际现代救援医学论坛在武汉举行的一些大事。

没有"酒"的午餐，效率很高且省时省力，可谓"事半功倍"。一小时的工作午餐，商定了第 18 届中国·国际现代救援医学论坛明年（2020 年）秋天在此举行。论坛突出"面对常态急危症、应对突发灾疫情"的主题，同时增加两个内容。

第一个是作"空地急救"的演习，即武汉急救中心的救护车系列（装备现代化的在车上可做高级心肺复苏与自动除颤，以及创伤救护等救命技术）与亚心总医院的救援直升机（抢救转运伤病员和运送医护人员），空地联合，模拟一场严重的车祸，现场抢救和转运。这些，在欧美发达国家已基本成熟运作多年。

竹君多年来为"空中急救"奔波不已，但结构性的建设成效不著。数十年的无情岁月逝去，"空中急救"却始终未能立项。为此事奔波的德方 DRF 的执行总裁柯赖尔博士，积极帮助此事的华裔、图宾根大学讲师王寿椿博士已先后离世，近年又得知斯泰戈尔夫妇也已故去，竹君心中泱泱。

纵然，近些年来国内已有一些仁人志士关注到"空中急救"这个话题，北京急救"999"的领导者购买了直升机和喷气式救护飞机，开始运营空中救护业务，以致即将卸任的联合国秘书长潘基文先生也到北京查看，很是热闹了一番。按竹君的急救体系蓝图，虽然相距尚远，但中国的立体救援已初步形成。我们的"和平方舟"866 医疗舰已经执行上救援，他的朋友钱阳明教授（原海军总医院

中国"和平方舟"

愿做时代弄潮儿，笔下春秋滚滚来

海军总医院执行"和谐使命—2011"任务医院船医疗队组建（右第六人为医疗队舰长、海军总医院钱阳明院长，右第人人为作者）

在医疗训练舰上（左一为钱阳明院长，左三为竹君）

院长）的团队乘风破浪在前行。

　　他又想到"地下"的救护。那是矿山救护，该是一项多么重要的与"人命关天"相连的救援事业呀！煤矿意外事故是很危急的。他想到了前几年山西王家岭矿难的"透水事故"，在矿井下八天八夜终于不少矿工获救。"基学救援"多么神圣的救死扶伤，发扬人道的事业，中国这些年的进步，其中也有他的心血，他要继续努力呀！

　　第二个内容是与会专家学者发表演讲、做报告，也就是说这些儒生大家在"讲道"的同时，举办相匹配的急救最新科技产品的展览。这在发达国家的一些全国性的专业学术会议上，已经很普遍了。

　　"现代化"从某种意义而言，也是"装备的现代化"。新型高科

愿做时代弄潮儿，笔下春秋滚滚来

山西王家岭矿难现场（中为竹君）

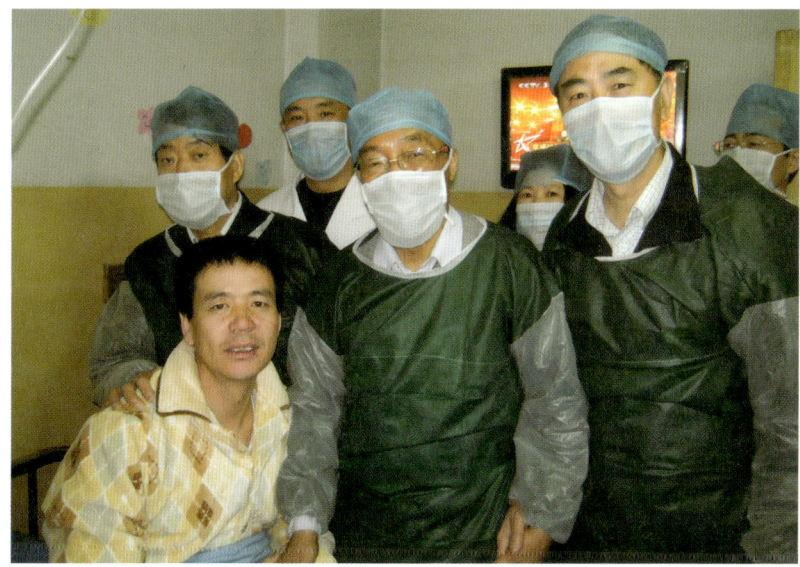

左一为矿下被困八天八夜第一位救出的矿工，中为竹君

技的产品当今真是琳琅满目。中国古话就有“工欲善其事，必先利其器”。从医学领域而言，如果没有现代化的产品，医学停留在两根橡皮管套着一个听筒的“听诊器”，来窥听心脏的跳动、呼吸节奏的种种变化，那实在是太不全面了。总停留在用手敲打胸廓来推断心脏是否扩大，肺部是否清晰也太以偏概全了（当然，听、叩等物理检查也是必需的、基础的）。至于面对灾疫情，现场控制灾害险情，伤病员安全快速转运，总不能停留在传统的用铁锹挖刨，用普通汽车运输……

2016年考察日本“3·11”地震后急救大会

　　竹君多年的国内外奔波，使他的科学站位和眼界不断提升、扩大。他对 2011 年日本"3·11"地震并发核泄漏事件触动很大。日本是地震频发的国家，而 3 月 11 日的地震不仅衍发了海啸，而且还造成了核泄漏。这是全球当今唯一的一次自然灾害（地震）加技术灾害（核泄漏）的严重事故。对于这位资深的急救灾害医学救援专家而言，他想得很多，甚至多次从睡梦中惊醒。"我们中国也是地震频发的国家，又有很多核电站"，居安思危，要做多种准备，应有预案呀！

　　2015 年底，竹君接到日本友人森野一真君的邀请函，请他参加 2016 年 3 月初在日本山形县举办的日本全国灾害医学大会，并发表演讲。邀请函特别提到了"您是我们唯一邀请参会的专家，包括国际机票在内的在日本的一切费用由会议方承担"。这就是说，世界各国专家愿意参会的，自己支付一切费用及会议费，并得到组委会同意的均可参会，但正式邀请并由会议方全部支付费用的仅他一人。竹君与森野君的友谊源于 2009 年 4 月在成都。

　　众所周知，2008 年 5 月 12 日，我国四川发生了汶川大地震。地震发生后，国际上不少救援组织、专家们纷纷来华帮助中国救灾，其时森野教授率领的救援队也迅速到达灾区，积极投入抢救。2009 年 4 月下旬，中国国家卫生部与世界卫生组织（WHO）在成都举办纪念汶川抗震救灾一周年的科学学术会议。

　　会议规模虽然不大，但规格较高，科学内容丰富。主要是中国卫生部部长、世界卫生组织总干事以及国内外的专家学者和主管医疗卫生应急的官员，不过百余人纪念并举行研讨。在开幕式后的次日，涉及具体救灾的医学救援、应急处置、专业学术活动时，国家卫生部官员对竹君说，学术讨论环节就由你代表中方，同时请日本的森野教授代表外方，请你们两位专家来主持，负责学术讨论等工作。四川卫生厅沈厅长也表示全力支持，竹君与森野两位欣然接受重托，这样他们俩彼此介绍相识。

此后一天的学术会议进行得十分顺利，发言踊跃，热烈交流。他们圆满地完成了中国卫生部和世界卫生组织交办的任务，彼此的友谊也从此建立。此后，每年举办的中国·现代国际救援医学论坛，竹君都邀请森野君参加，他不仅自己参加，而且还请了日本有关的政府救援组织的领导专家参会。更难能可贵的是，他们每次都有 2～3 位专家，就当年或当今日本发生的地震等重大灾难救援作科学报告，内容丰富新鲜，资料详实可靠。森野等人的科学作风给竹君和他的同事们留下了很好的印象。日本专家每次参会，都认真听讲，从头至尾，不漏一场。

竹君对此后四川发生的雅安芦山地震作了专题调研。重点是对宝兴这个"孤岛"的救援作深入的全面的了解，评估抢救等。他得到了时任四川省卫生厅厅长沈骥的大力支持，为他派出了应急办主任和雅安卫生局的主要领导。四川是个地震多发地区，医学救援在平时应作如何准备，震时如何有序组织抢救和医学转运，防疫工作怎样提前进入等。沈厅长对竹君予以重托。沈骥是位急诊科临床医生出身又富有行政管理经验。宝兴县派出一位副县长（藏族女性）陪同调研，四人深入灾区，写出了很好的研究报告。

时间到了 2011 年 3 月 11 日，日本发生了强烈地震。当竹君了解到地震还并发核泄漏的情况时，他惦记他的朋友同事森野君的安危，立即联系他，很快收到了森野君的回复。森野君很是感动，他

愿做时代弄潮儿，笔下春秋滚滚来

汶川大地震发生后竹君在中央电视台直播

愿做时代弄潮儿，笔下春秋滚滚来

汶川大地震发生后竹君在现场调研

告知此次震情严重，但他和家人无恙，请他放心。由于种种原因，中国国际救援队一个小组赴日参加救援，但未能专门派出医疗队。

时光易逝，自 2011 年"3·11"地震并发核泄漏快要过去五年了，正在此际，森野君的邀请，使他很想趁此时机去当时核泄漏地的福岛考察，以便日后万一遇到这种情况时知道如何应对。于是，在接受友好邀请的同时，竹君提出了一个要求，希望借会议之际能亲自到福岛核泄漏处做实地考察。科学家做事向来光明磊落，只是为了人民的健康。

森野对他这位朋友的为人和事业心是了解的。他的回答也是明确的，表示充分理解，愿尽力促成他去福岛核泄漏之处的考察。但同时也坦率相告，他们协会和会议没有得到授权，竹君能否去该地考察他们不能决定，他们一定向日本有关上级部门报告，尽力促成。

人们常说，考察人的耐心有三件事。一是钓鱼，二是坐牛车，三是等人，竹君天天在等待回复。因为等待，就觉得天长日久，其实只是一个多月的时间，并不算长，回复来了。森野君高兴地告诉竹君，他的要求得到日本主管部门的同意。获准理由是，竹君是中国的一位著名急救专家，在 1989 年 3 月曾救护了圣心女子大学历史学家所率领的旅游团受伤人员，并成功地将其由中国安全送达日本东京，无一例发生截瘫。当时，日本圣心女子大学三国旅游团在中国四川省的剑阁县发生了一起车祸，死一人伤多人，其时是竹君率领了急救队进行救援。日方对此表示感谢，同意他到福岛核泄漏处参观考察。

竹君很高兴能获得批准。森野说他自己也没有机会去那里。他

愿做时代弄潮儿，笔下春秋滚滚来

不仅高兴，更了解到他的朋友还有过这样友好的成功救护案例的善举，觉得很是光彩。而竹君早就忘记了当年那次紧张的抢救事件。确实，他曾带领北京急救中心的医生、护士，还带领了国际急救界的同行去救援，他担任抢救队长。多年的急救生涯，他知道如何对年迈的历史学教授的冠心病在长途转运时的照看救护，对多名女大学生在创伤转运中保护其脊柱，避免发生截瘫。当飞机抵达东京国际机场，当机舱门打开时，几十架摄像机、照相机闪烁的光亮冲他而来。当他安全地将伤员交接给日本的同行，当他次日离开东京机场"过关"时，日本有关方面给了他足够的礼遇，此时又历历在目了。

与日本山形县女县长会见（左竹君，中山形县县长，右森野一真教授）

愿做时代弄潮儿，笔下春秋滚滚来

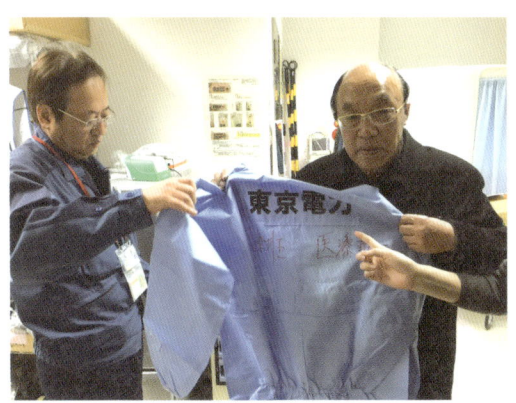

2016 年考察日本 "3·11" 地震后福岛核泄漏地区

　　竹君如期到了日本山形县参加了全过程的会议。山形县的女县长等领导接见了他。为什么竹君对县长的接见特别提了一笔呢？因为竹君的那个时代，其时日本有部电视连续剧《阿信的故事》在中国热播，故事真实地讲述了日本一位贫穷的女性，励志奋斗，事业有成。阿信，她是山形县人。竹君生平就是喜欢靠自己努力奋斗取得成功、服务大众、造福社会的人！所以他与森野等人一提起这部电视剧时，有心的友人很快就说请了阿信所在这个山形县的领导见面，而时任县长又是位女性。

　　日本友人也履约如初，会后请他到核泄漏地福岛考察。

　　时光流逝，已是五年了。2016 年春天，这里虽然阳光明媚，树木青翠，绿茵遍地，但几乎见不到路人，沿途堆放着无数黑色的

日本"3·11"核泄漏现场

愿做时代弄潮儿．笔下春秋滚滚来

大塑料袋绵延不断。陪伴的人告知，这是铲出地表受污染的土壤、杂物等放在塑料袋里的，已堆放好久了，也不知今后将它们扔向何处去。车子开了一会，又见到几百袋的塑料袋静静地放在路旁。

那座小镇，虽然车站、商店、住宅依旧，但闻不到一点生活的气息，像一座死城。他到了类似中国的乡镇政府街道办事处，见到了若干工作人员。他们是上班时间办公，专门接纳愿意回来的当地的老住户，并给予多种优厚落户条件，但报名愿回来的寥寥无几。

都快五年了，这被核污染的地域遗留下多少的坑坑洼洼，而那些被污染的水呢？……多少难以解决的问题呀！生态环境一旦遭到致命性的打击与破坏，要想恢复谈何容易呀！

竹君在日本山形县救援直升机旁

从表面上看，这里阳光、蓝天、树木、花草，一切照旧，但实质上，这些环境到底发生了什么质的变化，还会延续多久？如今这位专职的急救医生竹君也感到茫然了。正像外表健康之人，一旦内心精神受到巨大的打击，抚慰心灵的创伤、抚平痛苦的皱纹，需要多少时日呢？谁也说不清道不明。

二

疫情阴霾下举行的 2022 年中国·国际现代救援医学论坛

2020 年、2021 年，因疫情现代救援医学论坛按下了暂停键。2022 年来临了，竹君想着，今年一定要举行了，因为疫情，多种活动受到了影响，但我们总不应消极地等待，无所作为。除了增加线上的会议，如能面对面线下开会，讨论问题更为充分也易沟通，至少观看展览就更能直接发挥作用。何况竹君他们的论坛本身也是对灾疫情挑战的回击，是武装救援人员理论与实践的最新的武器。

作为中国唯一的以国家医学救援为主体的行业与学术社团，要牢记自己的职责与使命，要协助政府做相应的辅助工作，要对民众做该做的科学普及。在经历了近三年的疫情阴霾的笼罩，有些人对我国的防疫政策和举措不够全面理解，少数协会学术团体为求平

愿做时代弄潮儿，笔下春秋滚滚来

安、保险，几乎不开展必要的行业学术活动，甚至对线上的会议也不积极。竹君和他的团队深感当此时机要做更多事情。他们决定，2022 年 8 月，仍如前定的在武汉举行论坛和展览，开宗明义地打出了本届论坛展览的宗旨是"面对常态危急症，应对突发灾疫情" 14 个掷地有声的大字。

几经周折，论坛与展览终于于 2022 年 9 月 23 日至 25 日，在武汉客厅举行。

那个宏大宽敞的武汉客厅，当年曾是武汉抗击新冠肺炎疫情早期的"方舱医院"。住进去的病人，在这里得到了隔离、治疗、护理、休息。这种与传统的方舱医院定义有着很大的不同，但在人类遭遇前所未有的新冠肺炎疫情，出现大批病人时，任何一个国家的传统医疗机构的医院更不说是传染病医院，是无法收治这么多病人，满足其医疗、隔离之需的。

当竹君走进方舱客厅这个论坛、展览会场时，感慨万千！当他见到医学急救的多家厂商，抢救仪器多种门类，不同功能，情不自禁驻足观察。工作人员催促，"里面论坛即将开启，您快一些进去"。此时他才恍然大悟，疾步向前。

高朋满座，限制三百座位均已爆满（因疫情控制规模）。在这经历了近三年抗击疫情的形势下，竹君面对众多专家学者，莘莘学子，尤其在这当今世人关注的武汉，他深情、激情、真情、热情地作了"勇立时代潮头，保护人民健康"的主旨开幕演讲。

他说："无论是 1911 年的武昌起义，打响了摧毁几千年中国封建统治丧钟的第一枪，还是 2019 年，武汉处在全球抗击新冠疫情最前沿阵地，承受着血与火的考验，做出的巨大贡献。面对常态急危症，应对突发灾疫情的现代救援医学论坛……传统的医院围墙模式为主的医疗机构难以应对现代人类社会所面临的种种问题，医疗结构性局限的困境捉襟见肘，医学救援行业已悄然崛起，救援医学的学术已基本形成，我们必须要走出医院的大门，走上社会、走到社区、走进家园、走入现场。固有的以医院为中心和以科学殿堂做研究的思维模式要解放思想，适应社会发展、时代需求。"

他强调："有大量的开创性的工作要做，要击破种种不适于科学发展的条条框框，要建立行业学术的规范与标准。"竹君演讲最后引用了恩格斯的名言，"思维着的精神是地球上最美丽的花朵"，他说："人类要思维，要发展，可持续发展。医学救援是当今备受关注、刚被开垦的处女地，必然会开出面对常态急危症、应对突发灾疫情的思维践行的美丽花朵。"他借用著名作家徐迟在《哥德巴赫猜想》中的那段精彩描述作为结尾："这些是人类思维的花朵。这些是空谷幽兰、高寒杜鹃、老林中的人参、冰山上的雪莲、绝顶上的灵芝、抽象思维的牡丹，必将流芳于世，温暖人间，为保护人民健康做出贡献！"

会场响起了热烈的掌声，表示与会者对这位演讲者致辞的认同与赞赏。会后《人民网·人民健康》在 2022 年 9 月 27 日以及有关主流媒体对疫情下的这个救援论坛表示肯定，对组织者的有为表示赞赏。

论坛与展览是成功的。但是，在论坛召开前，也曾掀起了不大不小的风浪，使论坛与展览运行差一点停摆。原因是个别人认为，此时在武汉开会尤其举行急救产品展览风险很高，容易发生疫情传播。为了疫情的控制，为了保护人民的健康，他们向市政府反映应取消这次会议。武汉的主管部门经过科学评估，批准可以开会！确

愿做时代弄潮儿·笔下春秋滚滚来

是英雄的城市武汉，英雄的人民。当地政府在与武汉疫情指挥部商定下，决定了这个目标明确的具有急救意义的论坛、展览可以如期召开，在防疫等方面要严格按照要求进行。

会议前夕，竹君专程去了金银潭医院与王院长等现任领导专家学习交流，又与湖北省卫生健康委员会主任等主要领导、专家沟通交谈。获得国家"人民英雄"称号的原金银潭医院院长、现任湖北省卫生健康委员会副主任的张定宇教授，对中国医学救援事业、中国应对突发灾疫情等活动充满信心。他们兴致勃勃地谈起今后急救事业的发展，尽管当时尚有许多阴霾，但他们都相信这一切很快会过去，温暖的阳光一定是很有热度地照耀着我们！

在武汉的那几天，竹君在白昼紧张的会议后，晚上仍是夜不能眠。生命本是在循环前行，从未停歇过。他又一次地想起这本书的书名。"归来"，既是个人动态肢体的活动，更多是滴落在心灵深处，轻易不显山露水偶尔的原生态的精神的回归。它的足迹大致是捕捉或短时留下其踪影，重温旧时梦，又拾昨天事，是一件令人惬意的事！无论是欢是悲、是喜还是哀，是甜是苦、是乐还是恼，发生过但毕竟已经过去了。"人永远不会跳进同一条河"，古希腊的哲人如是说。但竹君这个凡夫俗子想说，人永远不会阻断自己回故乡的那条相同的路。竹君想到了他与北京大学一位学者多年前的一次谈话。

20世纪末，在青海湖边。他与时任北京大学哲学系、艺术系主任的叶教授聊到了历史与文明。

叶教授说，历史学家是照着说，哲学家是接着说。他们谈到了文明。人类的文明总是一脉相承，要继承精华，不断发展。"接着说"的内涵是十分丰厚宽阔的。一望无际的青海湖，青藏高原上蔚蓝深邃的天空，能容下这个内涵吗？不能。辽阔的海洋，无际的太空能概括这个内涵吗？也不能。对一切真的、善的、美的，我们一代一代生生不息的子孙，都有责任接着说！在永恒的历史长河中，这个内涵就会更加丰富多彩。

三

不忘高士其导师的教诲

2022 年 9 月，竹君从武汉现代救援医学论坛归来，来到江南古镇他的故乡。老辈们多已不在了，儿时小伙伴们浪迹天涯，散至各地。新的一代人对他陌生，但最使他欣慰的是嘉业藏书楼仍在，书籍依旧飘香，令他高兴的是新建的南浔图书馆悄然而立，还要将现代南浔籍人的著作吸收其中，以至于竹君居然也在被邀之列。故乡没有忘记他，没有忘记这个远行的游子为急救事业的奔波，要将他的脚印留下，他对急救事业的努力镌刻在他儿时走熟的青石板路和石桥上。故乡知道竹君浓厚的乡情乡恋，不仅是童年情趣、少年壮志，更是以乡贤崇文重教、努力进取为榜样，激励他践行一生，有机地融在家国情怀之中，民族复兴的身体力行中。竹君心中何等的宽慰适意呀！这使他想起在爱因斯坦的故乡多瑙河上德国乌尔姆的小城，他的脑海中，又想起了这位大科学家的 $E = mc^2$ 的公式。

愿做时代弄潮儿，笔下春秋滚滚来

高士其与竹君

E 代表能量总额，m 是物质的质量，c 则是每秒 30 万千米的光速。按此计算，如果能使物质的质量全部转化为公式所示的能量，那么仅 2 千克的煤的全部质量，可以变为 200 多亿度的电能。核武器原子弹的威力不正好说明了这一点吗？

竹君的恩师高士其，在美国芝加哥大学留学不久就不幸染病。脑炎病毒造成其全身性进行性瘫痪，无情地将一个充满理想、才华横溢的年轻人限制在轮椅上，逐渐地使他有嘴不能自如讲话，有手难以书写笔耕，有腿不能正常行走，有劲无法施展抱负。但他靠意志，靠思维，靠学习，靠理想，靠精神，永不却步。爱因斯坦的能量公式对他，对一个不灭意志人，同样是十分适用的。

竹君情不自禁地默念起高士其的《我的原子也在爆炸》的诗：

> 我虽然不能起来，
> 我虽然被损害人类健康的魔鬼囚禁在椅上，
> 但是哟，
> 魔鬼们禁止不住我们声浪的交响。
> ……

他又想起了他曾安排高老与协和医院著名的妇产科专家林巧稚大夫会面的场景。两位德高望重的大师级人物都是福建老乡，都是科学家，热心科普工作，但却从未面对面地讨论过科普工作。竹君在 1980 年夏天为二老安排了见面，他又想起同样是福建籍的大作家冰心。说真的，竹君够得上是高老得力的助手，老人家行动不便，能折腾、充满热情的竹君为他奔忙，中国佛教协会会长、德高

愿做时代弄潮儿，笔下春秋滚滚来

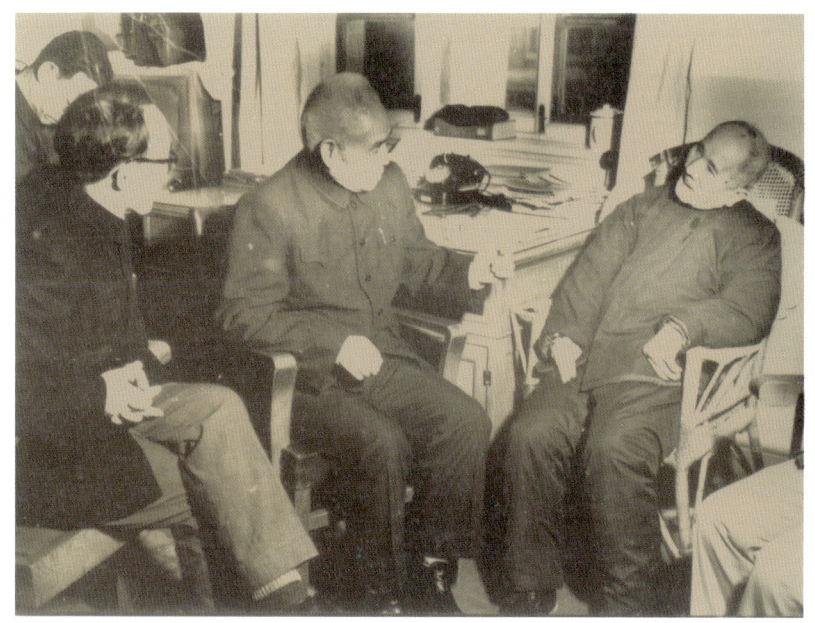

1981 年高士其（右）与国家卫生部部长钱信忠（中）、竹君（左）

望重的赵朴初也夸竹君热心肠。

　　冰心、吴文藻夫妇与赵朴初先生（人们都称他为朴老，竹君叫他朴初伯伯）是好友，他们也都是竹君的良师益友。就在冰心去世的次年，即 2000 年 5 月，朴老也离世远去，这对于竹君心灵上的打击是沉重的。

　　竹君工作的北京急救中心位处和平门，与朴老住所只有一步之遥，在这些良师益友中，因此他们交往交谈机会较多。竹君曾就"人间方望晚情长"一句向他请教。朴老告诉他，人们总是盼望德高望重的长者老人健康长寿，这就是"晚情长"的意思。现在，竹君盼望朴老的"晚晴长"，但朴老在 5 月 21 日被无情的岁月带走了，竹君心中十分悲伤。但转念一想，生命总是在新陈代谢过程中周而复始地循环着，他老人家很早写下的遗嘱中不就有"生固欣然，死亦无憾；花落还开，水流不断。我今何有，谁与安息；明月清风，不劳寻觅"。对生与死的哲学认识得多么真切，多么超脱呀！

朴老常对竹君说，信佛不必拘泥于那种刻板的剃度出家……只要与人为善，真诚处世，心中有佛，做好事，做善事，这就是"人间佛教"之真谛。朴老说，你做医生，尤其是急救医生，"救人一命，胜造七级浮屠"。

竹君记得 1997 年香港回归祖国前夕，他完成了一本普及急救知识的小书《第一目击者——一个急救医生手记》时，请谁为书名题字呢？竹君马上想到了这本科普书主要是讲急救复苏的，是救命的科学普及知识，朴老题字最合适不过了。但转念一想，这样的小书动用老人家有点过意不去，禁不住同事们劝说，你们关系那么好，那么熟悉……于是，在"五一"前夕的一个晚上，利用总值班在办公室空隙的工夫给他写了封信和需要的题字，次日早晨就往邮筒一扔，谁曾想，5 月 4 日，陈秘书就打来了电话："你要的题字朴老都写好了，方便时请过来拿吧！"当竹君看到白色宣纸上那苍劲有力、字透纸背的 21 个字和两枚印章时，竹君也情不自禁地想起，在故乡第一次阅读冰心的《寄小读者》。

这位大作家后来在北京认识了他，而且成了良师益友。竹君与她最后的一次联系是在 1998 年春节，此际她已久卧在床，所以只能通过其家人转达。那年春节，他给老人家的儿子吴平兄打电话，向冰心伯母拜年时，提到了正在编写《走近高士其》，因为她对此前竹君主编的《高士其及其作品选介》亲笔作序，并给予不少指点。

愿做时代弄潮儿，笔下春秋滚滚来

序

　　高士其同志是一位优秀的作家。他以诗
人的情怀和笔墨，为少年儿童写出许多
流畅动人的科学诗文，这在儿童文学作者
中是难能可贵的。

　　使我尤其钦佩的是他以羸残之躯数十
年如一日坚持不懈地为少年儿童写作，这不是
有一颗热爱儿童的心和惊人的毅力是办不到
的。我希望亲爱的小读者们在读到这本书时
能够体会并且记住这一点。

　　李京华同志让我为《高士其及其作
品选介》作序，临届脱稿，只能写到这里，
不敢说是作序，只是向高士其同志表示我的
由衷的同情和钦佩。

　　　　　　　　　　谢冰心　1981年1月16日

冰心序言（手迹）

竹君说道："请你替我问候致意，祝冰心伯母健康长寿，请转达我新编这本书的情况，想听听她老人家的意见。"过了几天吴平兄给竹君打电话说："年初二下午我向母亲说了，她说很好，很好，说你做的这件事很重要。"

时光是无情的。一年后即1999年冰心离开了人间，不再回来了。竹君去八宝山悼念，这是一个不同风格的追悼会，正厅上不像往常的某某同志追悼会或沉痛悼念某某等横幅，而灵堂正中是"有了爱就有了一切"这八个醒目大字，那是她老人家一生的信条。追悼会上，对悼念者也不是往常那样发一朵白花挂在胸前，而是每人拿着一支红玫瑰花，鞠躬致敬，向她作永远的爱的告别。

同样，也是少年时代竹君崇拜的大诗人臧克家，因为徐迟先生的缘故，竹君与这位有着浓浓山东口音、满腔热情的诗人也成了忘年之交。在徐迟先生离世后，有一次竹君看到《北京日报》同一版面，介绍了《第一目击者——一个急救医生手记》和记述臧老近况的文章后，便情不自禁地给郑曼（臧老夫人）女士写了封信，并连同那张报纸寄了出去。

他原本是不想打扰他老人家的，谁知一周后，竹君竟收到了臧老给他的一封亲笔信。老人家写道："许多往事涌上心头，高士其、徐迟已不在人间了，高士其在我家写的一首诗还存着。"

在故乡，他又想起徐迟先生。新中国成立前夕，徐先生回乡在南浔中学执教。新中国成立后，离浔赴京工作不久便到了武汉，"文化大革命"结束不久，他到北京写出了多篇震撼国人的报告文学。老诗人待人热情，1978年徐迟刚写完他的名作《哥德巴赫猜想》后，他们两人到东城赵堂子胡同，臧克家诗人住处的情景。晚

愿做时代弄潮儿，笔下春秋滚滚来

竹君与诗人臧克家（1981年）

竹君与诗人臧克家（1998年）

饭时，臧老的夫人郑曼端上了一大碗鸡汤，给徐迟和竹君各盛了热气腾腾满满一碗时，两人不歇嘴地喝着。徐迟连声说："这样浓香鲜味的鸡汤，是现在市场上买的洋鸡熬不出来的。"竹君紧跟着说："现在的洋鸡汤，用南浔话说，'清汤寡水，没有吃头'，只有草鸡（北方人称土鸡，南浔的草鸡是放在外面让它自己寻食长大的，在江浙沪一带餐饮上极负盛名）才能熬出这样的汤。"

徐迟边喝边说："郑曼，你是功不可没，我来这几次都喝你熬的鸡汤，才写出写好了这篇文章。"臧老也爽朗地开怀大笑起来。郑曼边笑边对竹君说："你将来写高士其的文章，写你的急救论文，也要像你老师那样妙笔生花。"郑曼因是浙江黄岩人，所以对这两位浙江老乡来家吃饭是很用心的。

1998 年的春节，竹君给臧老打电话拜年，得到一个"特殊待遇"，臧老亲自接了电话。臧老一般不接电话，他说一接电话心跳得厉害，由夫人接通讲述内容。因臧老喜欢他，说他有诗人的激情，日后努力将来可能成为诗人、散文家。

在电话中臧老激动地说："我们多年不见面了，但我一直想念你，想到那时我和高士其同志一起到你家去，你抢救病人的消息我也常常看到，可惜高士其、徐迟已经不在了。"当竹君告诉他，准备重新编著一本《走近高士其》的书时，他连连说道："很好，很好，你做这件事是最合适的，你是很了解他的人，他也是很器重你的人。"说到最后几句，诗人声调明显升高了，不像一位耄耋之人，更像站在舞台上的一位朗诵者。如他在 20 世纪 80 年代初，他们一起参加北京少年宫活动时那种沸水般的演讲。

竹君经常想起这些往事，想这几位在 20 世纪风云变幻年代中做出贡献的"大家"，这既是大家对他们的尊敬，也是大家在其人生过程中直至最后时刻生命发挥到极致的才情能量吧，人的一生应该充分发挥为社会贡献才华的能量。竹君时时自勉，时时鞭策自己。

竹君在故乡通往嘉业藏书楼前的青石板路上走着，在书楼外那条护城河似的清清小溪旁驻足凝望，在书楼莲池湖旁沉思……。这里的一切太熟悉了，它陪着他的童年、少年度过人生最美好最宝贵的时光，这里给予他最好的精神初乳，影响他的终生理想和践行。因为在这花园般的藏书楼九曲桥的亭子里，在太湖假山石上，竹君捧着高士其的《菌儿自传》学习着科学与文学有机结合的科普精品；翻阅着傅连暲的《我热爱自己医生的职业》在设计他未来的从医之路，以及展现在他面前丰富世界的种种书刊。

正是这两位导师的这两本书，奠定了竹君此生职业从医和业余科普创作的人生之路。离开故土，竹君在北京求学与工作的漫漫岁月里，始终将他们视为其人生的引路人、导师、恩师，而且他们都成了竹君现实中的良师益友！

想说的太多了，择其要点叙述吧。在 1981 年伟大的中国共产党成立 60 周年前夕，也就是 1980 年 9 月，高士其与他，共同给时任中共中央总书记胡耀邦致信，是关于在新的历史时期中，在向科学进军的征途上，如何对少年儿童加强科学教育问题上的建议。信中所述也是竹君当年在这里捧读不少儿童读物时的切身感受。信是这样写的："在实现四化的伟大历史进程中，要有大批的优秀人才和充足的后备力量，必须要精心培育我们的儿童。'十年树木，百年树人'，儿童教育是基础教育，它往往决定了一代人的思想情操、

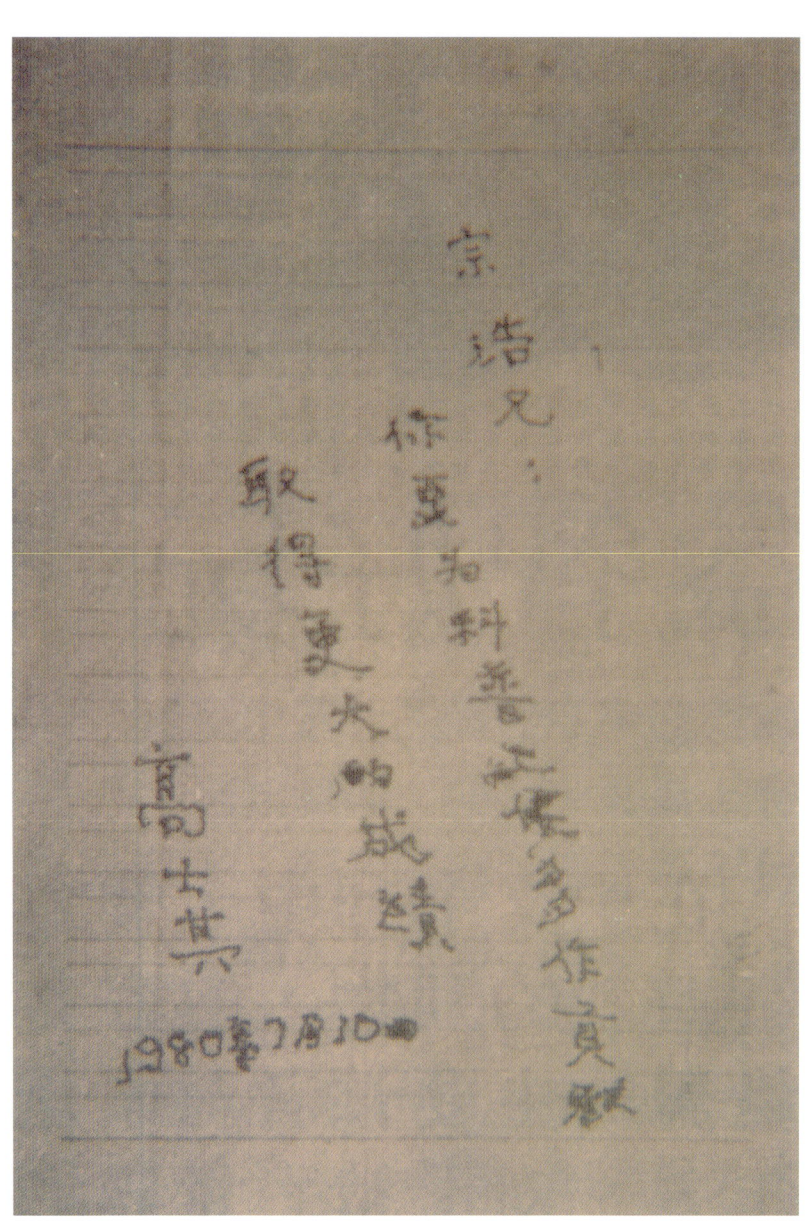

高士其为竹君题字照片（为科普事业）

愿做时代弄潮儿，笔下春秋滚滚来

学识才华……。目前，我国幼儿科普读物奇缺，儿童们的科学食粮匮乏，有的只好用成人科普读物代替，这样就造成了'营养不良'或'消化不良'……建议，在明年伟大的中国共产党成立 60 周年时更要大力加强儿童科普的'基本建设工程'……希望得到您的支持。"总书记很快做了亲笔批示。

此前在 1978 年，也就是刚粉碎"四人帮"后不久，国家处于百废待兴时期，竹君协助高老（士其）经过大量调研，共同起草了关于在向"四个现代化"进军时应大力开展科学普及工作的建议。

敬爱的邓副主席、方毅副总理：

当前，我国"科盲"情况严重，无论是青少年、工农兵、干部以及科技人员，都迫切需要现代科技知识的武装，需要有大量的科普书籍、杂志、电影、电视、广播、展览，要求全国科协、地方科协做更多工作。但是，由于林彪、"四人帮"造成的祸害、流毒远未肃清，目前在科普工作上还存在不少问题，急待解决。

……掀起向科学进军的新高潮。

很快领导做出了批示。

竹君经常对同事尤其对年轻人说："了解高士其的身残志坚、在人生道路上的拼搏之行，源于我小时候读他的一本书，和此后（1956 年）到北京去拜访他，相识相知，构成了我此生的榜样力量，他确实是值得我们学习的。"正如在高士其的追悼会上，国家给予他的评价，"半个多世纪以来，他不计个人名利得失，用生命之火点燃了人们的智慧之灯，不断为之送热供能，他一生向往光明，追求真理，热爱人民，对党忠贞，谱写了一曲身残志坚、生命不息、战斗不止的光辉篇章，堪称中华民族的英雄"。

在高老（士其）去世后，竹君参加了国家为他举行的追悼会，送上了他与叶永烈的花圈，上面写着：士其老师，继承你的遗志，把科学交给人民。你的学生李竹君、叶永烈。

善始善终地送别了他，后来，竹君在一篇纪念文章《你的人生最充实，你的人生最壮烈》中写道：

1988 年 12 月 19 日凌晨 6 时 30 分，高士其在北京悄悄地走了。他走出了北楼病房，走出了医院的大门，走出了宽阔的十里长街，走出了繁华的世界，走出了黎明的星空。

他是静静的没有惊动别人自己走的，他是含着微笑没有向人告别离开的。他穿着一套合身的灰色中山装，自如地从床上、藤椅上站立起来，没有人搀扶，也不用昔日的轮椅推车，脚步轻盈快捷，如同他青年时期在清华留美预备学校的行动，潇洒自如。

半个多世纪了，他行动从来没有这样利索过，他高兴得轻声低吟起来，他的声音清晰，吐字流畅：

我虽然不能起来，

我虽然被损害人类健康的魔鬼囚禁在椅上，

但是哟，

魔鬼们禁止不住我们声浪的交响。

当他吟到这儿，他笑了。他现在不仅能行动自如，而且被

愿做时代弄潮儿，笔下春秋滚滚来

病魔扼杀了半个多世纪的声带也解脱了。从小就是爱说爱笑爱唱的他，现在可以一展歌喉，纵情高唱：

"生命啊！

你是一首唱不完的歌；你歌唱欢乐的大地，你歌唱喜悦的春天。

生命啊！

你是一出演不完的戏剧；三十万万年前就已演出，一直演到今天。

生命啊！

你那光明灿烂的前景鼓舞青年一代，勇敢地向科学进军，攀登历史的新高峰。"

半个多世纪以来，高士其从未像此刻那样地自如，地心引力对他再也没有一点制约，他就像宇航员在飞行舱内失重一样，处在一种游离飘浮的状态。他意识到，他行将离开这个星球。他以科学家的严谨思维和文学家的丰富想象敏锐地感到，他有形的躯体在开始分崩离析，要永远离开故国热土。于是，他引吭高歌。

他的歌声在城市、农村、高山、大川的上空回响……他愈走愈远，他频频回首生命给地球带来的繁荣，地球给他一生83年带来的风雨岁月。他没有一丝哀怨，他没有半缕惆怅。作为中国人民的儿子，忠诚的共产主义战士，正直的科技工作者，为了祖国的繁荣昌盛，他竭尽了心血。

他无怨无恨、无悔无憾地走了。因为生命的戏剧演不完，生命的图案画不全，生命的史诗写不尽，生命的春天唱不够。

竹君在这篇长文中继续写道：

我和高士其老师于1956年春相识，我们一见如故。其实，50年代初，在故乡太湖之滨春茧丰收的季节，我第一次读他的名作《菌儿自传》时就认识了他，那时我还只有十二三岁。此后，我从报刊介绍他的文章中进一步了解了他。但当我与高士其见面的瞬间，我惊呆了！他的健康状况、瘫痪程度，远比文章介绍和我的想象严重得多。他讲的话，我一句也听不懂。他在别人的帮助下与我握手（实际上是我握着他无法伸开手指的手）。在我们不到半小时的见面时间内，他的眼睛被下垂的眼睑覆盖了好几次，经过按摩才睁开眼睛，继续我们的

竹君与友人作家梁晓声先生（左）在纪念高士其诞辰110周年会上

愿做时代弄潮儿·笔下春秋滚滚来

谈话。

　　他在生活起居难以自理，在常人写作的基本条件几乎完全不具备的情况下，创作出了那样优美的科学文艺作品，而且以饱满的热情关心着祖国的命运和青少年的健康成长。

　　瞬间，我由见面前一个年轻人对名人崇拜的心态，油然生发出了一种前所未有的敬仰、尊重的感情，他是我的导师！而他对我也似有一种特别亲切的情感。我们彼此间年龄、身份、地位等差距，迅速地消除了。从此，我们成了忘年交。

　　在那政治严寒、百花凋谢的十载"文化大革命"，在那"最难风雨故人来"的岁月，我们交往甚密，彼此了解、理解得更深。从高士其那似是缺少表情的脸上，似是呆滞的眼神里，我总隐隐地感受到一种与他外表极不相称的勃勃生机，一种与他孱弱病体迥然不同的潜在强劲。他内含着无穷尽的力量，他的机体的每个细胞，每个原子，每个电子，每时每刻都在"激荡"，都在"爆炸"。

　　为此，我有时竟由爱因斯坦的 $E = mc^2$ 的公式，联想到高士其的科学诗《我的原子也在爆炸》，再联想到他的潜在强劲。E 代表能量总额，m 是物质的质量，c 则是每秒 30 万千米的光速。按此计算，如果真能使物质的质量全部转化成为公式所示的能量，那么区区 2 千克的煤的全部质量，可以变成 200 多亿度的电能。原子弹的威力不正是说明了这一点吗？而高士其的"我的电子也在激荡""我的原子也在爆炸"的诗句，不但猛烈抨击了国民党反动派于抗战刚刚胜利就打内战的罪恶行径，同时也科学地揭示了人民的力量像原子爆炸，威力无比。

　　高士其的原子、电子爆炸的力量是他真实的内心世界的力量，是驱动他一生历尽艰险从不却步追求光明的力量，是一种人格的力量，君子自强不息的力量。在人生征途上，高士其一点也不软弱，他是个强者。他不是消极人生，而是积极进取；他不是有病呻吟，而是乐观奋发；他不是饱食终日，而是辛勤耕耘；他不是无所事事，而是紧张充实。这些，读者在本书中将会得到了解。

四

革命前辈、恩师傅连暲医生

　　也许读者见到这个标题时有点茫然。展开竹君急救医生的职业生涯，几乎离不开他少年时代读的那本《我热爱自己医生的职业》的作者傅连暲。

　　我们先来简单介绍一下傅连暲医生的简历吧。

　　傅连暲（1894—1968 年），新中国成立后一直担任国家卫生部、中央军委卫生部（后改为总后勤部卫生部）副部长，授中将军衔，同时又长期担任中华医学会会长。虽然身兼数职，但他最喜欢周围的人叫他"傅医生"，1929 年毛主席在闽西长汀认识他起，就

愿做时代弄潮儿，笔下春秋滚滚来

傅连暲照片

一直亲密地称呼他为"傅医生"。他用自己高尚的医德、精湛的医术，救治伤病员，参加长征，成为毛主席的保健医生，并担任中央领导人的保健工作。鲜为人知的是，他十分重视医学科普工作，亲自创作科普文章，培养青年一代。

然后我们在这里暂且摘录竹君几年前写的一篇文章来说明，也许更能了解他与傅连暲老医生的关系。

他个子高、身材瘦削，说话言简意赅，待人和善、节衣缩食、循规蹈矩……是个典型的儒家君子。

但在他内心深处，却充满着对病人的体贴关爱，对培养年轻人的满腔热情。人们形容他心中流淌着一条"地下河"。

1894 年，傅连暲生于福建长汀县一个穷人家里。在贫穷落后的旧中国，教会的宣传频繁，也吸引了一些穷人入教，以求得到"上帝"的庇佑，所以他的父母成了虔诚的教徒。傅连暲后来说："我尚在襁褓之中，就是一个基督教徒了。"他从小体弱多病，对医学很感兴趣，立志当医生。中学毕业后，凭借优异的学业成绩和福音医院希布莱尔医生的帮助，他考上了医科学校。家庭的贫穷，学习的艰辛，傅连暲患上了肺结核，但仍如期完成了学业，成为当时学校极少的出身于穷人家里的毕业生。

1927 年南昌起义后，部队南下到了福建汀州，他亲为陈赓同志悉心治病疗伤。同时，与周恩来、朱德、徐特立等革命家的相识，启蒙了他追求革命的理想。1929 年 3 月，毛主席来到了医院，傅连暲的一生从此产生了历史性的变化，也使他走上了革命道路。是日，他陪毛委员、朱德军长详细地查看了住院的红军伤病员，他下决心要参加起义部队，提议将福音医院改为红军医院。随后，他将全部家当、个人积蓄都献给了红军。真正的革命者，是为了理想和信念，义无反顾地抛弃生活的稳定与优越，去完成一项大业——实现中华民族的伟大复兴。

……

傅老革命的一生，救死扶伤的人道精神，历尽苦难的风霜雨雪，他的人格魅力，名垂青史，犹如"梅花香自苦寒来"。

傅连暲的《我热爱自己医生的职业》一书于 20 世纪 50 年代中期面世，当时竹君在故乡浙江南浔中学读书，担任课外图书馆管理员。"近水楼台先得月"，这本书令我读得如痴如醉，使我本来有志于医学的愿望更加强烈。

书中将他从医经历娓娓道来。他说："当我置身于病床之侧，面对病人的时候，就会感觉我责任之重大和我们从事业务的神圣。"接下来作者的话更使人感动："帮助病人战胜死亡的威胁，帮助病人解除痛苦，使倒下的病人重新站起来……这不是很神圣的任务吗？"

这是一本散发着浓郁的人文情怀的科普读物，它在诠释医生职业，也是对从医者的要求，毫无说教之感。此书还特别提出，医生除面对病人之外更为重要的任务是卫生防病、科学普及。

在傅连暲担任中华医学会会长期间，把科学普及与专业学术放在同等重要的位置。20 世纪 50 年代中期，在他的推动下，中央人民广播电台开辟了"讲卫生"专栏,其固定成员由《人民日报》《中国青年报》等重要的新闻媒体和一批知名专家组成,进行系统的卫生知识讲座,颇具影响力。可以说,傅老担任中华医学会会长期间,中国的医学科普工作达到了鼎盛时期。

竹君从小就有点"初生牛犊不怕虎"的精神。1962年,他参加工作不久,写了本科普读物《急救常识》,书出版后反响较好,群众和出版社希望尽快修订再版。这时,他倒有点疑惑了。刚出书时的喜悦消失殆尽,自己越看越不满意,尤其是书中关于"挽救生命"的技术部分,都是"压式"的人工呼吸,文字也是干巴巴的枯涩教条。为此,多次到北京图书馆查阅文献资料无获,想请教我国急救医学专家更是茫然。当初还没有急救医学学科,哪来的这方面专家?而出版社不断催促,甚至说"不妨就重印吧",他则坚持要加以修改。

在冥思苦想之际,他想到了请中华医学会傅连暲会长帮助。因为在战争年代,他救治过很多伤员,急救经验肯定丰富。于是给他写了信,附上了书。不久,竹君心中犹豫了,人家是位大人物,工作繁重,我怎么不知轻重地寄书要他帮我修改?正在自责中,"中华人民共和国卫生部傅缄"的一封厚厚的信,寄到了南池子北京市急救站。他迫不及待地启开信封,七页光亮的白纸上,密密麻麻地写上了修改的意见。

信的第一段,是对这位年轻的急救大夫热爱专业又重视普及的肯定。随后,对书的内容、文字乃至标点都一一提出了修改意见。最后一段是鼓励。傅老说,急救工作无论在战时、平时都很重要,尤其在国家经济建设中会起到更大的作用。他说:"我为你能从事

愿做时代弄潮儿，笔下春秋滚滚来

这项工作感到非常高兴，现在急救医学还未引起重视，还没有形成学科，你在这个领域不仅要努力工作，而且还要创建这个学科，我相信你会承担起来。"于是，竹君下定决心，不负傅老期望与重托。

事有凑巧的是，几个月后，电力部农电司的同志到北京市急救站找他，询问关于触电急救时能不能打"强心针"等问题。此前，竹君在学术杂志上发表了这方面的文章。当时中国农村电力迅猛发展，农村触电死亡事故增加。农电司不仅要编制面向全国的触电急救手册，还要拍一部急救科教影片，到卫生部医政司去请位专家做医学顾问。最后与卫生部商定，请竹君作为科学顾问，并在现场拍摄时当技术指导。

竹君那时年资不高，连主治医师的资格还未取得，怎么能当科学顾问？推辞几次都没有推掉。理由很简单：现在中国的急救医学专家几乎没有，你在这方面发表的学术文章最多，又有专著和科普读物，显然是"山中无老虎，猴子称大王"。无奈中，竹君又想到了傅老。

傅老很快约见了竹君，不苟言笑的傅老，脸上露出了喜悦的神色，讲话直接明了。"既然电力部有这要求，卫生部也推荐你，本单位又同意，你就不要推辞了，这是责任，也很光荣。急救，是一门重要的新兴学科，我国需要创建这个学科。"接着，他沉思了一会儿说："你提到需要请一些专家帮助，这个要求是合理的，我来替你考虑一下吧。"

不到两周，中华医学会通知竹君，傅连暲会长要亲自为他举办一个拜师会！那天下午，在中华医学会五楼会议室，傅老替他请了七位专家。他说："李竹君大夫有志于急救事业，我国及国际上急救都未形成学科，所以今天请你们几位作为李竹君的老师，是拜师会。"

竹君连忙站起来，向傅老和几位老师深深地鞠了一躬。傅老接着说："这不仅是李竹君的拜师会，也是我们大家共同把中国的急救医学事业创建起来的一个倡议会！"大家理解他。在战火纷飞的年代，傅老的职业生涯是在战场、动荡的战地医疗机构。同样，现在和平环境下，急救医疗仍然具有重要的作用，而且范围、对象更加广泛、普遍。他对竹君说："可惜我们一些人不理解，把工作重点、精力都放在医院里，这是不全面的。有的医生不愿意做急救，到急诊室工作也当成负担。你能重视现场急救，你的文章、书我都看了，有见解，对今后急救事业的发展有思想，我是很高兴的。"

那天拜师会气氛热烈。中华医学会，这个中国医学精英荟萃的学术殿堂里极少有这样的会议。德高望重的革命前辈傅连暲会长，专门请了国内著名的北京大学附属第一医院麻醉系主任谢荣教授、中国医学科学院阜外医院麻醉系主任尚德延教授等七位专家，呕心沥血地为一个二十几岁的年轻医生的成长，铺设上进的科学之路。

时间到了1980年10月7日至8日，在太原召开新中国成立后规模最大的"第一届全国医药卫生科普大会"，竹君代表高士其同志在大会上做了发言。会议期间，他得悉傅老的夫人陈真仁同志代表中国人民解放军总后勤部卫生部也来参会，连忙前去拜见她。这是他们第一次见面。陈真仁望着竹君，军人的气度里透着和蔼，她用一种长辈又似朋友般的语气亲切地说："竹君大夫，我们终于见面了！"

回北京不久，一个星期天的上午，陈真仁同志派车把竹君接到了香山北上坡住处。

金秋时节，青云淡日，柔和的阳光，将枫叶映得更红，空气清爽得发出一丝丝甜津津的味道。竹君拾级而上来到一座小院。宽敞的客厅，简朴的摆设，窗明几净，一尘不染。放置整齐的书本占据了书房、卧室，无一不渗透出主人的风格和爱好。竹君的脑海中顿时映出了"淡泊以明志，宁静以致远"的古训，还有傅老那修长的身影、瘦削的面庞。

在书房里，陈真仁同志告诉竹君，你那本《急救常识》的修改意见是在这里写的。他把全书看完后，用了两个晚上，他口述，我记录完成的。信封的地址、姓名是他写的，信的第一段和结尾一段，鼓励你的话，也是他动笔亲自写的。

那日，秋阳下的傍晚，完全没有那种"夕阳无限好，只是近黄昏"的惆怅之意，雨雪风霜已经过去。只见晚霞将西边天际染红，香山的一路上华灯初上。历尽沧桑后，有更多的事可做。竹君告诉自己，一定要追回逝去的岁月，珍惜当下和明天的分分秒秒，因为人生毕竟是短促的。此后，竹君不负改革开放的大好时光，他找到了当年傅老为他举行拜师会的我国麻醉学权威、北京医学院的谢荣教授，中国医学科学院阜外医院的尚德延教授等，老一辈的医学科学家给这位当时正为年富力强的竹君很多指导帮助。谢荣教授又将竹君推荐给了当代心肺复苏（CPR）权威科学家彼得·沙法教授。这些真实的故事，无一不在讲述科学的传承与发展，人间真情友谊的美丽故事。

五

哲人说，人的一生，写一本书，种一棵树，有一个孩子

广袤的浙北平原，桑梓田野，水牛孩童，炊烟缭绕，放学少年。20 世纪 50 年代初，好一幅太湖之滨，苕溪岸旁，辑里湖丝，夕阳西下小镇的水墨淡清的画面呀！当年竹君从浔中图书馆借得的两本书——高士其的《菌儿自传》和傅连暲的《我热爱自己医生的职业》，他如饥似渴地阅读着，像沁水的海绵，滋润着这个少年。

从张石铭大宅后门出来，走过一百多米长的林荫小路，在那时

中国中央电视台《吾家吾国》栏目主持人王宁专访竹君

愿做时代弄潮儿·笔下春秋滚滚来

平常几乎没有行人的路上，只有这个少年每天放学回家后，夹起书报杂志走来。

青石板路两旁的香樟树，高大的树枝、茂盛的枝叶组成了天然的凉棚，夏日炎炎只能从浓荫覆盖的空隙里，漏进几缕阳光。走到这里，使人顿感凉爽，闻着阵阵浓浓的书香，清爽无比。唯有那聒噪不绝于耳的蝉声，"知了，知了"地鸣个不停，证明我们是处在炎热的酷暑之中。高亢的蝉鸣，自从竹君从杂志上读到的文章知道它艰辛不已，只换来仅有两周多时间的面壁歌唱的悲壮短暂的一生，就一改对蝉鸣的烦躁，而发自内心对其长歌的敬重！

我们的人生不也是这样吗？往往逆境多于顺境，曲折远于径直。有的人一生跌宕起伏，甚至摔下隐伏，没有歌唱，只有呐喊乃至呜咽。没有鲜花，唯有野草，乃至枯枝败叶。但他们心中有故乡的情，脚下有乡恋的根。他们失败、失望时，拖着遍体鳞伤的身体，饱受煎熬痛苦的精神，在故乡经百年风雨不蚀的石板路上走着，吃着厨房灶下用稻柴烧熟的米饭，听着儿时熟悉不改的乡音，得到了力量，受到了鼓舞，又义无反顾地在人生的道路上前行。

那些成功的靠丝绸发家的乡贤，斥巨资建成的嘉业藏书楼，是当今我国最后一座藏书极丰的私家藏书楼，书籍惠及海内外学者。有资助孙中山先生促成辛亥革命成功的。有设国内最早的奖学金者，帮助贫困学子成就学业，报效祖国的……一代又一代的莘莘学子，一批又一批的青年才俊，在这鱼米之乡的丰沛水系中获益的精英，为共和国的繁荣，中华民族的复兴，默默无闻到争分夺秒地吃着桑叶吐出蚕丝。乡人用灵巧的手和机器，剥茧缫丝，汇成厚暖的丝绵，织被成衣，温暖着我们，或又织出艳丽的锦缎，光彩人间，

著名诗人贺老（敬之）与武警战士

载下美丽的华章。他突然想起几年前去看访他的良师益友、著名作家贺老（敬之），贺老一边将其大作赠予的题写（时年贺敬之先生已九十开外），一边鼓励竹君要多写科普文章，说道，南浔可是出文人的地方。

一个"甲子"整整六十年过去了，又将要过去数十年了。竹君重回到故乡，借着《归来——急救之光》最后的定稿，他又要到嘉业藏书楼去了，心情又不禁激动起来。

他知道，改革开放这些年来，江浙一带的变化是不小的，他儿时近旁的那些小镇而今已是闻名全国的"江南古镇"，已成为人们旅游度假的胜地。幸而南浔的知名度远不及近在咫尺的乌镇、周庄。

竹君夫妇与著名诗人贺敬之

　　他暗自窃喜，千万不要太出名了，"人怕出名猪怕壮"的俗语，如
果套在这些市镇上，过度开发的商业化，会失去这些水乡小镇纯朴
的本色，何况，这座浸润着西风东渐风格的中西合璧的小镇，不是
一两天旅游就能读懂它的。竹君知道，如果不从长远谋划，迟早有

一天，南浔也会失去它崇文重教的优秀和美丽。

　　现在他再也不能像儿时那样自如地从住家的后门径直走进那座花园般的书楼，在荷花池畔的亭子里读中外名著，写心得笔记。林荫大道两旁及书楼后也再无田野与书园相伴的自然风光，一座座新的建筑已悄然矗立。张家大宅、小莲庄、藏书楼和他儿时的丝业小学等已成为旅游景点，没有门票是进不去的。

　　他只能在书楼之外的那条小溪旁站立，又寻得了一条石凳坐在那里，隔岸相望庭园里还不算多的来自上海及各地的游客。他时而感到骄傲，啊！我的家乡多么了不起，有多少人慕名远来观访。时而又泛起淡淡的苦楚，安静的小镇怎么变成了旅游景点，他们读得懂这座西风东渐下古镇的文化吗？心中五味杂陈。

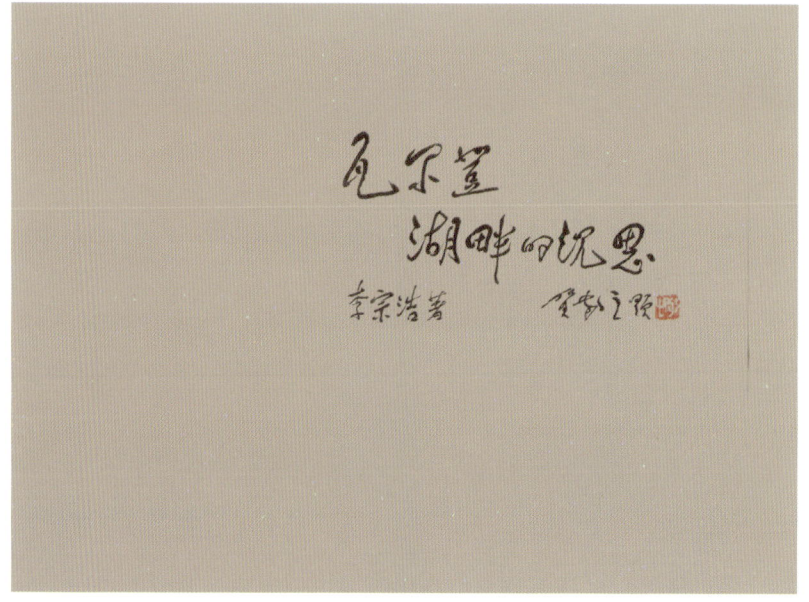

贺敬之先生为竹君著书题字

愿做时代弄潮儿，笔下春秋滚滚来

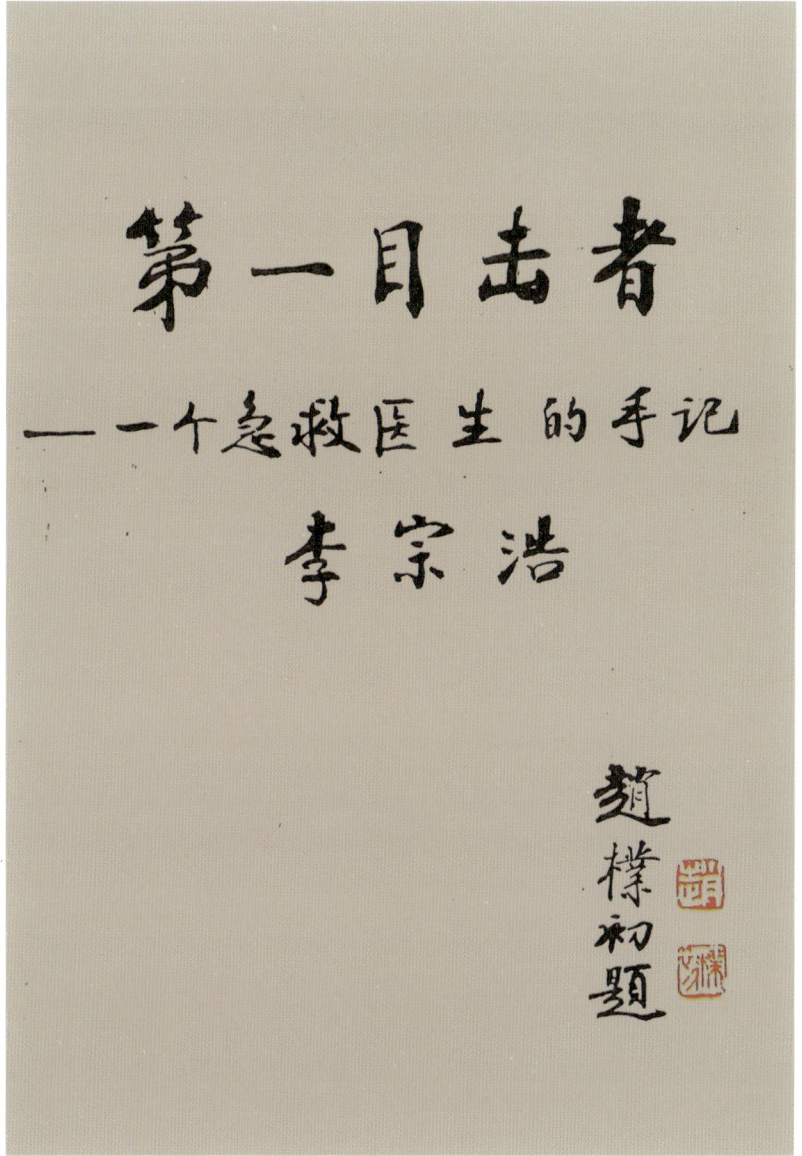

赵老（朴初）先生为竹君著书题字（1997 年）

凉风习习，青云淡日，他坐在石条凳上，望着沿藏书楼园林建设外的那条环园小溪。小溪既为书楼防火用水之源，亦是书楼与外界相隔的一个似围墙式的屏障护栏，环园小溪成了一道独特的风景。且看，安静的清澈的稍有流动的小溪，水流充沛，清澈见底，偶尔还能看见几条小鱼匆忙穿梭游过。他抬头仰望，书楼园林隔岸两旁的大树笔直挺拔向上，几乎要入云霄。树杈枝干茂盛横向外展，以致在上空连成一片，鸟儿不用飞跃小溪，从枝叶上一动就能跃至彼岸。竹君出神地望着这条小溪的上下那幅静中有动、动中又有静的流光溢彩般的油画，它们镶嵌在两岸石头组成的镜框里，充沛的溪水像是要从镜框里漫着边边流淌出来了，要溢在青石板路上。竹君佩服设计者的匠心独运的创意。

本来嘛，人类因水而居，文化因水而起，文明因水而通，情意因水而连。水晶晶的南浔，无处不彰显它水的秀美和文化的深邃。书楼那条环园小溪，宽不到 3 米，全长不超过 2 000 米，但它有着发自天目茗溪的水源，通到大运河，连着南太湖，接着苏州河、黄浦江、太平洋……灌溉着这片杭苏胡嘉平原，滋润着一代又一代读书人的心田，造就了一批又一批学子，祖国大江南北世界各州，迈向成功之路！

竹君想起当年中德为共建空中急救而奔忙的人中的一位德籍华裔。他是德国图宾根大学哲学系的讲师，对中、德哲学颇有见地，他对竹君说道，人的一生应该写一本书，种一棵树，有一个孩子。竹君深表赞同。此时他突然在这几句话中悟到，人一生中还要多读书，要有开启指引他前行的好书。南浔临近的江苏常熟，有一个清期两代帝师的翁同龢给张家题写的柱匾，"世上几百年旧家无非积

愿做时代弄潮儿，笔下春秋滚滚来

高士其的《菌儿自传》

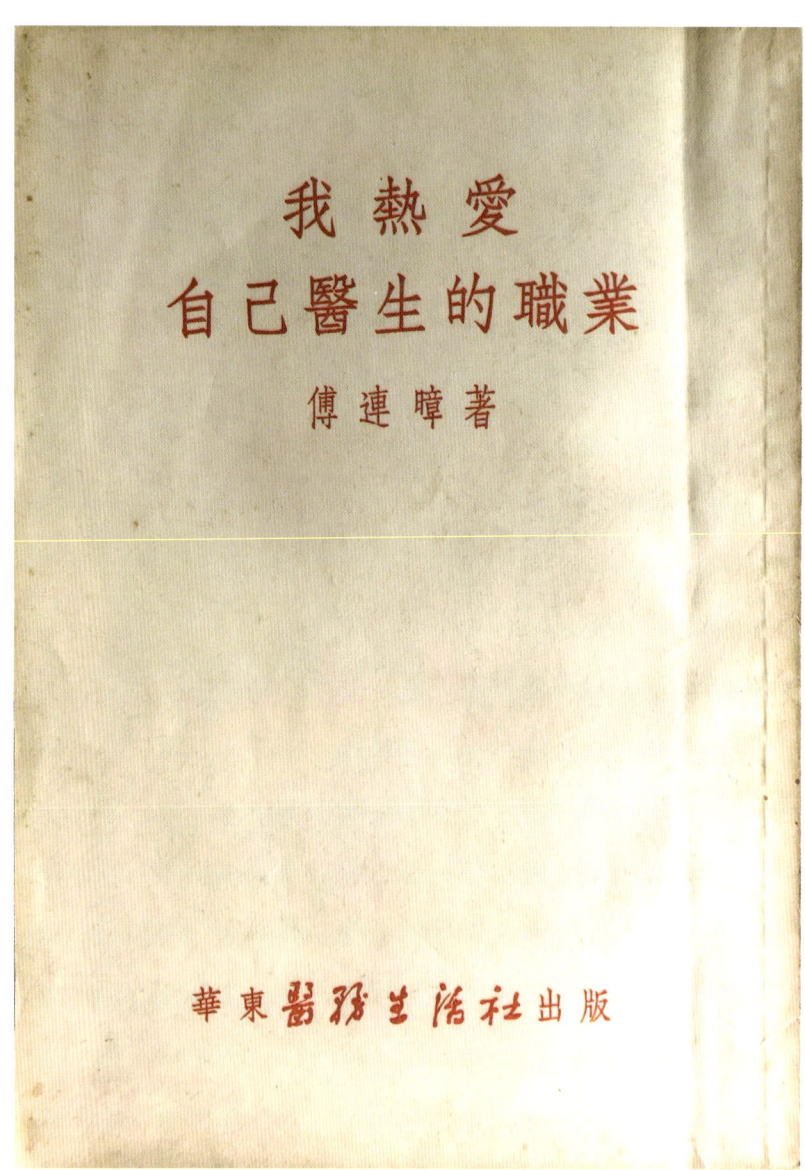

我　熱　愛
自己醫生的職業

傅連暲著

華東醫務生活社出版

德，天下第一件好事还是读书"。

正是在这里，在他年少时代，他读着高士其的《菌儿自传》，使他走上了科学与文学相结合的业余科普文化创作之路。他读着傅连暲的《我热爱自己医生的职业》，使他走上了从医当急救医生的职业之路。精品好书，是人生最好最可靠的良师益友！

现在，他在嘉业藏书楼旁，新中国成立后建起来的文园内，定稿了这本《归来——急救之光》。江南水乡，充沛水流，故乡情怀，人生经历，浸润了他的笔尖，流淌下这几十万字的人生文稿。也正因水乡与世界沟通交流，在这个高速发展的时代，他要勇立潮头，做时代的弄潮儿！

图书在版编目（ＣＩＰ）数据

归来：急救之光 / 李宗浩著. — 长沙：湖南科学技术
出版社，2023.10
ISBN 978-7-5710-2488-8

Ⅰ. ①归… Ⅱ. ①李… Ⅲ. ①散文集－中国－当代Ⅳ. ①I267

中国国家版本馆 CIP 数据核字(2023)第 183199 号

GUILAI JIJIU ZHI GUANG

归来——急救之光

著　　者：李宗浩
出 版 人：潘晓山
责任编辑：李　忠
出版发行：湖南科学技术出版社
社　　址：长沙市芙蓉中路一段 416 号泊富国际金融中心
网　　址：http://www.hnstp.com
邮购联系：0731-84375808
湖南科学技术出版社天猫旗舰店网址：
　　　　　http://hnkjcbs.tmall.com
邮购联系：0731-84375808
印　　刷：湖南省众鑫印务有限公司
　　　　　（印装质量问题请直接与本厂联系）
厂　　址：长沙县榔梨街道梨江大道 20 号
邮　　编：410100
版　　次：2023 年 10 月第 1 版
印　　次：2023 年 10 月第 1 次印刷
开　　本：710mm×1000mm　1/16
印　　张：24.25
字　　数：268 千字
书　　号：ISBN 978-7-5710-2488-8
定　　价：98.00 元